DREAMBOOKS

DREAMBOOKS

두 번 사는 랭커

사 도 연 판 타 지 장 편 소 설

ORIGINAL FANTASY STORY & ADVENTURE

dream
books
드림북스

두 번 사는 랭커 14 형제애(兄弟愛)

초판 1쇄 인쇄 2020년 1월 9일
초판 2쇄 발행 2020년 12월 21일

지은이 사도연
발행인 오영배
편집 편집부
일러스트 우문
표지 · 본문 디자인 오정인
제작 조하늬

펴낸 곳 (주)삼양출판사 · 드림북스
주소 서울시 강북구 도봉로 173
대표 전화 02-980-2112 팩스 02-983-0660
편집부 전화 02-987-9393 팩스 02-980-2115
블로그 blog.naver.com/dreambookss
출판등록 1999년 3월 11일 제9-00046호.

© 사도연, 2020

ISBN 979-11-283-9772-1 (04810) / 979-11-283-9659-5 (세트)

드림북스는 (주)삼양출판사의 판타지 · 무협 문학 브랜드입니다.

ORIGINAL FANTASY STORY & ADVENTURE
사도연 판타지 장편소설
14
두 번 사는 랭커
| 형제애(兄弟愛) |
dream
books
드림북스

목차

Stage 44.
미후왕의 후예들

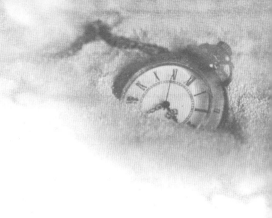

칠대성. 동주칠마왕을 기리는 사당.

미후왕의 궁전 이후로 그들과 관련된 유적지는 본 적이 없었기에. 연우의 눈도 덩달아 커질 수밖에 없었다.

"너?"

아나스타샤와 프레지아도 뭔가를 느꼈는지 연우를 돌아봤다. 특히 프레지아의 눈은 깊게 가라앉아 있었다. 뜻하지 않게 뭔가를 발견한 사람처럼.

하지만 연우는 두 사람의 시선에 신경 쓸 겨를이 없었다.

'부.'

「알겠. 습니다.」

　　[부(부두술사의 영혼)의 시야를 공유합니다.]

　부의 마법에 따라, 사당을 둘러싼 갖가지 사념이 눈에 새겨지기 시작했다.

　　ㅡ혈검! 너의 만행도 여기까지다.
　　ㅡ빌어먹을 놈. 여기까지 도망쳐?
　　ㅡ이젠 네놈 뜻대로 되지 않을 거다. 동료들의
　원한을 갚아 주마.

　'칸?'
　사념에서 가장 먼저 보이는 것은 칸의 모습이었다.
　하지만 평소 연우가 알고 있던 칸의 모습과는 달랐다. 언제나 여유롭고 입가에 미소를 띠고 다니던 녀석이었지만. 사념 속의 칸은 싸늘하게 식은 눈빛과 살벌한 위세를 풍기고 있었다.
　얼마나 피를 많이 뒤집어썼는지, 갑옷이며 옷, 손에 쥐고 있는 검까지 흠뻑 젖어 붉은 피가 뚝뚝 떨어질 정도였다.
　혈검(血劍).

피로 물든 검이라는 별칭이 그토록 어울릴 수가 없었다.

그리고 그런 칸을 에워싼 플레이어들의 눈동자에서는 적의와 함께 경계심이 잔뜩 묻어났다.

'대체 무슨 일이 벌어진 거지?'

연우는 눈을 가느다랗게 좁혔다.

여태껏 그가 파악했던 칸은 아주 비밀리에 움직였다. 그래서 연우는 그를 억류한 마군이 그렇게 지시한 것으로 생각하고 있었다.

그런데 눈앞에 펼쳐진 상황에서 보이는 다른 플레이어들의 적의가 심상치 않았다. 원수라도 보는 듯한 눈빛. 웬만한 충돌로는 절대 나올 수 없는 살의였다.

그리고 그런 그들의 관계를 증명하듯이. 칸은 플레이어들을 보면서 되레 코웃음을 쳤다.

―웃기네.

―무엇이?

―무슨 헛소리를……!

―어차피 너희들도 나와 똑같은 놈들이잖아? 그런데 뭐? 원한을 갚아? 차라리 솔직해지는 게 어때?

칸은 한쪽 입술 끝을 비틀면서 손을 앞으로 내밀었다. 순간, 그의 손바닥 위에 황금색으로 빛나는 쇳조각이 나타났다.

―너희들도 이것을 갖고 싶다고 말이야.

순간, 칸을 둘러싼 플레이어들의 가슴도 잘게 떨렸다. 옷깃 사이로 황금색 빛무리가 흘러나오고 있었다.

우웅, 웅―

황금색 쇳조각들이 서로 하나로 합쳐지고 싶다는 듯, 동시에 공명을 일으켰다.

'여의봉의 조각!'

연우는 칸과 플레이어들이 가진 쇳조각을 보고 침음을 삼켰다.

'여태 미후왕의 후예들을 사냥하고 있었던 걸까?'

상대적으로 칸이 가진 여의봉의 조각은 다른 플레이어들이 가진 것보다 훨씬 크기가 컸다. 덩어리 채로 주웠을 리는 없으니, 여태 다른 후예들을 상대하면서 조각을 빼앗아 합쳐 왔다는 뜻이었다.

연우 역시도 여의봉의 조각을 갖고 있었지만, 아직까지 이렇다 할 미후왕의 후예를 본 적이 없었다. 그래서 여태껏 이유를 둘 중에 하나라고 생각했다.

아직까지 후예가 그리 많지 않거나, 아니면 이미 후예들끼리 외부에 알려지지 않은 사회가 형성되어 있거나.

보아하니 둘 다인 모양이었다.

―그럼 시작하자고.

칸은 내보였던 여의봉의 조각을 회수하면서 지면을 세게 박찼다. 붉은색 오러가 해일처럼 크게 일어나면서 거친 폭음이 뒤따랐다.

콰콰쾅―

'72선술까지.'

아무래도 칸은 미후왕의 궁전에서 72선술도 확실히 터득해 자신의 것으로 삼은 모양이었다.

그리고 한 번 더 장면이 바뀌었다.

거친 싸움이 지나간 자리. 그 위로 빅토리아가 뒤늦게 나타났다. 아다만틴 노바를 품에 소중하게 끌어안은 채. 슬픈 눈을 하면서 주변을 둘러보다가, 다시 포탈을 열어 사라졌다.

사념은 거기서 끝이 났다.

연우는 손으로 머리를 쓸어 올렸다. 깊게 가라앉은 눈빛. 머릿속에 생각이 많아졌다.

"띠리도 봤니?"

아나스타샤가 곰방대를 입에 물면서 물었다.

연우는 자욱하게 퍼지는 연기를 보면서 묵묵히 고개를 끄덕였다.

"오행산."

*　　*　　*

팟—

"쫓아!"

"놈은 현재 크게 다친 상태다. 멀리 달아나지 못했을 거야! 놓치지 마!"

"다른 놈들에게 양보해서는 안 된다! 놈은 반드시 우리 마탑이 손에 넣어야 해!"

잔뜩 우거진 숲과 경사가 가파른 산맥의 지류를 따라. 여러 명의 플레이어들과 클랜들이 각자 다른 포위망을 구축하며 한 사람을 쫓고 있었다.

고행의 산. 여러 감각이 닫힌 탓에 제대로 된 실력을 드러내기 힘든 스테이지였지만. 그런 것 따위는 전혀 아랑곳하지 않았다.

그리고 그들의 추격을 뿌리치면서 모습을 드러낸 사람은.

칸이었다.

찰박, 찰박—

얼마나 많은 피를 흘리고, 흘리게 했는지. 그가 지나는 자리에는 핏자국으로 땅이 흠뻑 젖어 있었다.

'조금만 더. 조금만.'

칸은 이를 악물었다.

'조금만 더 하면. 그럼 도일을 되찾을 수 있어.'

＊　　　＊　　　＊

[이곳은 20층, 고행오산의 관입니다.]

연우는 20층에 도착하는 순간, 직감적으로 뭔가 공기가 다르다는 것을 느낄 수 있었다.

눅눅하지만 들끓는 공기. 맡는 것만으로도 피부를 따라 오스스 소름이 돋게 만들었다.

아프리카에 있던 시절과 똑같은 느낌이라, 연우는 아주 잠깐 자신이 제대로 층계에 도착한 게 맞나 의심이 들 정도였다.

넓게 펼쳐진 산맥과 산등성이를 따라, 곳곳에 여러 플레이어늘이 포신해 있었다.

얼추 잡아도 수백, 수천은 넘을 것 같은 인원들. 그것도 꽤나 뛰어난 실력을 지닌 자들이었다.

연우가 기억하는 20층에서는 절대 볼 수 없었던 광경. 그래서 이게 어떻게 된 일일까 싶어 프레지아를 돌아봤다.

하지만 프레지아는 조용했다. 고요한 눈빛. 가면을 쓰고 있어 표정을 알 수는 없었지만, 너무 태연한 눈빛을 본 순간.

연우는 본능적으로 뭔가 심상치 않은 일이 벌어지고 있다는 것을 느낄 수 있었다.

그러고 보니 프레지아는 편지와 관련해 뭔가가 있는 듯한 뉘앙스를 풍겨 대긴 했었다.

"선술묘학(仙術妙學)."

프레지아는 연우의 눈길을 받고 뜬금없이 생뚱맞은 말을 내뱉었다.

연우가 눈을 가늘게 좁혔다.

"그게 무엇입니까?"

"선술이라는 학문은 마법, 술법, 주술, 요술 등 다양한 이능 중에서도 단연 최고의 별종으로 분류되어요. 신선이 되기 위한 길. 그래서 선술 뒤에는 보통 '신묘한 학문'이라는 뜻의 '묘학'이라는 단어가 붙죠. 그리고 실제로 많은 플레이어들이 선술을 탐내기도 해요."

연우는 프레지아가 무슨 말을 하려는지를 깨닫고 눈을 크게 떴다.

프레지아가 가만히 고개를 끄덕였다.

"맞아요. 선술묘학이 나타났어요. 발견자는 혈검 칸. 그리고 여기에 대한 소문이 널리 퍼져서 많은 집단들이 그것을 두고 쟁탈전을 벌이고 있는 상황이라고 하네요."

"……!"

연우는 산 쪽으로 고개를 홱 돌렸다.

선술묘학. 72선술을 말하는 게 틀림없었다. 그리고 이미 연우는 칸이 72선술을 사용하는 것을 알고 있었다. 그런데 그 사실을 들켜 다른 플레이어들로부터 쫓기고 있는 상황이라고?

하지만 뭔가가 이상했다.

'왜 이제 와서?'

여러 미후왕의 후계들과 싸움을 치르던 중에 일이 잘못 풀리기라도 한 것일까. 여기에 있는 사람들이 전부 미후왕의 후계자들이라고 생각할 수도 없는 노릇이었다.

"그리고 각 집단들의 명분은 혈검 칸의 학살이었다고 합니다."

"학살이요?"

"예. 최근에 혈검 칸이 그라시앙 가(家)라는 집단을 급습

해서 큰 학살을 저질렀다고 합니다. 가문의 어른들뿐만 아니라, 아이들이며 장원의 가축들까지. 참상이 너무 끔찍해 꽤 많은 플레이어들이 분개를 했다는군요."

크라시앙 가라면 연우도 잘 알고 있는 곳이었다. 41층에 터전을 잡아, 제법 큰 위세를 떨치는 가문. 원래는 플레이어였던 조상으로부터 시작해, 지금은 다른 플레이어들에게 막대한 영향을 끼치는 네이티브였다.

그런 곳을 마구잡이로 도륙했다고?

프레지아의 말에 따르면, 크레시앙 가의 참상을 목도한 자들을 중심으로 추격대가 편성되었다고 한다.

크레시앙 가와 깊숙하게 이권이 연결된 집단들과 오랫동안 친분을 맺었던 동맹 세력들도 일제히 복수를 외치며 추격대에 가담했다.

또한, 여기에서 운 좋게 살아남은 크레시앙 가의 후계가 남은 가산을 털어 칸에게 현상 수배를 걸기도 했으니.

여러 플레이어들이 구름 떼처럼 몰려 칸을 뒤쫓기 시작했다.

—그런데 뭐? 원한을 갚아?

연우는 칠대성의 사당에서 보았던 사념을 떠올렸다. 칸

을 보면서 분개하던 여러 플레이어들. 그리고 그들에게 조소를 날리던 칸.

"물론, 목적에 크레시앙 가의 복수만 있는 건 아니었죠."

그리고 도주하는 과정에서, 칸은 그동안 숨겨 뒀던 여러 신기를 선보였다. 그중 단연 눈에 띈 것이 바로 선술묘학. 72선술이었다.

"성장이 멈추거나, 더 강한 힘을 바라는 플레이어들로서는 좋은 '거리'가 생긴 셈이죠. 마침 타당한 명분도 있으니까요."

프레지아는 말을 살짝 끊으면서 말했다.

"이를테면."

눈빛이 연우의 가면을 꿰뚫었다.

"혈검 칸은 현재 공적(公敵)이 된 셈이에요."

그녀의 시선은 연우에게 이제 어떻게 할 것인지를 묻고 있었다.

위기에 잠긴 칸.

하지만 연우는 타르타로스의 일로 당장 한시가 급박한 상황이다. 퀴네에 제작에 신경 쓸 것인지, 아니면 그토록 오랫동안 찾아 헤매던 칸을 도와줄 것인지.

자칫 칸을 도와주었다가는 같이 공적으로 내몰려서 모든 일에 차질이 생길 수도 있는 노릇이었나.

"진즉에······ 알고 있었습니까?"

하지만 연우는 섣부른 판단을 내리기 이전에, 노여움에 잠긴 시선으로 프레지아를 노려봤다.

"편지를 전달해 주었을 때부터?"

프레지아는 담담하게 고개를 끄덕였다.

연우는 이를 악물었다. 결국 프레지아는 모든 상황을 알고 있으면서도 수수방관하고 있었단 뜻이었다. 빅토리아가 어떤 이유로 사라졌는지 눈치챘을 텐데도, 별다른 말조차 하지 않았다.

하지만 아나스타샤는 그런 프레지아의 태도를 이미 예상했다는 듯, 짜증 섞인 얼굴로 곰방대를 입에 물었다.

"개 같은 년."

결국 뼛속까지 장사치인 셈이었다.

연우도 별다른 말을 하지 않고 손을 높이 들었다.

"니케."

푸른 성화가 피어오르며 니케가 나타났다.

"부탁할게."

『응응!』

니케는 날개를 한껏 펼치면서 하늘 위로 높이 날아올랐다. 연우는 연결 고리를 통해 니케와 시야를 공유했다. 무언가를 탐색할 때에는 자신의 의념보다 니케의 감각 쪽이 훨씬 나았다.

"칸과 빅토리아를 구할 생각이신가요?"

프레지아가 연우를 묘한 눈길로 바라봤다. 퀴네에가 아닌 칸을 선택할 것이냐는 물음.

"전에도 이와 비슷한 상황이 있었지. 하지만 그때도 내렸던 결정은 하나였습니다."

연우는 칸과 도일이 아랑단에 억류되었을 때를 떠올렸다. 그때도 내렸던 결론은 하나였다.

형은 자신에게 영웅이었다는 동생의 말. 거기에 부끄럽지 않고 싶었다.

여기서 칸을 버리고 퀴네에를 선택한다고 한들. 그렇게 해서 동생을 빠르게 구해 준다고 한들. 동생이 앞선 상황을 알게 되었을 때, 과연 기뻐할까?

연우는 아니라고 생각했다.

친구는 친구대로.

동생은 동생대로 구해야 했다.

"그런가요. 그게 당신의 대답이로군요."

순간, 프레지아가 묘한 웃음을 흘리는 것 같았지만.

연우는 그런 것에 신경 쓸 틈이 없었다. 니케가 공유한 시각 정보를 통해 넓은 산맥이 한눈에 내려다보이고 있었다.

그리고 두 번째 산맥 지점에서, 거친 폭발과 함께 산사태가 일어나 절벽이 무너지는 것이 보였다.

'저기다!'

"저기로군!"

그새 아나스타샤도 똑같이 뭔가를 느꼈는지 다시 구미호로 변신해 그쪽으로 내달리기 시작했다.

연우도 불의 날개를 한껏 펼치면서 그쪽으로 재빨리 몸을 날렸다.

*　　　*　　　*

시각과 청각이 제한되는 두 번째 산.

『붉은 신목. 이제 여기서 그만두는 것이 어떠오? 그만하면 혈겸과의 의리도 충분히 지켰다고 생각이 드오만.』

빅토리아를 둘러싼 플레이어들은 의념을 잔뜩 세우면서 소리쳤다.

이곳은 감각이 순서대로 닫히는 스테이지. 제대로 된 실력을 펼칠 수 있는 플레이어는 의념을 다룰 수 있는 실력자들밖에 없었다.

그래서 숫자는 적었지만. 하나하나가 뛰어난 자들이었다.

하지만 빅토리아는 그들을 보면서 냉소를 흘릴 뿐이었다.

『의리를 지켜? 쓸데없는 소리 하지 마. 내가 여기서 할 수 있는 소리는 단 하나밖에 없어.』

그녀의 기세가 번뜩였다.

『여기서 죽을래? 아니면 물러날래?』

파직, 파지직—

빅토리아를 따라서 강렬한 마력 파장이 스파크처럼 튀어 올랐다가 가라앉았다. 그녀의 손바닥 위로 떠오른 것이 팽이처럼 뱅그르르 돌 때마다 마력 파장도 점차 강렬해졌다.

『아다만틴 노바…….』

그것의 정체를 알아본 플레이어들의 표정이 딱딱하게 굳었다.

저것이 문제였다. 여태껏 그들의 발목을 묶은 원흉.

아다만틴 노바는 그 자체로 중요한 마력핵이 되기도 하지만, 증폭 기관이 되기도 한다. 아다만틴 노바의 원재료인 아다만티움이 가진 단단한 내구력에, 극한까지 압축되면서 분자 단위로 새겨진 특성까지.

요괴의 손에 들리면 대요력을 지니게 하고, 마법사의 손에 들리면 대마력을 선물해 준다.

그리고 빅토리아는 붉은 신복이라 불릴 정도로 뛰어난

마법사였고, 명장의 반열에 든 제작자이기도 했다. 그런 실력자인 그녀의 손에 아다만틴 노바가 들렸다면?

콰콰콰—

『젠장! 다시 마력 폭풍이다!』

『숙여!』

빅토리아를 중심으로 스파크가 사방으로 뻗치더니, 마력이 잔뜩 응집된 자기장이 파문을 그리면서 잔뜩 퍼져 나갔다.

조금씩 포위망을 갖추면서 빅토리아를 압박하려던 플레이어들은 시도가 무색하게 재빨리 결계 영창을 외치면서 몸을 숙이거나, 스크롤을 찢어 자리에서 물러섰다.

마력 폭풍은 모든 것을 깡그리 밀어 버렸다.

주변에 있던 나무나 잡풀은 물론, 미처 피하지 못한 플레이어들까지도.

『미쳤……!』

『말도 안 돼!』

그런 광경을 보면서 모두가 침음을 삼켰다. 그들도 전부 각자가 활약하는 곳에서는 내로라하는 고수들이었지만, 빅토리아의 압도적인 화력 앞에서는 너무 보잘것없이 초라했다.

하지만. 그런 그들과 다르게, 이때를 오히려 기회로 여기는 사람들도 있었다.

팟—

대규모 마력 폭풍을 일으킨 뒤에는 들끓는 마력을 진정시키기 위해 일정한 쿨타임을 필요로 한다.

이때가 빅토리아를 잡을 수 있는 적기라 판단, 바로 반격을 꾀한 것이다.

『흥!』

하지만 빅토리아는 그들을 보면서 가볍게 코웃음을 치고, 다시 아다만틴 노바에다가 마력을 쏟아부었다.

그러자 빅토리아의 머리 위로 룬 문자가 떠올랐다가 흩어졌다. 문자열이 사라진 자리에서 갖가지 마법들이 대거 쏟아졌다.

마력 영구기관(永久機關).

그동안 빅토리아는 룬 마법을 원할 때마다 자유자재로 다루고, 마력도 즉각적으로 보충할 수 있는 아티팩트를 만들기 위해 노력했다.

그리고 그런 아이디어에 영감을 불어넣은 것이 바로 아다만틴 노바였다.

극한까지 압축되어 무한대에 가까운 열에너지를 뿜어내는 도구. 이 에너지를 마력으로 치환시킬 수만 있다면 무서울 것이 없었다.

괜히 그동안 스승이었던 아나스타샤가 귀물과 요병을 가두는 결계의 핵으로 사용했던 게 아니었던 것이다.

콰콰쾅—

플레이어들이 압도적인 화력 앞에 속수무책으로 쓸려 나가는 가운데.

『볼 때마다 느끼는 것이지만. 참 재미난 도구를 쓰는군.』

매캐한 연기를 헤집으면서 한 사람이 불쑥 나타났다. 중년에서 노년으로 넘어가는 시기의 장년인. 사람 좋은 미소를 하고 있지만, 기세가 날카로웠다.

그의 주변에서는 빅토리아의 마법과 정반대되는 냉기가 휘몰아치고 있었다.

빙왕. 오랜 은거를 깨뜨리고 최근 세상에 나와 다시 이름을 떨치기 시작한 용병왕.

그는 박수를 세게 치면서 몸을 팽이처럼 돌렸다. 그러자 땅거죽이 뒤집어지면서 얼음 가시가 잔뜩 돋아나 빅토리아를 마구잡이로 찔렀다.

화염으로 둘러싸인 배리어가 자동적으로 생성되면서 얼음 가시를 막았다.

가시가 하나씩 부서질 때마다 배리어도 하나씩 파훼되었고, 그사이 빙왕은 단숨에 빅토리아에게 다다를 수 있었다.

『이보게. 지금이라도 괜찮으니 여기서 그치는 것이 어떻겠나? 자네도, 자네를 쫓고 있는 우리도 다 피곤하지 않은가. 사실 따지고 보면 우리가 이렇게 싸울 이유도 전혀 없는 것이고.』

빙왕은 빅토리아의 마법을 잇달아 옆으로 쳐 내면서 간곡한 어조로 말했다.

사실 의뢰를 받고 온 입장에서, 빅토리아와 이렇게 드잡이질을 하고 있는 것이 좋은 상황은 아니었다.

이렇게 소모하는 심력과 시간이 전부 그에게는 막심한 손해였으니까.

빅토리아를 빨리 정리하고, 칸의 행방을 뒤쫓는 것이 계산적으로 맞는 일이었다.

아니, 그런 계산적인 면을 떠나서라도. 사실 빙왕은 내심 빅토리아의 심정을 이해하고 있는 편이었다.

군침을 질질 흘려 대는 승냥이 떼로부터 소중한 동료를 지키는 것.

자신이 그런 입장이 되었어도, 똑같은 행동을 했을 테니까.

이전에 칸이 어떤 잘못을 저질렀는지에 대해서는 차치하고서라도.

'히지만 문제는.'

빙왕의 양손이 시퍼런 광채를 토해 냈다.

'지금은 내가 악당의 입장이 되었다는 것이지만.'

빅토리아는 대답을 할 가치도 없다는 듯이 손가락을 가볍게 튕겼다. 손등 위로 룬 문자가 살짝 떠올랐다가 흩어지면서 새하얀 빛무리가 감각 영역을 가득 물들이고, 거친 화염이 확 하고 일어나 붉은 혀를 날름거렸다.

〈플로어 익스플로전〉. 태양의 고열을 강제로 끌어와 폭발시키는 고위급의 마법. 그런 것이 갑자기 터졌으니 살이 단숨에 익을 수밖에 없었다.

하지만 빙왕도 가만히 있는 것은 아니었다. 결국 빅토리아를 제압할 수밖에 없겠다는 생각에 가볍게 혀를 차면서 합장한 손을 풀어 앞으로 내질렀다.

지면에서부터 하늘에 이르기까지, 시퍼런 얼음 기둥이 솟구쳤다. 아니, 기둥으로 보일 정도로 컸지만, 사실 그건 장풍이었다.

〈빙백신장(氷魄神掌)〉. 손바닥이 작렬하는 곳마다 높이를 짐작하기 힘들 정도로 커다란 얼음 해일을 일으킨다는 빙왕의 시그니처 스킬.

빙왕이 오른손을 휘두른 자리에서 솟구친 얼음 기둥은 플로어 익스플로전과 함께 부서졌고.

잘게 흩날린 얼음 입자들 사이로, 왼손이 작렬하면서 새

로운 얼음 해일이 하늘을 뒤덮었다. 그리고 곧바로 오른손
이 뒤따라 작렬했다.

퍼퍼퍼펑—

얼음 해일이 연속적으로 벌어지면서 빅토리아의 주변은
온통 얼음 감옥이 되고 말았다. 강제로 그녀를 붙잡기 위한
빙왕의 술책이었다.

하지만.

『이런.』

얼음 폭풍은 빅토리아에게 아무런 위해도 끼치지 못했
다.

『이러면 닭 쫓던 개가 되는 셈인데.』

어느새 아다만틴 노바를 사용, 블링크를 잇달아 사용하
면서 저만치 높은 상공으로 달아나 버린 것이다.

하지만 말투와 다르게. 빙왕은 입가에 걱정 가득한 미소
를 담고 있었다.

『그래도 여기에 순순히 붙잡히지 그랬나. 그랬다면 최소
한 다치지는 않았을 텐데.』

그 순간, 기다렸다는 듯이 아래쪽에서 여러 줄기의 빛이
강선처럼 쏘아졌다.

'은의 사수', 스트리지. 현상금 사냥꾼으로 유명한 플레
이어가 미리 투로를 예측하고 시위를 튕긴 것이나.

〈월광의 은탄〉. 공간과 함께 적으로 지정된 대상을 단번에 갈라 버린다는 스킬이었다.

파밧!

그리고 빅토리아의 뒤편에서 얼굴에 복면을 쓴 어쌔신이 공간을 열면서 나타났다. 본명 대신에 '문 워커' 라는 별칭으로 더 유명한 랭커였다.

빅토리아를 중심으로 여러 개의 마법진이 동시에 떠오르면서 대규모 배리어를 형성했다. 아니, 형성하려 했다.

마력 입자가 모이기 직전에 스트리지가 쏜 월광의 은탄이 마법진을 모조리 파훼했다.

때문에 반발력으로 아다만틴 노바가 잠시 기능을 정지했고, 그때를 틈타 문 워커가 빅토리아의 목을 친 것이다.

쾅!

문 워커가 휘두른 검이 아슬아슬하게 빅토리아의 목을 스치고 지나갔다. 손목에 차고 있던 팔찌가 작동하면서 새로운 결계를 만들어 비껴 낸 것이다.

하지만 충격을 완전히 상쇄할 수 없어 팔찌는 그대로 부서져 파편이 아래로 우수수 쏟아졌다.

그리고. 그것이 바로 문 워커 등이 바라던 노림수였다.

부서진 팔찌가 빅토리아와 아다만틴 노바를 연결시켜 주는 단말이었던 셈이었다. 그런 것이 부서졌으니, 아다만틴 노바도 더 이상 마력을 공급받지 못해 기능이 정지하고 말았다.

빅토리아는 아차 싶은 마음에 아다만틴 노바 쪽으로 손을 뻗었지만.

『잡아.』

저 아래에서 상황을 지켜보고 있던 지휘관이 턱짓을 했다. 최고의 용병 집단으로 분류된다는 철사자단답게, 십여 명의 플레이어들이 빠르게 움직였다.

일제히 어깨에 두르고 있던 철궁을 풀어, 시위에다 강전을 실으며 빅토리아가 있는 곳으로 일제히 겨누어 쏘았다.

콰콰콰쾅—

퍼퍼펑!

또 다른 5대 명장, 마프가 제자 도공들에게 시켜 제작했다는 특산품, '마술강화전(魔術鋼火箭)'이 쏘아질 때마다 허공에서 잇달아 폭발이 일어났다.

그리고 검은 매연이 잔뜩 퍼져 가는 가운데, 빅토리아가 새카맣게 그을린 채로 추락했다.

『안…… 돼……!』

빅토리아는 자신보다 먼저 아래로 떨어지는 아다만틴 노바를 억지로라도 붙잡고자 했다.

―누님. 부탁해.

저것이 있어야만 한다. 추격자들은 지금도 칸의 행방을 뒤쫓으려 하는 중이다. 칸의 위치가 노출되지 않도록, 최대한 시간을 끌어야만 했다.

　　―나, 구하고 싶은 녀석이 있어. 누님을 이렇게
　　희생시키는 것, 너무 몰염치하다는 거 알지만. 그래
　　도 이렇게 부탁할게.

칸을 직접 만난 것은 단 몇 분밖에 되지 않았다. 그 짧은 시간 동안. 칸은 애타는 시선으로 그녀의 손을 붙잡으며 말했다.

　　―도와줘, 제발.

시간을 벌어 달라는 부탁. 자신을 쳐다보면서 눈물을 흘리던 모습을 잊을 수가 없었다.
　그가 대체 무엇 때문에 움직이고 있는지, 무엇을 노리고 있는지, 무엇을 하고 있는지는 전혀 알지 못했다.
　지금 생각해 보면, 칸은 언제나 그런 녀석이었다.

오행산에 있을 시절에도, 평소에는 장난기가 가득했지만 이따금 속을 알 수 없는 모습을 보였다.

어딘가를 보고 있는 듯한 시선. 하지만 그 시선은 빅토리아를 향해 있지 않았고, 이유를 물어볼 때면 늘 쓰게 웃는 게 전부였다. 언제나 그런 식이었다. 속을 전혀 보여 주지 않는 사람.

그런 사람을 가장 싫어했던 그녀로서는 칸에게 정이 떨어질 법도 했지만.

이상하게도 그 모습에 자꾸 이끌렸다. 할망구라고 매번 놀려도. 칸은 그녀에게 소중한 동생이었다.

아니, 지금 와서 생각해 보면. '동생'이 아니라, '이성'에 가깝게 생각하고 있던 게 아닐까.

그래서 도와주고 싶었고. 어떻게든 시간을 더 벌어 주고 싶었다. 자신을 이용한 것이라고 해도 상관없었다.

그냥.

그냥 그러고 싶었다.

지금쯤 불같이 화를 내면서 자신을 찾고 계실 스승님의 모습이 언뜻 떠올랐지만. '죄송합니다'라는 말밖에 할 수가 없었다.

그마저도 전달할 수 없게 되어 버린 것 같지만.

그때.

스걱—

손끝이 가까스로 아다만틴 노바에 닿으려는데, 문 워커가 불쑥 나타나 다시 칼을 휘둘렀다.

『아.』

아주 잠깐. 빅토리아는 그런 말만 내뱉었다. 피분수와 함께 손목이 분리되어 허공으로 튀고 있었다. 아프다는 느낌은 들지 않았다.

그저 드는 생각은 하나. 아다만틴 노바가 바로 코앞에 있는데. 저것을 붙잡아야 하는데. 이래서는 안 되는데. 그게 전부였다.

쿵—

빅토리아가 그대로 지면에 곤두박질쳤다. 아무런 보호막 없이 너무 높은 곳에서 떨어진 까닭에, 몸이 그대로 으스러진 상태였다. 척추마저 아작 났지만, 미미하게 남아 있는 마력이 그녀의 숨을 겨우 붙잡았다.

철사자단을 비롯한 여러 플레이어들이 그런 빅토리아를 덮쳤다. 마지막 숨을 내뱉기 전에, 그녀가 숨긴 칸의 행방을 심문하기 위해서였다.

『조심해서 다뤄야 한다! 분명 이 어딘가에 숨어 있을 혈검의 행방을 유일하게 알고 있는 작자이니. 게다가 또 다른 뭔가를 숨기고 있을지 모르니 주의해!』

철사자단의 4단장, 토르카의 감독하에. 용병들은 혹여 빅토리아가 마법을 전개할까 싶어 디스펠 스크롤을 찢는 한편, 마력 구속구를 가져와 손발을 채웠다.

철컥, 철컥—

토르카는 엄중한 기색으로 빅토리아를 면밀히 살폈다. 그런 그의 옆으로 빙왕이 씁쓸하게 웃으면서 다가왔다.

『너무 심하게 해치지는 마시게.』

『아직도 그런 말씀이십니까?』

『나쁜 사람은 아니지 않은가. 그리고 자네들의 작은 주인을 보호하려는 것이기도 하고. 참작은 해 주게.』

작은 주인. 그런 말에 토르카의 눈빛이 살짝 흔들렸지만, 그의 표정은 그대로였다.

『많이 무뎌지셨습니다.』

『그런가.』

『예. 이전에는 그런 말씀을 하는 분이 아니셨잖습니까?』

토르카의 기억 속에서, 빙왕은 언제나 효율적인 목적 달성에만 집중하던 사람이었다. 그 과정에서 몇이나 희생이 되든 상관하지 않는 냉혈한.

『나도 나이를 든 게지. 그리고.』

빙왕이 알 수 없는 미소를 흘렸다.

『그 친구와 척을 지고 싶지 않거든.』

토르카가 미간을 찌푸렸다.

『또 그 이야기이십니까?』

『하핫. 자네도 그 친구를 보면 내가 왜 그런 말을 하는지 알게 될 걸세.』

『그런다고 해서 달라질 것은 없습니다.』

토르카는 가볍게 코웃음을 쳤다. 독식자. 이름은 몇 번씩이나 들어 봤다. 언제나 큰 사건의 중심에는 그가 있었으니까. 칸과도 깊은 인연이 있다는 말을 얼핏 듣긴 했지만. 그래도 토르카는 그게 끝이라고 생각했다.

남들은 말한다. 그가 홀로 패왕 벤티케와 트리톤을 무찔렀노라고. 어쩌면 아홉 왕에 가장 가까이 다가간 자일지도 모른다고 말한다.

하지만 토르카는 그것이 우습다고 생각했다. 신흥 클랜? 남들은 대단하다며 엄지손가락을 높이 들어 칭송할지 모르지만, 결국 상승세를 탄 풋내기들일 뿐이었다. 단 한 명을 거꾸러뜨리지 못하고 스러진 트리톤이 그것을 증명했다.

반면에. 철사자단은 달랐다. 유구한 역사를 지니고 있었고, 가진 전력만 따진다면 거대 클랜에 못지않았다.

독식자가 제아무리 대단하다고 한들, 홀로 상대할 수 있는 곳이 아니란 뜻이었다.

빙왕의 경고? 그것도 마찬가지였다. 자각하고 있는 것처럼, 빙왕은 늙었다. 나이를 먹으면 애가 되고, 잔걱정이 많아지는 법.

'이번 일이 끝나면, 위에 전달해서 빙왕과의 거래도 모두 끊어야겠어. 실력은 아직 남아 있는 것 같지만, 괜한 판단으로 전의만 상실케 할 수 있으니.'

그런 생각과 함께.

빅토리아에 대한 구속이 끝났다. 아다만틴 노바를 수거하기 위한 작업도 마무리되었다는 소식이 전해졌다.

『그럼, 모두 본단으로 되돌아간……!』

토르카가 철수 명령을 내리려던 그때.

콰아아앙!

갑자기 하늘에서부터 운석이 떨어지는 게 아닌가 싶은 엄청난 진동이 전해져 왔고.

수십 명에 달하는 용병들이 일제히 잘게 부서진 육편이 되어 허공으로 튀어 올랐다.

그 중심에.

연우가 불의 날개를 한껏 펼치면서 빅토리아를 안은 채로 서 있었다.

그리고.

『이런. 아무래도 화가 단단히 난 모양인데.』

빙왕은 난감하다는 듯이 검지로 관자놀이를 긁적이면서,
토르카를 향해 어색하게 말했다.

『이번 판, 혹시 나는 빠지면 안 될까?』

토르카는 그게 말이나 되는 소리냐는 얼굴로 빙왕을 노
려봤다.

하지만 빙왕은 그가 어떤 표정을 지어도 좋다는 듯, 뒤로
슬쩍 몇 걸음 물러섰다. 정말 이번 일에 개입하기 싫다는
태도가 역력했다.

'이래서 늙은이들은.'

토르카는 빙왕에게 가졌던 마지막 남은 존경심마저 사라
지는 걸 느꼈다. 겁이 많다. 많아도 너무 많았다.

저깟 놈이 무엇이라고.

토르카는 후방에 빠져 있던 수하들에게 턱짓을 했다. 철
사자단의 정예들이 저마다 무기를 뽑으면서 천천히 연우를
에워쌌다.

스르릉, 스릉—

토르카도 자신을 상징하는 쌍고검을 천천히 뽑아 양손에
쥐면서 앞으로 나섰다.

＊　　　＊　　　＊

『이런 꼴을 보이긴 싫었는데, 하하…….』

빅토리아는 쓸쓸한 미소를 지으면서 연우를 바라봤다. 피에 젖어 축 가라앉은 머리카락 사이로 보이는 눈동자는 연우의 얼굴이 아닌 살짝 비껴 난 곳을 보고 있었다. 시력이 망가졌단 뜻이었다.

'위험해.'

품에 안긴 빅토리아를 보는 연우의 눈이 딱딱하게 굳었다. 빅토리아의 기식은 엄엄했다.

한쪽 손이 잘리고, 전신이 화상으로 짓눌렸다. 거기다 억지로 마력을 돌리면서 내상도 크게 입은 상태. 이대로는 위험했다.

힐링과 리커버리를 계속 부여하고는 있지만. 이것으로는 턱없이 부족할 것 같았다. 생명력이 너무 빠른 속도로 소모되는 중이었다.

'아다만틴 노바.'

그때, 연우의 눈에 바닥을 뒹굴고 있는 아다만틴 노바가 보였다. 빛을 잃어 평범한 구슬처럼 보였지만, 여전히 주변으로 강렬한 마력 파장이 퍼져 나오고 있었다.

연우가 앞으로 손을 뻗자, 아다만틴 노바가 두둥실 허공으로 떠오르면서 빅토리아의 손 위에 올라왔다.

　우웅, 우우웅—

　빅토리아는 그것을 손으로 매만졌다. 그토록 잡고 싶었는데 결국 잡을 수 없었던 것. 그게 겨우 손에 들어왔다. 하지만 공허한 시선은 여전히 아무것도 없는 허공에 매달려 있었다.

　『이번에는…… 제대로 도움이 되고 싶었는데.』

　연우는 빅토리아가 보고 있는 것이 지난날 오행산에서 칸을 놔두고 도망쳐야만 했던 자신의 모습이라고 생각했다.

　당시에 쌓인 한이 아직도 가슴에 사무치게 남아 있었던 것이다. 그래서 연우는 빅토리아에게 아무 말도 할 수 없었다.

　가만히 꼭 끌어안아 주는 것이 그가 할 수 있는 최선이었다.

　『부.』

　츠츠츠—

　부름에 따라, 연우의 뒤편으로 두 개의 인페르노 사이트가 도깨비불처럼 맺혔다.

　「예.」

　『살려. 어떻게든.』

「명에. 따릅. 니다.」

우우우웅—

그때, 아다만틴 노바가 다시 미친 듯이 떨리기 시작하면서 강렬한 빛을 뿌렸다. 서광이 점차 빅토리아를 따라 퍼져 나갔다.

순간, 이를 느낀 빅토리아의 눈이 살짝 커졌다. 대체 어떻게? 아다만틴 노바는 뛰어난 기능만큼 다루기가 아주 까다로운 물건이었다.

그래서 아나스타샤도 귀물과 요병을 봉인하는 결계의 핵으로만 썼고, 빅토리아도 특별히 제작한 단말을 통해 마력을 끌어냈다. 그리고 단말이 깨졌을 때, 아다만틴 노바도 기능이 정지했다.

그런데 연우의 권속으로 보이는 리치는 그런 제약 따위에 전혀 영향을 받지 않고, 너무나 능숙하게 아다만틴 노바를 다루고 있었다.

게다가 지금 사용되는 마법도 고위 등급에 해당하는 〈힐링 포지션〉. 죽음을 다루며 생명과는 거리가 먼 리치가 다룰 수 있는 마법이 절대 아니었다.

하지만 부는 그런 빅토리아의 궁금증에 아랑곳하지 않고, 연우가 내린 명령에 따라 그녀를 치료하는 데에만 몰두할 따름이었다.

연우도 여기에 필요한 마력을 공급하는 데 집중하던 그 때.

『붉은 신목을 내놔라, 독식자.』

철사자단을 비롯한 여러 플레이어들이 이곳을 좁혀 오고 있었다. 두 눈에 탐욕에 젖은 불을 잔뜩 켠 채로.

가면으로 가려져 보이지 않았지만. 연우의 표정은 어느 때보다 싸늘하게 식어 있었다.

그는 대답 대신에 몸을 감고 있던 불의 날개를 한껏 옆으로 젖혔다.

그러자 맹렬한 열풍이 불어 닥치면서 눈앞에 있던 보기 싫은 것들을 깡그리 밀어 버렸다.

콰콰콰—

『……!』

『……!』

그 뒤에 벌어진 광경에, 플레이어들의 표정이 딱딱하게 굳었다. 공격의 노출 범위에 있던 플레이어들이 모조리 사라져 버린 것이다.

한 명도 남김없이. 전부.

결계를 구축하던 자들도. 방어 스킬을 펼치던 자들도 예외는 없었다. 그들이 있던 자리에는 새카만 그을림과 붉은 불씨, 그리고 재가 흩날리고 있을 뿐이었다.

문제는 그런 무지막지한 열풍이 여전히 연우를 중심으로 회전하고 있다는 점이었다.

고오오!

『모두 피해!』

가장 먼저 위험성을 깨달은 토르카가 앞으로 튀어나오면서 소리를 질렀다.

뒤따라 철사자단이 자랑하는 다른 단장들과 부단장들이 뛰쳐나가고, 현상금 사냥꾼 중에서 손꼽히는 실력을 가진 문 워커나 스트리지도 앞으로 나섰다.

퍼퍼퍼펑—

불의 날개가 이리저리 홰를 칠 때마다, 엄청난 고열을 품은 열풍이 사방팔방으로 뻗쳐 나가면서 지면을 휩쓸고, 대기를 뜨겁게 달궈 놓았다.

먼지구름도 거칠게 일어나 시야를 흩트리는 가운데.

『흡!』

문 워커의 앞으로 연우가 불쑥 나타났다. 마치 귀신처럼 표홀한 움직임. 얼마나 민첩하게 움직였던지, 문 워커는 그의 기척을 읽을 수도 없었다.

그래서 눈을 황망하게 뜨면서 방어 자세를 구축하려 했지만. 그보다 먼저 연우가 바로 눈앞에 도착해 있었다.

쾅!

연우는 주먹을 앞으로 내질렀다. 단순한 정권 찌르기. 하지만 위력은 절대 단순하지 못했다.

문 워커는 그대로 뒤로 크게 튕겨 났다. 갑옷은 잔뜩 으스러지고, 입 밖으로 쏟아지는 핏덩이에는 파열된 내장 조각이 섞여 있었다.

한 팔에 빅토리아를 끌어안은 불편한 자세로도 말도 안 되는 힘을 보인 것이다.

하지만 연우는 그것이 끝이 아니라는 듯. 불의 날개를 한껏 키우면서 저 멀리 튕겨 나는 문 워커를 쫓았다. 빅토리아의 손을 자른 것처럼, 녀석의 모가지도 이참에 분질러 버릴 생각이었다.

『어딜!』

『거기 멈춰라!』

철사자단의 용병들이 와락 달려들었다. 그들의 뒤는 스트리지가 엄호를 하고 있었다. 월광의 은탄을 마구잡이로 쏘아 연우의 발목을 묶을 심산이었다.

하지만 연우는 그들과 직접적으로 충돌하지 않았다. 쇄도하던 중에 갑자기 급브레이크를 밟으면서 허공에서 멈추더니, 그대로 몸을 뱅그르르 돌렸다.

불의 날개가 한껏 번져 나가면서 커다란 소용돌이를 그려 냈다. 이미 열풍의 위력을 겪은 플레이어들이 섣불리 접근하지 못하고 주춤거릴 때, 불꽃 소용돌이를 가르면서 다른 것들이 튀어나왔다.

연우가 나올 줄 알았던 용병들의 눈이 휘둥그레졌다. 나타난 것은 연우가 아니었다. 잔독혈을 잔뜩 품은 괴이들이었다.

그 뒤를 따라 잿빛 망령들이 줄지어 나타나 사방을 혼란스럽게 만들었다.

[제2천의 영]

캬캬캭─

키아아악!

『무, 뭐야, 이거!』

『크아악!』

틈틈이 숫자를 늘려 어느덧 오십여 마리로 불어난 괴이들은 단숨에 용병들 사이로 파고들었다. 손톱을 휘두를 때마다 핏물이 튀고, 독에 중독된 용병들이 시퍼렇게 질린 얼굴로 바닥에 주저앉았다.

『어디, 지?』

그런 혼란스러운 상황 속에서. 스트리지는 화살을 시위에 걸다 말고 잠시 주춤거렸다.

'없어?'

목표로 잡아야 하는 연우가 도무지 보이지 않았던 것이다. 어디로 사라진 걸까. 등골이 섬뜩한 느낌에 본능적으로 몸을 반대로 돌리려 했지만.

『늦었어.』

스걱―

이미 연우는 녀석의 뒤편에서 나타나 마장대검으로 목을 치고 있었다.

푸우우!

피보라가 일어나면서 목이 허공으로 튀어 올랐다. 머리를 잃은 스트리지의 사체가 바닥에 주저앉았다. 그 옆에는 다른 시체가 하나 더 사이좋게 놓여 있었다. 이미 사냥이 끝난 문 워커의 시체였다.

순식간에 둘이나 되는 랭커가 피를 뿌리면서 쓰러진 것이다.

『이……!』

토르카가 잔뜩 붉어진 얼굴로 튀어 나갔다. 아니, 튀어 나가려 했다. 연우에게로 몸을 날리기 직전에 갑자기 나타난 요력이 아니었다면.

쿵!

갑자기 이번에는 뒤쪽에서 엄청난 굉음이 울렸다.

토르카는 본능적으로 그쪽으로 머리를 돌렸다가 인상을 딱딱하게 굳혔다.

집채만 한 크기를 자랑하는 구미호가 바로 그들의 머리 위에 서 있었다.

아홉 개의 꼬리를 빳빳하게 세운 채, 송곳니를 훤히 드러내며 으르렁거리는 하울링(Howling)은 오금이 저릴 정도였다.

『감히, 인간 따위가 내 제자에게 손을 대? 감히!』

토르카가 어떻게 말을 할 새도 없었다.

구미호가 한쪽 발을 강하게 구른 순간, 그녀의 주변을 뱅글뱅글 맴돌던 여우불이 확 하고 일어나 삽시간에 사방으로 번져 나간 것이다.

결국 남아 있던 철사자단과 용병들, 플레이어들이 모조리 쓸려 나간 가운데.

『아, 아아!』

토르카는 자신도 모르게 엉덩방아를 찍고 말았다. 반쯤 넋이 나간 얼굴. 구미호가 내뿜은 어마어마한 요력에 압도되어 투지가 완전히 꺾여 버리고 만 것이다.

『죽어라.』

토르카의 죽음을 확정 짓는데 필요한 단어는 그것이면 충분했다. 요마안으로 토르카를 보며 명령을 내린 순간,

겨우 남아 있던 이지가 완전히 끊어지고 말았다. 절명이었다.

털썩—

연우는 모든 것이 쓸려 나간 곳에서. 이제 유일하게 남은 사람을 바라봤다.

『빙왕께서는 어쩌시겠습니까? 싸우시겠습니까?』

『나는 빼 주게. 자네가 나타났을 때부터 뒤로 빠지지 않았나.』

빙왕은 씁쓸하게 웃으면서 방금 전까지 같이 웃고 떠들던 동료들, 아니, 동료들이 '없'던 것들을 바라봤다.

대부분 부서져 사라지거나, 새카만 숯이 되어 생전의 모습도 알아보기 힘든 것들뿐. 한 번의 잘못된 판단이 결국 죽음을 초래하고 만 것이다.

연우도 가만히 고개를 끄덕였다. 여차하면 빙왕도 같이 정리할 속셈이었지만, 지난 인연도 있는 데다가 자신과 싸울 의욕도 없어 보였기에 굳이 손을 쓰지 않았다.

『그래도 남은 시체들은 수습할 수 있게 해 주게.』

『그러십시오.』

『고맙군.』

빙왕은 진심으로 고맙다며 고개를 숙이고, 겨우 남아 있는 시체만 수습하면서 작게 중얼거렸다.

『……이번에도 상당히 소란스러워지겠군.』

―독식자가 나타난 곳에는 언제나 소란이 벌어진다.

그런 소문이 이미 파다하게 퍼져 있긴 하지만. 이번에는 웬만한 정도에서 가라앉지 않을 것 같았다.

명색이 용병계 최강 클랜인 철사자단이 이런 피해를 좌시하지 않을 테고, 랭커가 둘이나 죽어 나간 상황도 추적자들에게는 아주 큰 충격일 테니까.

빙왕은 곧 쏟아질 사람들의 질문이 벌써부터 버겁기만 했다.

『이건 전부 너 때문이야.』

어느덧 인간 형태로 돌아온 아나스타샤는 빅토리아를 품에 안으면서 연우에게 그렇게 말했다.

『네가 나타나 이 아이에게 자극을 주지 않았더라면, 이딴 사달이 벌어지지 않았을 테지.』

아나스타샤는 그런 말을 남기고 훌쩍 떠났다.

「뭐야, 저 할망구? 재수 없게. 말투도 그렇고. 왜 주인 탓을 하는 거야?」

샤논이 짜증스럽게 중얼거렸다. 연우가 찾아오지 않았

다고 해서 빅토리아가 칸을 찾으러 가지 않았을까? 샤논은 아니라고 생각했다. 연우는 그저 중간에 끼인 입장이었을 뿐이었다. 아나스타샤는 그저 원망할 대상이 필요했던 것이고.

하지만.

『…….』

연우는 아주 잠깐 아무 말도 하지 않았다. 예전에도 이것과 비슷한 일을 겪었으니까. 아나스타샤 때문이 아니었다. 그의 시선은 빅토리아에 고정되어 있었다.

칸을 구하러 가기 위해 움직인 빅토리아. 동생의 영혼을 되찾으려는 자신. 두 모습이 자연스레 오버랩이 되었던 것이다.

「주인?」

『어? 왜?』

「갑자기 왜 그래?」

『아냐. 아무것도.』

연우는 머리를 털었다. 샤논은 그런 주인이 조금 걱정스러웠지만, 내색하지 않고 방향을 돌렸다.

「그보다 이제 어쩌려고? 저 할망구도 지랄 맞게 구는데.」

『일단은 이곳 전황부터 파악해야지.』

하지만 상황을 설명해 줄 빅토리아는 아나스타샤가 데리고 가 버렸다. 그럼 누구에게 확인한다?

의미 없이 주변을 훑던 연우의 시야에 어느새 사체를 모두 수습하고 조용히 떠나려는 빙왕이 보였다.

가라고 했다가 도로 붙잡는 게 모양새가 안 좋긴 했지만, 그래도 어쩔 수 없는 노릇.

'조금 짜증도 나고.'

게다가 아나스타샤의 억지도 조금 억울했다. 사실 따지고 보면 빙왕 등이 저지른 짓을 자신에게 탓한 셈이었으니까.

『잠시만 기다리십시오.』

빙왕은 혹시 자신이 뭔가 실수를 했나 싶어 등골을 바짝 세우면서 연우를 바라봤다. 등에 식은땀이 송골송골 맺혔다.

『왜 그러나?』

『생각이 바뀌었습니다. 아무래도 저희와 같이 남아 주셔야겠습니다.』

빙왕은 새삼 어색하게 웃었다.

『갑자기, 왜……?』

『아무래도 지금 상황을 설명해 줄 사람이 필요해져서 말입니다.』

『…….』

연우가 눈을 가늘게 좁혔다.

『싫으십니까?』

연우는 가볍게 손을 펼쳤다. 검은 불꽃이 손바닥 위로 거칠게 타올랐다가 사라졌다.

화르륵—

순간, 빙왕의 머릿속으로 불길에 단박에 쓸려 나가던 토르카 등의 얼굴이 떠올랐다. 게다가 저 불은 자신의 속성과 정반대였다.

『하, 하하…….』

빙왕은 어색하게 웃더니.

『싫을 리가 있겠나! 다른 사람도 아니고, 자네의 부탁인데 당연히 들어줘야지. 자네 스승과의 인연도 있고. 마음껏 시켜만 주시게.』

빙왕은 사람 좋은 미소로 말했다.

『그래. 뭐부터 하면 되겠나?』

*　　　*　　　*

연우와 용병들의 전투는 순식간에 20층에 있는 플레이어들에게 널리 퍼졌다.

『독식자? 호호. 독식자가 여기에 왔단 말이지?』

전신을 붕대로 감은 괴인, 페이스리스는 농염한 목소리로 웃음을 터뜨렸다. 귀부인을 보는 것 같은 고운 자태. 그러다 다시 말을 이을 때에는 싸움을 앞둔 전사처럼 격렬했다.

『그래. 사건 사고가 있는 곳에는 언제나 나타나는 승냥이 놈이 여기라고 안 올 리가 없지.』

목소리가 다시 변했다. 맛있는 음식을 앞에 둔 아이처럼 밝은 목소리.

『으히히! 이참에 그 녀석도 친구로 삼아 볼까? 그 녀석이 가진 영혼은 어떨지, 궁금한데. 제발, 제발. 맛이 있으면 좋을 텐데.』

그러다 페이스리스는 휙 하고 옆에 서 있던 수하들에게 고개를 돌렸다.

망자의 함. 페이스리스를 따른다는 조직. 4대 신흥 클랜 중 하나로 손꼽힐 만큼 큰 규모를 자랑하는 곳이기도 했다.

『혈검을 수색하던 건 잠시 중단한다. 지금부터 독식자를 찾아라. 녀석이 어떤 열쇠를 가지고 있는 게 분명하니.』

수하들은 고개를 푹 숙이고 조용히 자리를 떠났다.

붕대 사이로 페이스리스의 안광이 예리하게 빛났다. 이

제 그는 마치 연구를 하는 학자처럼 차분했다.

그 외에 다른 단체들도 빠르게 움직였다.

『빅토리아는 혈검의 행방을 알고 있는 몇 안 되는 단서다! 수색 마법을 펼쳐! 서둘러!』

닥터 둠의 명령에 따라, 네크로폴리스는 스테이지 곳곳에 마법을 뿌려 대면서 바쁘게 뛰어다녔고.

『토르카가 죽었다. 독식자, 그놈은 이제부터 우리들의 원수이니. 놈의 머리를 가져올 때까지는 다시 돌아올 생각 마라.』

철사자단은 이를 갈면서 연우에 대한 분노를 불태웠다.

그렇게 스테이지에 있는 모든 용병과 플레이어들이 바쁘게 뛰어다니는 가운데.

『독식자라면?』

『맞아. 듣기로는 녀석도 선술묘학을 갖고 있을지 모른다는 소문이 있었지.』

『그렇다는 건, 여의봉의 조각도 갖고 있을지 모른단 뜻인데.』

『만나 보면 알겠지.』

소수의 그림자들도 몰래 움직이기 시작했다.

＊　　＊　　＊

연우 일행은 곧바로 격전지를 떠나, 외딴곳에 도착했다. 고행오산에서도 멀리 떨어져 스테이지의 제약이 미치지 않는 곳.

"사실 지금 벌어지는 싸움은 겉보기에 불과해. 진정한 속셈은 따로 있지."

빙왕은 연우와 단둘만 남은 자리에서 스테이지에서 벌어지는 내용들을 말하기 시작했다. 뭔가를 숨길 생각은 전혀 없어 보였다.

"속셈이라면?"

"이런 것이지."

빙왕은 더 이상 숨길 게 무엇이 있겠냐는 듯, 품을 뒤적이더니 뭔가를 꺼냈다. 황금색으로 빛나는 파편. 여의봉의 조각이었다.

그리고.

우웅—

연우의 품에서도 자연스레 여의봉의 조각이 잘게 떨리면서 밖으로 나왔다.

연우의 눈이 살짝 커졌다.

"빙왕께서도, 미후왕의 후예이셨습니까?"

"그렇다네. 반쪽짜리지만."

"반쪽?"

"조각을 가지는 것만으로도 '미후왕의 후예' 라는 칭호를 얻긴 하지만…… 사실 그걸로 후예라고 자랑스러워하기엔 부족하지."

빙왕은 씁쓸하게 웃었다.

연우는 굳이 거기에 대해 캐묻지 않고 화제를 돌렸다.

"한데, 어떻게?"

"어떻게 그렇게 숨길 수 있었냐고?"

연우가 고개를 끄덕였다. 여의봉의 조각은 근처에 있기만 해도 공명을 일으킨다. 그래서 미후왕의 후예들은 서로가 서로를 쉽게 알아볼 수가 있었다.

하지만 여태 연우는 다른 후예들을 만난 적이 없었다. 빙왕도 마찬가지. 발푸르기스의 밤 공방전 때에도 빙왕에게서는 아무런 것도 느낄 수가 없었다.

빙왕이 살짝 장난기 섞인 얼굴로 웃었다.

"혹시 그 말 기억하나? 다음에 인연이 되면 한번 보자고 했던 것."

연우는 무왕과 인사를 나누다가 자신을 보며 가볍게 웃음을 짓던 빙왕의 모습을 떠올렸다. 당시에는 그냥 지나가는 말인 줄로만 알았지만. 사실 그게 아니었다면?

"그럼?"

"그래. 난 사실 자네가 나와 같은 미후왕의 후예라는 사실을 알고 있었다네. 이놈 덕분에."

빙왕은 여전히 잘게 떨리는 여의봉의 조각을 가리켰다.

"하지만."

"맞아. 나는 알았지만, 자네는 느끼지 못했겠지. 사실 공명이 일어나지 않도록 평소에는 이놈을 단단히 봉인해 두고 있거든. 물론, 그래도 완전히 숨길 수는 없지만."

연우는 속으로 혀를 찼다. 왜 그동안 다른 미후왕의 후예를 찾을 수 없었는지 이유를 알 것 같았다. 공명을 숨길 방법이 있다면, 어떻게 손을 쓰기도 힘드니.

하지만 그렇다는 건.

'그동안 놓친 후예들 중 몇몇은 날 알아봤을지도 모르겠는데.'

명백한 실수였다.

"무슨 생각을 하고 있는지는 알고 있네만. 그래도 걱정은 마시게. 사실 이 조각을 가진 사람들은 아래 층계에는 거의 전무하다시피 하니."

"고층 구간에 모여 있습니까?"

"미후왕의 단순한 변덕으로 여의봉의 조각이 흩어진 것만 벌써 천 년이 넘네. 당연히 대부분의 조각은 발견되었고, 그것들은 랭커들의 손에 있겠지?"

연우는 알겠다는 듯이 고개를 끄덕였다. 즉, 이제부터 조심하면 될 것이란 의미였다.

"여하튼. 다시 본론으로 돌아와서. 지금 벌어지는 싸움은······."

"쟁탈전이로군요."

"맞아."

빙왕은 무겁게 고개를 끄덕였다.

"간만에 벌어진 조각 쟁탈전이지. 후예들끼리 모여서 서로가 가진 조각들을 빼앗으려는······. 그리고 여기에 모인 플레이어들 중 상당수가 그런 후예들이야. 혈검 녀석이 우리를 이리로 불렀고, 우리는 지옥이 될 걸 알면서도 모여든 셈이지. 불나방처럼."

불나방.

빙왕은 자신들을 그렇게 말했다.

"아까 내가 스스로 '반쪽'이라고 했었지?"

"예."

"사실 대부분의 후예들은 전부 나처럼 반쪽짜리라네. 조각을 가지고 있다? 그래서 뭐 어쩌란 건가. 그것을 다루는 방법도 모르고, 아티팩트로 쓸 수 있는 것도 아닌데. 그냥 귀한 장신구나 다를 게 없지."

빙왕은 여의봉의 조각을 소중하게 손으로 쓰다듬었다.

"이것을 쓸 수 있으려면 72선술이 필요해. 미후왕을 신격으로 올려 주었다는, 그것."

연우는 그제야 앞뒤 정황이 맞춰지는 것 같았다.

"선술묘학을 발견했다고 소문을 낸 것은…… 칸이었군요."

"그렇다네."

조각을 가진 후예들은 다른 조각을 필요로 한다. 하지만 조각 '만' 있으면 끝나는 것이 아니다. 진정한 후예가 되기 위한 다른 조건, 72선술도 필요하다.

칸은 바로 이 점을 꿰뚫었다.

선술묘학이 자신에게 있다는 소문을 고의로 퍼뜨리고, 미후왕의 후예들이 모이게 만들었다. 랭커들조차 운신하기 버거워하지만, 자신에겐 더할 나위 없이 쾌적한 장소로.

'그런 곳은…… 20층밖에 없지.'

오행산에서 오랫동안 사두로 살았던 칸으로서는. 이곳보다 알맞은 곳이 없겠지.

결국.

'쫓기는 건, 칸이 아니라 다른 후예들인 셈인가?'

위험에 처한 것이 아니다.

위험에 스스로 뛰어든 것이다.

그 차이는 너무나 극명했다.

"문제는 후예들뿐만 아니라, 72선술에 관심을 가진 다른 자들도 대거 출몰했단 것이지."

작게는 새로운 마법 체계를 필요로 하는 여러 마탑들이나, 연금술사 연맹부터.

집 나간 작은 주인을 강제로라도 끌고 가려는 철사자단.

꿍꿍이를 숨기고 참전한 페이스리스와 망자의 함.

"자네도 본 적이 있던 트와이스나 녹턴 같은 여러 용병들, 한탕을 노리는 현상금 사냥꾼들…… 가지각색일세. 완전히 난장판이 된 것이지."

이런 난장판 속에서 무슨 일이 벌어진다고 한들 이상하지 않겠지.

"결국 이곳에서 사냥꾼은 우리가 아니야."

빙왕의 두 눈이 깊게 가라앉았다.

"혈검이지."

*　　　*　　　*

『개새…… 끼……!』

랭커, 사르디아는 시뻘게진 두 눈으로 적을 노려봤다. 형제 같았던 동료들을 죽인 원수. 죽을 때 죽더라도, 약한 모습은 보이기 싫었다.

『남을 해하려 했으면. 반대로 자신이 당할 수도 있다는 것쯤은 염두에 뒀어야지.』

촤아악―

휘두른 칼날에 사르디아의 머리가 허공으로 튀었다. 핏물이 콸콸 쏟아졌다.

칸은 얼굴에 묻은 피를 손등으로 훔쳤다. 이제는 너무 익숙한 동작들. 사람들과 싸우는 것도, 그들을 죽이는 것도, 이제는 그에게 너무 당연하게만 여겨지는 일상이었다.

그리고 마지막 수거 작업까지도.

칸이 손을 앞으로 내뻗자, 죽은 사체들의 품속에서 여의봉의 조각들이 올라오기 시작했다. 조각들은 칸이 가지고 있던 것과 한데 뒤섞이면서 조금씩 모양을 갖춰 나갔다.

찰칵, 찰칵―

합쳐진 조각들은 구슬 모양이 되었다. 크기도 제법 커서 어느새 손바닥만 했다.

그만큼 모았으면 뿌듯할 법도 하건만.

정작 여의봉의 조각을 보는 칸의 시선은 싸늘하기만 했다.

『이만하면 제법 쓸 만하게 모였군.』

그때. 칸의 뒤쪽으로 그림자가 불쑥 올라오면서 개구진 어린아이의 형상을 갖췄다.

킨드레드. 마군의 두 번째 주교는 탐욕스럽게 웃으면서 조각들을 손으로 쓰다듬었다.

『이제 모은 조각의 수만 해도 이백여 개가 넘어갑니다.』

칸은 킨드레드의 뒷모습을 보면서 말했다.

하지만 킨드레드는 뒤쪽으로 시선도 주지 않았다.

『그래서?』

칸은 아랫입술을 질끈 깨물었다.

『그 정도라면 강신도…….』

『안 돼.』

킨드레드는 칸의 말허리를 가차 없이 끊었다.

『강신? 너는 강신이 그렇게 쉽게 이뤄지는 것이라고 생각하는 거냐? 위대한 천마께서, 98층에 갇혀 지내는 그깟 잡신(雜神)들 따위와 같은 줄 아나?』

잡신. 여러 신과 악마들이 들었다면 대경할 말이었다.

하지만 천마를 추종하는 마군은 전혀 아랑곳하지 않았다.

오히려 그런 표현이 당연하다는 투였다.

그들에게 유일신인 천마를 제외한 것들은 그저 새장 속에 갇힌 새밖에 되지 않았고, 언젠가 천마께서 깨어나실 날에 잡아먹힐 축생에 불과했다.

잡신들은 사도를 통해, 교단을 통해, 혹은 영육신을 통해

하계로의 강림이 가능하다.

왜냐고? 그릇이 그것밖에 되지 않기 때문이었다.

하지만 천마는 달랐다.

강신이 이뤄지기 위해서는 넓은 그릇을 필요로 했고, 그 것을 위해 필요로 하는 것이 대신물 중 하나인 여의봉이었 다.

그러니 여의봉의 조각은 많으면 많을수록 좋다.

킨드레드가 칸을 통해 조각을 계속 모으게 하는 것도 바로 그런 이유 때문이었다.

칸은 탐스럽게 조각들을 만지작거리는 킨드레드의 뒷모습을 보면서, 손끝을 파르르 떨었다.

하루에도 몇 번씩 저 뒤통수를 치고 싶은지 모른다.

하지만 도일의 신병은 저들의 손에 있었고, 그에게는 당장 도일을 구할 만한 힘이 없었다.

그러니 당장 할 수 있는 것은 단 하나뿐.

마군의 인형이 되는 것.

『왜 치지 않았지? 분명히 네가 원하던 순간이었을 텐데.』

킨드레드는 속이 빤히 보인다는 듯 차갑게 웃으면서 칸을 바라봤다.

칸은 고개를 숙였다.

『전혀 그런 불경한 의도는 없었습니다만. 그렇게 느끼셨다면 사죄드리겠습니다.』

『재미없는 놈. 그래도 사두로 있을 시절에는 꽤 재미있었는데 말이지, 너.』

『…….』

킨드레드는 피식 웃으면서 조각들을 쓰다듬었다.

『여하튼. 네 말마따나 조각은 이제 제법 많이 모였다. 여기서 몇 개만 더 모은다면 충분히 제기(祭器)로서의 기능을 할 수 있을 듯싶다.』

칸은 주먹을 꽉 쥐었다. 드디어 바라던 순간이 온 것이다.

제기. 여의봉의 조각을 모아 만들려던 그릇.

『이 정도라면 천마의 또 다른 얼굴께서도, 천마의 벗께서도 충분히 만족하시겠지.』

킨드레드는 십 년이 넘는 세월 동안 모든 감각을 닫은 채, 사두로 지내면서 미후왕의 허물을 찾고자 노력했다.

이곳 어딘가에 있을 미후왕의 궁전에 머무는 그분을 모실 수 있다면.

천마가 깊은 잠에 빠져 강신이 어려운 이때. 그를 대신해서 마군을 이끌어 줄 위대한 존재를 모실 수 있게 된다.

이것은 마군의 오랜 숙원이었다.

교단이기도 한 그들로서는 모시는 신이 깊은 잠에 빠져 있는 것만으로도, 큰 타격이기 때문이었다.

하지만 킨드레드는 갖은 고생 끝에 미후왕의 허물을 만났어도, 정작 그를 마군으로 모실 수가 없었다.

이미 허물은 궁전과 하나가 되어 버린 상태. 어떻게 데리고 나올 방법이 없었던 것이다.

그래서 킨드레드는 여러 주교들과 머리를 맞댄 끝에, 한 가지 꾀를 내었다.

허물을 밖으로 모실 수 없다면, 허물을 담을 그릇이 있으면 그만.

그래서 여의봉의 조각에 생각이 미쳤다. 대신물의 조각을 모아 제기를 만든다면, 허물을 충분히 수용할 만한 새로운 신물이 될 수 있기 때문이었다.

하지만 마군이 보유하고 있는 조각들은 따로 쓸 곳이 있는바. 다른 조각들을 모아야만 했다.

그때부터 움직인 것이 칸이었다.

현재 도일은 모종의 이유로 신병이 마군에 구속된 상태.

칸은 그런 도일을 구하기 위해서 마군과 거래를 맺었다. 충실한 개가 되겠으니, 모든 임무가 끝난 뒤에는 도일을 넘겨 달라는 내용의 거래였다.

『그러니 좀 더 분발하도록.』

킨드레드는 조각을 모두 회수하고 다시 조용히 사라졌다. 그가 어디로 갔는지는 불에 보듯 뻔했다. 아마 궁전으로 갔겠지. 허물을 다시 회유하기 위해서.

녀석이 사라진 자리에는 피로 적셔진 발자국이 깊게 남아 있었다. 주변은 온통 죽은 시체들이 흘린 피로 가득했다.

『……미안합니다.』

칸이 작게 중얼거린 혼잣말은 곧 불어오는 바람에 묻혀 조용히 사라졌다.

*   *   *

"……정신 나간 년."

아나스타샤는 제자의 잘린 팔과 망가진 눈을 치료해 주면서 욕지거리를 내뱉었다. 빅토리아는 이미 정신력이 다해 곤히 잠에 빠져 있는 상태였다.

그런 그녀의 얼굴을 보면서. 아나스타샤는 땅이 꺼져라 한숨을 내쉬었다.

사실 제자가 그동안 어떤 마음이었는지는 자신이 제일 잘 알고 있었다.

죄책감에 젖어 아무 일도 하지 못했고, 겨우 일상생활이 가능해졌을 때에도 이따금 우울한 모습을 내비치곤 했다.

백 년을 넘게 살면서 뻔뻔해질 대로 뻔뻔해졌던 모습만 보아 왔던 아나스타샤에게는. 수십 년 만에 처음 보는 제자의 옛 모습이었다.

그래서 빅토리아가 칸을 구하러 가야 한다면서 발작하듯이 나서려 할 때에도, 도와주지 않고 독방에 가두기도 했다.

저대로 계속 뒀다가는 정신이 메말라 미쳐 버리고 말 테니까. 아나스타샤는 하나밖에 없는 제자가 미친년이 되는 꼴은 보고 싶지 않았다.

하지만 결국 이런 꼴이 되고 말았으니.

아나스타샤가 지금 할 수 있는 거라고는 곰방대를 입에 물면서 구박하는 것밖에는 없었다.

『……빅토리아.』

그때, 한 줄기 바람이 모여들더니 사람의 형상을 띠었다. 레베카는 조용히 내려앉으면서 빅토리아를 품에 끌어안았다. 옛 친구에 대한 위로였다.

그렇게 어느 정도 시간이 지나고.

빅토리아가 천천히 눈을 떴다.

"으음……."

"이제 정신이 좀 들어? 이것아?"

"스, 승님……."

"못난 년."

"……죄송해요."

"아다만틴 노바에다 참 깜찍한 짓을 저질러 놨더구나."

빅토리아는 차마 아나스타샤의 눈을 마주치지 못하고 고개를 숙였다.

"혹시 만약에 다른 놈들에게 빼앗기기라도 하면 안 되어서……."

"그래. 그때는 정말 큰일이니 그럴 수도 있겠지. 하지만 문제는 덕분에 나조차도 골치가 아파졌다는 점이다."

아나스타샤는 수거한 아다만틴 노바를 확인한 순간, 까무러치는 줄 알았다.

아다만틴 노바에 각인 주문이 단단히 새겨져 있었던 것이다.

물건의 귀속 계약. 만약 아다만틴 노바가 빅토리아에게서 일정 거리 이상 떨어질 경우, 곧바로 폭발하도록 만든 것이다. 게다가 '귀속'이라는 단서가 붙어 버린 탓에 해제를 하는 데도 한세월이 걸릴 터였다.

그리고 이것이 의미하는 바는 하나.

'지금 저 꼬락서니가 되고 나서도, 계속 칸인지 뭔지 하는 놈팡이를 돕겠다는 것이겠지.'

아나스타샤는 그녀에게 한 소리를 하려다가, 다시 한숨을 내쉬면서 곰방대를 입에 물었다.

후우—

새하얀 연기가 자욱하게 퍼져 나왔다.

"……."

"……."

두 사제지간은 한참 동안 서로 아무 말도 하지 않았다. 빅토리아는 고개를 푹 숙이고, 아나스타샤는 한참 동안 곰방대만 묵묵히 입에 물었다. 그러다 아나스타샤가 물었다.

"그래서."

"……예?"

빅토리아의 반문. 아나스타샤가 짜증 섞인 목소리로 소리쳤다.

"그래서 그렇게 실컷 부림을 당하고 나니 속이 풀리느냐고 묻는 것이다!"

빅토리아는 쓰게 웃었다.

"조금은……."

"하아. 호구 같은 년."

연기가 아나스타샤를 감싸고 돌다가 흩어졌다.

"그래도 네 마음이 조금 편해졌다면, 그것으로 되었다. 하지만 이 이상은 안 돼."

"하지만, 스승님."

"안 된다면 안 되는 줄 알아."

아나스타샤는 딱 잘라서 말했다. 더 이상의 반항은 허락하지 않겠다는 듯. 말을 듣지 않으면 강제로라도 속박을 걸 것처럼 보였다.

빅토리아는 이를 악물었다. 원하는 대로 시간은 끌었지만, 그게 전부였다.

여전히 칸을 제대로 구하지 못한 상태. 그는 지금 이 시간에도, 어디선가 다른 누군가들과 싸우고 있을 게 분명했다.

빅토리아의 시선이 자연스레 저만치 떨어져 있는 아다만틴 노바에 향했다.

아나스타샤는 귀속 각인이 이뤄져서 골치가 아프다고 했다. 그 말은 당장 저것을 다룰 수 있는 건 자신밖에 없단 뜻이었다. 아무리 아나스타샤라고 해도 저것을 든 자신을 막지는 못할 것이다.

'잠깐. 그렇다면 카인의 권속은 저걸 어떻게 다룬 거지……?'

처음에는 귀속 각인이 제대로 이뤄지지 않았던 것일까, 하는 생각도 했었다. 강한 의문이 들었지만, 빅토리아는 잠시 의문을 뒤로하고 저것을 어떻게 해야 발동시킬 수 있을지 고민했다.

우선 몸부터 내뺀 뒤에 임시 단말을 제작할 수 있다면……!

아나스타샤는 여전히 미련을 버리지 못한 제자를 보면서 도끼눈을 뜨려 했다.

그때.

"이만하면 되었습니다, 빅토리아."

연우가 방문을 열면서 불쑥 나타났다. 뒤따라 빙왕이 조금 어색한 미소를 흘리면서 따라왔다.

"그놈은 왜 안 죽이고 데리고 온 거지? 분명히 목을 잘라서 철사자단이 있는 쪽으로 보내라 했을 텐데?"

아나스타샤의 힐난.

빙왕은 떨떠름한 표정이 되었다. 그러나 그가 불쾌해하든 말든 아나스타샤는 연우가 빙왕을 데리고 온 것을 보고 버럭 화를 냈다. 사실 빅토리아를 가장 크게 다치게 만든 사람이 바로 빙왕이었으니까. 그녀로서는 이가 갈릴 수밖에 없는 것이다.

하지만 연우는 단호하게 고개를 가로저었다.

"그럴 수 없습니다. 지금부터 저희에게 협력하겠다고 약속하셨으니까요."

"무엇을 믿고?"

"맹약을 맺었습니다."

악마의 이름을 두고 맺은 영혼 서약을 말하는 것이다. 계약 내용을 위반할 시에 영혼이 악마에게 팔린다는 내용의 서약.

빙왕은 가볍게 한숨을 내쉬었다. 이렇게라도 하지 않으면 정말 목이 달아날 기세였으니 어쩔 수가 없는 선택이었다.

아나스타샤는 곰방대를 입에 물었다. 표정에 여전히 탐탁지 않아 하는 기색이 잔뜩 묻어났지만.

"여하튼. 그래서?"

"이번 사태의 전말을 알게 되었습니다."

"전말?"

아나스타샤는 그게 무슨 말이냐는 얼굴로 쳐다보았다.

빙왕은 했던 말을 또 똑같이 해야 하냐는 생각에 가볍게 한숨을 내쉬었지만, 곧 앞으로 나서서 현재 벌어지고 있는 선술묘학을 둘러싼 쟁탈전의 이면에 대해 이야기를 시작했다.

'여의봉'과 '미후왕의 후예'라는 단어가 나온 순간, 아나스타샤의 눈이 저절로 커졌다.

천 년을 살아온 만큼, 탑이 가진 많은 비밀을 알고 있는 그녀도 언젠가 여의봉의 조각에 대해서 들어 본 적이 있다. 그때는 미후왕이 남긴 별 이상한 유희라고 생각하고 넘겼었는데, 그것이 바로 눈앞에 있었을 줄이야.

그리고 모든 설명이 끝났을 때. 아나스타샤는 아까 전부터 한쪽 구석에 잠자코 서 있는 프레지아를 돌아봤다. 저 말이 전부 맞냐는 무언의 질문.

프레지아는 조용히 고개를 끄덕였다. 그리고 더 이상 해줄 말이 없다는 듯 계속해서 가만히 서 있었다. 아나스타샤의 표정이 더 딱딱하게 굳었다.

"그럼 이 못난 년만 당한 셈이로군?"

빅토리아는 입을 꾹 다물었다.

대신 대답한 것은 연우였다.

"그건 아닐 겁니다."

"조각인지 뭔지를 모으기 위해서 혈검 녀석이 함정을 판 거라며? 이년은 거기에 놀아난 거고."

"칸은 이용당하고 있는 겁니다."

연우는 빙왕에게서 사건의 전말을 전부 들은 뒤, 여태껏 칸을 둘러싸고 있던 모든 수수께끼를 풀 수 있었다.

첫 번째 단서는 편지가 소각되고 나서 남은 재가 그리던 글씨. 그 모양은 아직도 잊을 수가 없었다

도와줘.

튜토리얼에서, 위기에 빠질 걸 알면서도 아무 말 없이 묵묵히 아랑단으로 향했던 게 칸이었다. 그런 녀석이 말했다. 도와 달라고.

사실 지금 돌이켜 보면, 칸은 미후왕의 궁전에서부터 그에게 꾸준히 메시지를 보내고 있었다.

72선술이 새겨진 석비를 봤을 때. 칸은 그것을 빤히 쳐다보고 있었다. 무언가를 갈구하는 사람처럼. 무언가를 찾으려는 사람처럼 말이다.

그리고 몇 번이나 연우에게 뭐라 말을 하려 했지만, 그때마다 고개를 털며 돌아섰다.

연우는 그걸 알면서도 내버려 뒀다. 아직은 아닌가 보다 하고 여겨서. 언젠가 칸이 속마음을 털어놓아 줄 것이라고 여겼다.

그런데.

그게 아니었다면. 말하고 싶어도 말할 수 없는 상황이었다면. 자신의 무른 태도가 너무 안일한 짓이었다면.

그렇다면. 칸이 말하는 '도와 달라'는 대상은 그가 아닐 것이다.

─나, 그놈이랑 갈라선 지 꽤 오래됐어.

오래전에 헤어진 동생 같은 녀석.

'도일.'

그 아이를 도와 달라는 것이 아닐까.

　　　[아테나가 슬픈 눈으로 당신을 바라봅니다.]

그때, 타르타로스를 나오고 나서 오랜만에 메시지가 떠올랐다.

하지만.

'동정하지 마십시오.'

연우는 그런 시선을 거부했다.

　　　[아테나가 슬픈 눈으로 당신을 바라봅니다.]

연우는 아테나의 메시지를 무시하고, 가진 생각을 털어놓았다.

"증거는?"

"없습니다."

"그런데 뭘 믿으란……."

"안 믿으셔도 됩니다."

아나스타샤의 한쪽 눈썹이 말려 올라갔다. 어이없다는

눈빛.

"뭐?"

"이해하시라고 한 말이 아니니까요. 전 빅토리아를 설득하러 왔을 뿐입니다."

연우는 아나스타샤가 자신을 노려보건 말건 간에 신경쓰지 않고, 자신을 멍하니 쳐다보는 빅토리아와 시선을 마주쳤다.

"제가 한 추론은 추론일 뿐입니다. 하지만 전 틀렸다고 생각하지 않습니다. 빅토리아의 생각은 어떻습니까?"

"맞…… 다고 생각해."

"그리고 아마 칸을 겁박하고 있는 곳은 마군일 겁니다."

빅토리아는 묵묵히 고개를 끄덕이면서 주먹을 꽉 쥐었다. 칸은 그녀를 만났을 때 도와 달라는 말만 했을 뿐, 자세한 사정에 대해서는 이야기하지 않았다.

하지만. 연우의 말을 듣는 순간 머릿속이 탁 트이는 기분이 들었다. 자신이 아는 칸은, 소중한 이를 위해 자신을 버릴 수 있는 사람이었다.

"그러니 칸을 도우려면 지금 여기 있는 자들을 상대해야 하는 것뿐만 아니라, 마군과도 싸워야 합니다. 어쩌면 여기 있는 랭커들의 배후와도 계속 척을 져야 할지도 모르죠."

아홉 왕이 아니고서야, 거대 클랜인 마군과 전쟁을 치르는 것은 절대 쉬운 일이 아니다. 그런데도 나서겠다고 한다.

빅토리아는 재빨리 자신에게 남은 마력을 점검했다. 다행히 아나스타샤가 심어 준 요력 덕분에 회복이 꽤 많이 된 상태.

다시 싸우기엔 버겁긴 했지만, 그래도 보조를 할 정도는 되었다. 그녀는 연우가 당연히 도와 달라고 말할 것이라고 생각했다.

"그러니."

아나스타샤도 같은 생각이었는지 쌍심지를 켜면서 곰방대에서 입술을 떼려는데.

"빅토리아는 여기에 남아 주십시오."

"……뭐?"

전혀 뜻밖의 말.

"지금 다친 몸인 빅토리아가 나선다면 오히려 더 위험해집니다."

쉽게 말해 방해가 되니 여기에 남아 있으란 의미였다. 연우가 이걸 굳이 언급하는 이유도 간단했다. 연우가 조용히 사라진다면, 분명 미련이 남아 뒤를 쫓으려 할 테니.

"……."

빅토리아는 아랫입술을 질끈 깨물었다. 아무런 도움도 되지 못한다는 사실이, 방해만 될 거란 사실이. 무력하기만 했던 오행산에서의 일을 다시 떠올리게 만들었다.

하지만 연우는 그 말을 끝으로 몸을 돌리며 자취를 감췄다. 금방 칸을 데리고 돌아오겠다는 말과 함께.

* * *

"……스승님."

"멍청한 년."

연우가 떠난 자리.

빅토리아는 이를 악물면서 한참 동안 고민하다가, 아나스타샤를 불렀다. 하지만 아나스타샤는 별다른 말 없이 곰방대를 입에 물었다.

하나밖에 없는 수제자였기에. 그게 무슨 의미인지 빅토리아는 아주 잘 알고 있었다.

"감사합니다."

빅토리아는 고개를 숙이며 자리에서 일어나 윗옷을 걸쳤다. 힘차게 뛰어나가는 그녀를 따라 아다만틴 노바가 허공에 둥실 떠올랐다가 꼬리처럼 따라붙었다. 그 모습이 마치 궤적을 그리면서 떨어지는 유성을 보는 것 같았다.

"저렇게 보내도 되겠어? 네가 처음으로 정을 준 아이잖아."

여태 아무 말 없이 서 있었던 프레지아가 물었다. 나무 가면을 쓰고 있어 얼굴 표정을 알 수 없지만, 눈동자가 둥근 곡선을 그리고 있었다. 목소리에는 웃음기가 잔뜩 묻어났다.

아나스타샤는 그런 프레지아의 태도에 영 짜증이 났는지, 인상을 와락 구기면서 신경질적으로 곰방대를 깊게 빨았다.

"제 놈 일은 제 놈이 알아서 할 일이지. 내가 언제까지 뒤치다꺼리를 해야 해?"

"많이 달라졌어, 아나스타샤."

"누굴 닮아서 저렇게 멍청한 건지. 쯧! 사두니 뭐니 하는 이상한 짓거리를 한다고 할 때부터 말렸어야 했어."

하지만 거친 말투와 다르게 그녀의 목소리에서는 걱정이 잔뜩 묻어났다.

"제자 이기는 스승 없는 법이지."

후우―

자욱하게 퍼지는 연기 사이로. 아나스타샤의 눈동자는 아무것도 없는 허공을 응시했다.

"그리고 애정에 눈이 먼 여자만큼 무서운 것도 없는 법이고."

　　　　*　　　*　　　*

[아테나가 슬픈 눈으로 당신을 바라봅니다.]
[아테나가 슬픈 눈으로 당신을 바라봅니다.]

[신의 사회, '올림포스'가 당신을 가만히 주시합
니다.]

"짜증 나는군."

연우가 불쑥 내뱉은 말에 빙왕은 앞서 달리다 말고 화들
짝 놀라, 고개를 뒤로 돌렸다.

"왜 그러나?"

"아닙니다. 아무것도. 그냥 자꾸 아까 전부터 거슬리던
게 있어서요."

"……?"

빙왕은 뒤늦게 연우가 말하는 '거슬리는 것'이 자신이
아니라는 사실에 속으로 안도에 찬 한숨을 내쉬었지만, 한
편으론 그게 무엇인지 몰라 고개를 갸웃거렸다.

[아테나가 슬픈 눈으로 당신을 바라봅니다.]

연우는 계속 꼬리표처럼 따라붙는 아테나의 시선이 이제는 못내 불쾌했다.

그래도 아테나는 시선을 거둘 생각이 전혀 없는 듯, 여전히 애타는 시선으로 자신을 바라보고 있었다.

그리고 뒤따르는 다른 신들의 시선도 마찬가지.

'타르타로스에서의 일이 궁금해 미칠 지경이겠지.'

아마 올림포스에서도 연우가 무엇을 하려는지를 깨달았을 것이다. 그가 필요로 하는 재료들이 무엇인지만 봐도 대략적으로 견적이 나올 테니까.

하지만 갑자기 다른 길로 빠졌으니 왜 저러나 싶어 집중하는 것이겠지.

다만, 아테나의 시선은 조금 달랐다. 동정 섞인 시선. 안타까움에 찬 감정이 여기까지 전해지는 것 같았다.

하지만 연우는 유독 저 시선이 너무 싫었다.

누군가에게 이해가 된다는 것과 안타까움의 대상이 된다는 것은 전혀 달랐으니까. 그래서 짜증이 섞인 시선으로, 아테나가 있을 허공 어딘가를 노려보았지만.

[아테나가 슬픈 눈으로 당신을 바라봅니다.]

메시지는 여전히 사라지실 않았나.

결국 연우는 아테나의 시선을 무시하고, 고개를 옆으로 돌렸다. 상당히 지친 기색을 하면서도 어느새 쫓아온 빅토리아가 보였다.

"돌아가십시오."

"⋯⋯안 돼."

"대체 그런 몸 상태로 어떻게 버티겠다는 겁니까?"

이미 주술의 효력은 다했다. 빅토리아는 팔이며 손가락, 발목에 이르기까지 온통 장신구를 가득 끼워 몸을 지탱하고 있었다.

아다만틴 노바가 태양을 맴도는 행성처럼 빅토리아의 주변을 뱅글뱅글 돌고 있다지만, 아직 정식 단말이 없어 제대로 된 기능을 하지 못하고 있었다.

"아니. 할 수 있어."

그래도 빅토리아는 절대 의지를 굽힐 생각이 없어 보였다. 연우가 그녀를 뿌리치기 위해 일부러 속도를 더하면, 빅토리아는 그만큼 있는 기력을 더 쥐어짜서 연우의 뒤를 바짝 쫓았다.

"하지만."

"방해는 안 될 거야. 될 거 같으면⋯⋯."

빅토리아는 아랫입술을 질끈 깨물면서 말했다.

"알아서 죽겠어."

"……."

연우는 가만히 빅토리아를 응시했다. 하지만 빅토리아는 생각을 전혀 바꾸지 않겠다는 듯, 더 단호한 눈빛으로 연우를 바라봤다.

연우는 저런 눈빛을 아주 잘 알고 있었다. 주변에서 아무리 뜯어말려도 절대 말릴 수 없는 옹고집. 자신이 자주 보이던 눈빛이었다.

"……마음대로 하십시오."

결국 연우는 두 손을 들고 말았다.

"고마워."

빅토리아가 배시시 웃었다.

*　　　*　　　*

『우리는 우선 미끼가 될 겁니다.』

『미끼?』

스테이지의 제약이 다시 찾아오는 영역에 들어설 때 즈음. 연우는 자신의 계획을 설명하기 시작했다.

『칸 녀석과 만나는 것도 중요하지만, 그보다 더 중요한 건 칸을 쫓는 추격대의 눈을 분산시키는 겁니다.』

『칸이 받는 부담을 덜어 주려는 거구나.』

『예. 더불어서 칸에게 우리의 위치를 알려 줄 수도 있겠죠.』

현재 칸의 행방은 아무리 찾아봐도 알아낼 수가 없는 상태였다. 니케와 네메시스가 상공에서 낱낱이 아래를 살피고, 부가 대대적인 탐색 마법을 펼쳐 봤지만 아무것도 건질 수가 없었다.

빅토리아가 시간을 끌어 준 사이, 완전히 종적을 감춘 것이다. 오랫동안 사두로 지냈던 만큼, 20층 스테이지의 지리 지형을 누구보다 잘 알고 있을 테니. 한번 숨고자 한다면 찾아내기 힘들 수밖에 없다.

그래서 연우는 생각을 바꿨다.

찾기 힘들다면, 반대로 칸에게 자신들의 위치를 노출시키는 것으로.

칸이 직접 찾아오지 않아도 상관없었다.

어차피 연우가 날뛰면 날뛸수록, 음지에서 상황을 몰래 지켜보고 있을 미후왕의 후예들도 하나둘씩 나타날 테니까. 그런다면 칸도 접근할 수밖에 없는 환경이 조성된다. 연우는 조각을 갖고 있다는 사실을 숨길 생각이 전혀 없었다.

'그런다면 제아무리 마군이 칸을 감시하고 있다고 해도 찾아올 수밖에 없겠지. 아니면.'

연우의 눈이 예리하게 빛났다.

'숨겨진 다른 계획을 실행하든가.'

칸은 왜 굳이 많고 많은 스테이지 중에 소동을 벌일 장소로 20층을 선택했을까?

단순히 익숙한 지형이고, 타 플레이어들에게 제약이 많은 곳이라서 그랬을 수도 있을 테지만. 어쩌면 다른 뭔가가 있을지도 모른다는 생각이 들었다.

'미후왕의 궁전이 있는 곳이기도 하니까, 이곳은. 단순한 우연이라고 보기는 힘들겠지.'

여하튼. 어떤 반응을 보여도, 연우로서는 칸의 행적을 찾을 수 있게 되니 절대 손해가 아니었다.

「주인이 그만큼 고생한다는 생각은 안 해 봤지?」

샤논은 사서 고생한다고 투덜거렸지만.

「하여간 평소 인성질과 다르게 이런 데는 유독 약하단 말이지…….」

물론, 샤논의 말마따나 그만큼 연우가 더 많은 고생을 해야 할 테지만. 그는 그런 것쯤은 충분히 감내할 자신이 있었다.

위기에 처한 친구의 부탁을, 이 정도도 들어주지 못할까.

[아테나가 슬픈 눈으로 당신을 바라봅니다.]

『그런데 어떻게 적들의 이목을 끌려고?』

빅토리아는 연우의 계획을 전부 듣고 나서 고개를 끄덕이면서도, 어떻게 계획을 시작할 것인지 몰라 고개를 갸웃거렸다.

『이렇게 하면 됩니다.』

연우는 가볍게 피식 웃더니.

팟—

갑자기 신형이 아래로 움푹 꺼졌다.

그리고.

콰르르릉!

별안간 저만치 먼 곳에서 엄청난 폭발이 일어났다. 불기둥이 숲을 뚫고 하늘에까지 다다랐다.

『아아악!』

『제기랄……! 우리 위치를 어떻…… 컥!』

빅토리아의 시선이 저절로 그쪽으로 돌아갔다. 그녀는 놀란 눈이 되었다.

빙왕은 땅이 꺼져라 한숨을 내쉬었다.

『그새 추격대가 따라붙었었나? 빠르군.』

졸지에 추격대에서 연우의 편으로 가담하게 된 그로서는. 곧 용병들이 가장 경계해야 한다는, 배신자의 낙인이 찍히게 될 신세가 스스로 처량하기만 했다.

혹시 뒤로 빠질 수 있을까 하는 생각도 들었지만.

『어디 가십니까?』

연우는 한창 싸우고 있는 와중에도 빙왕의 움직임을 꿰뚫어 보고 있다는 듯, 귀신같이 어기전성을 보내왔다.

『흠흠! 이만하면 많은 도움이 되었다 싶은데. 혹시 놓아줄 생각은 없는가?』

『한곳에 서십시오.』

이쪽에 설 것이냐, 저쪽에 설 것이냐.

빙왕은 일말의 고민도 할 필요 없다는 듯이, 얼굴을 딱 굳히면서 진지한 태도로 말했다.

『당연히 자네의 편이지. 내가 누구 편에 서겠나? 그래. 무엇부터 하면 되겠나?』

*　　　*　　　*

『이대로는 안 된다! 흩어져!』

『아, 안 됩니다! 앞이 가로막혔…… 크악!』

상부의 명령에 따라, 연우의 뒤를 몰래 밟던 추격대, 은영단(隱影團)은 혼비백산하고 말았다.

그들은 원래 용병 업계에서도 전투 집단이 아니라, 살수 집단으로 유명했다.

주로 몰래 암살하는 의뢰를 맡았지만, 이따금 누군가를 미행하거나 행적을 조사하기도 했다. 언제나 음지에서 조용히 움직여 밖으로 노출되지 않고, 입이 무거워 많은 의뢰자들의 환심을 샀기 때문이었다.

지금도 마찬가지.

은영단은 독식자의 위치를 찾아달라는 '연합'의 의뢰를 받고 조심스럽게 움직이기 시작했다.

이미 철사자단의 4단과 문 워커, 스트리지 등이 몰살되었다는 소식을 접했기에, 정면에서 부딪칠 생각은 추호도 없었다.

대신에 아주 조용히 뒤를 밟으면서, 독식자 일행이 움직이는 곳마다 일정한 표식을 남겨 놓았다.

그럼 뒤에서 쫓아오는 후발대가 이것을 연합에다 알리고, 연합은 이 정보를 바탕으로 예상 루트에다가 천천히 포위망을 구축해서 독식자 일행을 가둔다는 작전이었다.

그런데 표식을 몇 개 남기지도 못하고 위치가 노출되고 말았으니.

은영단은 어떻게 들켰는지를 확인할 새도 없이, 불길을 휘두르면서 거침없이 그들을 도륙하는 연우를 피해 도망쳐야만 했다.

하지만 도주는 쉽지 않았다.

콰콰콰—

연우가 움직일 때마다 불어닥치는 열풍은 그들의 발목을 묶었고, 검을 휘두를 때마다 터지는 폭발은 은영단의 플레이어들을 빠른 속도로 지워 나갔다.

외곽에 있어 겨우겨우 연우의 공격 범위에서 벗어난 플레이어들도 발목이 묶이긴 마찬가지였다.

어느새 숲길 사이로 떡하니 거대한 얼음 장벽이 생겨나 그들의 앞을 가로막았던 것이다.

『빙왕 어르신, 이게 대체 무슨 짓이십니까!』

은영단의 부단주, 하비가 사색이 되어 소리를 질렀다. 여태껏 연합의 든든한 아군이자 어른이었던 빙왕이 저쪽에 섰을 줄은 생각도 못 했던 것이다. 그들은 여태 빙왕도 문워커 등처럼 같이 독식자에게 당한 줄로만 알고 있었다.

『어쩌다 보니 그렇게 되었네. 미안하게 되었어.』

빙왕은 그들을 보면서 쓰게 웃었다. 그라고 해서 아침까지만 해도 한솥밥을 먹었던 이들에게 칼을 겨누는 게 마음이 편한 건 아니었다.

하지만 상황에 따라서, 아무리 친한 친구 사이더라도 하루아침에 서로에게 얼마든지 칼을 겨누게 될 수 있는 것도 용병 업계의 현실.

빙왕은 마음속에 갖고 있던 마지막 남은 미안함을 지우

고, 양손을 가볍게 부딪쳤다.

시퍼런 빛이 터졌다. 냉기가 휘몰아치면서 눈보라가 일어났다.

〈북해빙파(北海氷波)〉. 지면이 바짝 얼어붙으면서 사방에서 솟은 얼음 가시가 덤불을 이루기 시작했다.

쩌저저적—

하비를 비롯한 여러 은영단원들은 얼음 가시에 꿰뚫린 꼬챙이 신세가 되어 허공으로 튀어 올랐다. 핏물이 얼음을 타고 흐르면서 바닥을 축축하게 적셨다가, 다시 똑같이 얼었다.

우우웅—

빅토리아는 임시로 만든 단말을 바탕으로 아다만틴 노바를 운행하기 시작했다. 다만, 몸 상태가 좋지 않기 때문에 직접적인 공격보다는 일행들에게 버프를 실어 주는 보조 역할을 맡았다.

그러다 어느 정도 마력이 차올랐을 때 즈음 손가락으로 허공에다 문자를 그렸다. 그러자 붉은빛의 룬 문자가 맺히더니, 팟 하고 사라졌다.

문자 마법에 주술을 가미한 새로운 마법 도식. 마력이 실린 신대 문자는 법칙에 관여하고, 법칙은 이적을 불렀다. 하늘에 먹구름이 잔뜩 끼더니, 날벼락이 떨어졌다.

우르르, 콰쾅—

이미 그 자리에 있는 세 사람은 랭커 중에서도 상위권에 해당하는 자들. 특히 빙왕은 오래전부터 하이 랭커에 해당했고, 연우도 여섯 신성에 꼽히는 만큼 실력만 따진다면 하이 랭커와 비등하다 할 수 있었다.

은영단은 사라지는 것은 순식간이었다.

하지만 연우 등은 거기서 그치지 않았다.

『여기도 있어!』

니케가 상공을 날면서 실시간으로 적들의 위치를 연우에게로 전달했다. 연우는 이를 바탕으로 스테이지를 종횡무진 누비면서 빠른 속도로 추격대를 지워 나갔다.

콰르르릉!

쿠쿠쿠, 콰콰콰—

단 몇 분 간격으로 산맥 곳곳에서 폭발과 비명 소리가 난무를 하니.

정작 상황이 급박해진 것은 연합 측이었다.

천천히 연우의 뒤를 추격하면서 토끼몰이를 할 계획이던 그들로선, 도리어 생각지도 못한 반격을 당하게 되자 당황할 수밖에 없었다.

게다가 그들은 '연합'이라는 이름으로 묶여 있었지만, 따지고 보면 허울만 좋은 이름일 뿐이었다.

일정한 지휘 체계나 연락망도 없이 느슨하게 연결되어 있어 이렇다 할 공동 대책도 마련할 수 없었다.

각자가 추구하는 바가 달랐기 때문이었다.

철사자단은 단주의 명령에 따라 작은 주인을 찾아 신병을 확보하는 데 집중하고, 마탑과 네크로폴리스는 선술묘학에 눈독을 들였다. 망자의 함은 속내를 전혀 알 수 없었으며, 자잘한 여러 용병 단체나 현상금 사냥꾼들도 따로 움직이는 형국이었다.

게다가 이따금 연합에 가입하지 않은 실력자들이 발견되기도 했으니.

이런 판국에 효율적인 대응책을 마련하기가 쉬울 리 없었다.

도리어 각개 격파가 계속 이어지자, 피해를 최소화하기 위해서 병력을 뒤로 물리다가 포위망 곳곳에 구멍이 뚫리기도 했다.

그런 와중에도 연우의 압박은 계속 이어졌으니.

어느새 연우는 연합의 깊숙한 곳까지 찔러 들어갔다.

그리고.

첫 번째 목표로 잡았던 곳에 다다르는 데 성공했다.

낭떠러지 아래.

여러 목책과 참호를 바탕으로 철옹성을 구축하고 있는

커다란 군영이 보였다.

철사자단의 본단이었다.

*   *   *

땡땡땡―

독식자가 나타났다는 소식은 철사자단의 본단을 시끄럽게 만들었다. 플레이어들은 바쁘게 움직였지만, 그보다 먼저 연우의 강습이 시작되었다.

콰콰쾅!

연우가 비그리드를 아래로 내려칠 때마다 하늘에서는 불벼락이 잇달아 떨어지면서 본단을 쑥대밭으로 만들었다.

"감히, 이곳이 어디라고!"

철사자단의 부단장, 조나단은 현장으로 다급하게 달려오다가 이를 바득 갈았다.

형제나 다름없던 토르카가 죽고, 독식자가 스테이지 곳곳을 누비고 있어 대응책을 논의하던 중이었는데. 급하게 소식을 듣고 부랴부랴 달려온 것이었다.

조나단은 칼의 손잡이를 꽉 쥐었다. 여태 독식자는 히트 앤드 런 전법으로 치고 빠지기를 반복하면서 '연합'의 전력을 착실하게 깎아 나가 그들을 혼란으로 몰아넣었있다.

그런데 갑자기 이렇게 대놓고 모습을 드러냈다. 이것이 의미하는 바는 단 하나. 자신들을 그만큼 만만하게 본다는 뜻이었다.

불벼락이 하늘을 시뻘겋게, 대지를 새카맣게 불태웠다. 화마 사이로, 괴이들이 마구잡이로 날뛰면서 용병들을 도륙했다.

그러다 연우의 시선이 이쪽으로 돌아왔다.

가면을 쓰고 있으나, 무저갱을 담은 것처럼 무심한 눈빛. 조나단은 순간 자기도 모르게 흠칫 놀라 뒤로 물러서고 말았다. 섬뜩한 뭔가가 가슴팍을 감돌았다.

"한 가지만 묻지."

"무슨 헛소리를 하려는 거냐?"

조나단은 아주 잠깐이나마 기세에서 눌렸다는 것을 숨기기 위해 버럭 소리를 질렀다.

하지만 그러거나 말거나.

연우는 자신의 질문만 던질 뿐이었다.

"철사자단은 칸을 어떻게 생각하고 있지?"

"무슨……!"

"단주의 아들이라고 생각하고 있나? 아니면 단순히 적이라고 생각하고 있나?"

튜토리얼에서부터. 칸과 도일은 자신의 부모에 대해 이

야기를 나누는 것을 꺼려 했다. 뛰어난 랭커의 자식들이라는 것은 어렴풋이 들어 알고 있었지만, 거기에 대해서는 불문에 붙이고 있었다.

연우는 그들이 가진 마음이 어떤 것인지 조금 알 것 같았다.

원망.

연우도 어린 시절에 홀연히 사라졌던 아버지에 대한 원망이 아주 컸었으니까.

나이를 먹으면서 완전히 머릿속에서 지워 버렸지만, 그래도 칸과 도일의 마음을 눈치채지 못할 정도는 아니었다.

그런데 칸의 아버지, 철사자가 단주로 있다는 철사자단이 칸을 잡기 위해서 움직이고 있다. 단순히 그를 구하러 온 것이라면 아군이라 여길 수도 있을 테지만, 여태 연우가 봤던 철사자단은 전혀 그렇게 보이지 않았다.

그들은 칸을 마치 원수를 대하듯이. 아니, 죄인을 대하듯이 하고 있었다.

그를 쫓는 것도 강제로 제압해서 끌고 가려는 속셈으로밖에 보이지 않았다.

하지만 그건 어디까지나 연우의 지레짐작일 뿐. 철사자단의 진짜 속내를 들은 건 아니었다.

그래서 이들의 생각을 듣고 싶었다.

이미 철사자단과의 관계는 토르카를 죽이면서 돌이킬 수 없는 강을 건넌 셈이었지만. 그래도 칸을 위한 것이라면 어느 정도 참작해 줄 생각은 있었다.

그리고.

연우의 그런 생각이 전해진 것인지. 조나단의 눈빛이 깊게 착 가라앉았다. 끓어올랐던 분노도, 살벌했던 기세도 사그라졌다. 대신에 싸늘한 눈빛이 연우를 직시했다.

"그게 왜 궁금한 거지?"

"난 놈의 친구니까."

친구. 평생 입에 올릴 일이 없을 거라고 생각했던 단어가 자연스럽게 연우의 입에서 흘러나왔다. 샤논과 한령이 담긴 그림자가 가볍게 출렁였다.

"친구?"

하지만 조나단은 코웃음을 쳤다.

"지금 친구라 하였나?"

싸늘한 냉소가 감돌더니, 한쪽 입술 끝이 말려 올라갔다.

"그분은 사자의 아들이시다. 사자에게 친구나 동료가 있을 것 같은가? 지금은 비록 승냥이 떼 사이에 떨어져 그들과 어울리며 그들의 습성을 배웠다지만. 그래도 사자는 사자다. 네놈 같은 뿌리도 모르는 것과 그분이 정말 친구가 될 수 있을 거라 생각하는 건 아니겠지?"

콰아아―

조나단은 양 허리춤에서 검을 꺼내 양손에 각각 하나씩 쥐었다. 탑에서도 보기 드문 쌍검술(雙劍術).

"그분은 지금 어린 날의 치기로 잠깐 잘못된 길을 걷고 계실 뿐이다. 그것을 바로잡아 드리는 것이 우리가 할 일."

기세가 칼날을 중심으로 휘몰아쳤다.

그는 철사자단이 자랑하는 2인자. 아주 잠깐 연우에게 밀리긴 했었어도, 가진 실력은 하이 랭커에 육박할 정도였다.

"이래도 저래도, 결국 칸을 보호하려는 게 목적인 거군."

연우는 그런 기세를 전부 감당하면서 웃었다. 피식. 가면 사이로 웃음소리가 살짝 삐져나왔다. 어떻게 보면 안도에 찬 웃음소리 같기도, 또 어떻게 보면 비웃음 같기도 한 소리.

조나단이 다시 발끈하면서 앞으로 나서려는데,

"방금 한 그 말이, 네 목을 겨우 남겨 놓았어."

"뭐……!"

조나단은 소리를 지르지도 못했다. 연우의 신형이 갑자기 아래로 움푹 꺼졌다. 본능적으로 쌍검을 안쪽으로 잡아당기면서 뒤로 물러서려 했지만.

서걱—

푸화악!

오른쪽 팔이 뜨거워진다 싶더니 그대로 어깨와 분리되어
허공으로 튀어 올랐다.

"크아악!"

비명을 지르면서 쓰러지는 조나단 뒤쪽으로 연우가 잠깐
나타났다가, 다시 불의 날개를 활짝 펼치면서 철사자단 안
쪽으로 깊숙하게 들어갔다.

'칸의 편이라고 해도, 어찌 됐건 간에 지금은 방해만 될
테니까. 전력을 깎아 둬야겠지.'

콰르르릉—

*   *   *

철사자.

아이반은 언제나 자신의 별칭을 자랑스러워했다. '철'이
기에 강인하고, '사자'이기에 전장을 호령할 수 있었다. 철
로 된 사자. 불패(不敗)와 불굴(不屈)이야말로, 평생 그를 상
징하던 것이었다.

그런데.

"……난장판이 따로 없군."

아이반은 자신의 눈앞에 펼쳐진 광경에 헛웃음을 흘리고 말았다.

못난 아들 녀석을 멱살이라도 잡아서 끌고 오라는 명령을 내린 지 열흘째. 위급한 상황이라는 전갈에 다급하게 제1단을 이끌고 온 순간, 그를 맞은 것은 쑥대밭이 되어 버린 군영(軍營)이었다.

20층으로 파견했던 총 5개의 단 중에 2개가 전멸하고 말았고, 1개가 반파, 그리고 남은 2개는 대부분의 단원들이 큰 부상을 입어 당분간 요양을 필요로 하는 지경이 되었다.

듣자 하니 이곳뿐만 아니라, 산맥을 따라 곳곳에 위치한 '연합'의 각 본단이 한 번씩 기습을 받아 반파(半破)가 되었다던가. 피해가 이만저만이 아니라고 했다.

그토록 경멸하고 증오하던 패배가 눈앞에 있는 것이다.

단순한 패배였다면 화를 냈을 테지만. 이렇게 참혹한 패배를 겪으니 화도 나지 않았다.

"죽여 주십시오, 단주."

조나단은 한쪽 무릎을 꿇으면서 고개를 푹 숙였다. 패잔병의 몰골을 한 그는 이를 악물고 있었다.

아이반은 조용히 몸을 낮춰 눈높이를 맞추면서 조나단의 오른쪽 어깨를 두들겼다. 붕대로 감아 휑한 어깨. 그것을 보니 그도 속에서 열불이 치솟는 것 같았다.

조나단이 누군가. 그가 아무것도 없이, 무일푼으로 검을 처음 쥐었을 때부터 자신과 함께해 온 수하였다. 아니, 동료이고, 가족이고, 유일한 벗이었다.

그런 사람이 이런 몰골이 되었다.

"일어나."

"하지만⋯⋯!"

"일어나. 계속 그렇게 날 부끄럽게 할 텐가?"

조나단은 그제야 아이반의 도움을 받으면서 겨우 몸을 일으켰다. 하지만 부상 때문인지 하체가 파르르 떨리고 있었다.

아이반의 표정이 딱딱하게 굳었다.

"독식자라고, 했지?"

"⋯⋯예."

"감히 내 앞을 방해한 것으로도 모자라, 내 사람들을 건드렸단 말이지? 오만불손하다는 말은 익히 들었다만. 이정도로 시건방진 작자일 줄은 몰랐어."

아이반은 조용히 고개를 숙이고 있는 수하를 돌아보았다.

"너."

"예!"

수사자는 무리를 이끌며, 그 무리가 공격을 당하면 언제나 흉포한 이빨을 드러낸다. 그리고 이빨을 드러냈을 때에는 전력을 다해 적을 사냥했다.

그리고 지금은.

"당장 연합의 각 본단에 사람을 보내서 전해라. 머리들끼리 만나자고. 철사자가 보자고 한다고. 지금 당장."

그런 이빨을 드러낼 때였다.

"그리고 만약 미적지근한 태도로 빠질 기미를 보인다면."

아이반의 입술 사이로 송곳니가 훤하게 드러났다.

"내가 먼저 그놈의 모가지부터 뜯어 버릴 거라는 말도, 같이 전해."

＊　　　＊　　　＊

아이반의 소집 요구에 연합의 각 수뇌들은 철사자단의 본영으로 몰려들었다.

루나틱, 스트레이 칠드런, 다섯 별의 창시자, 나이트런…… 하나같이 쟁쟁한 클랜들. 트리톤이 사라진 신흥 4대 클랜에 꼽혀도 될 거라는 평가가 있는 곳도 있었다.

하지만.

어느 곳을 막론하고, 수뇌들의 낯빛은 하나같이 좋지 않앉다. 무참한 패배. 연우의 역공에 당하면서 큰 피해를 입은 탓이었다.

그나마 무덤덤한 표정을 짓고 있는 자들은, 아니, 표정을 읽을 수 없는 자들은 단 네 명이었다.

철사자 아이반.

페이스리스.

닥터 둠.

녹턴.

아이반은 가장 큰 피해를 입은 철사자단의 수장이었지만, 용병계의 거두이자 자리를 주최한 사람답게 전혀 그런 걸 내색하지 않았다.

아니, 철사자단의 규모는 이미 용병계에서도 최고라 불리는바. 사실 그 정도 피해는 얼마든지 감수할 수 있었다. 오히려 더 많은 병력을 20층으로 끌고 올 것이라는 소문까지 암암리에 돌고 있는 중이었다.

페이스리스는 얼굴에까지 붕대를 감고 있었기에 표정을 읽을 수 없었고, 닥터 둠은 네크로폴리스뿐만 아니라 모든 마탑과 마법사들의 대표 자격으로 참여했기에 표정을 신경 쓰는 기색이었다. 그리고 최근 S급 용병으로 두각을 드러내기 시작한 '천검(千劍)' 녹턴은 평소 모습 그대로, 무표정이었다.

"뭘 그렇게 폼을 잡고 계시나? 다들 자리에 모인 듯한데. 이제 슬슬 운이라도 띄우시는 게 좋……!"

서로가 눈치를 보며 조용하던 회의장에서, 처음으로 입을 연 것은 페이스리스였다.

그는 저잣거리 왈패처럼 경망스러운 말투로 히죽대다가, 갑자기 목으로 날아든 칼날에 다급하게 이를 악물어야 했다.

채애앵!

아이반의 검이 아슬아슬하게 페이스리스의 목 앞에서 멈췄다. 뻣뻣해진 붕대를 꽉 쥐면서, 페이스리스의 안광이 사납게 빛났다.

"이게 무슨 짓이지, 철사자?"

페이스리스는 이를 악물며 으르렁거렸다. 살벌한 투기가 새어 나왔다. 모욕당한 전사의 그것이었다.

갑작스러운 분위기의 변화. 하지만 아이반은 익숙한 듯, 검을 거두면서도 경고를 잊지 않았다.

"폼을 잡고 있던 건, 내가 아니라 너희들이겠지."

"뭐?"

고오오—

아이반은 살벌한 눈으로 좌중을 훑어봤다. 매서운 기세가 공기를 가득 채웠다.

페이스리스가 의외라는 듯 눈을 크게 떴다. 여태껏 아이반은 최상위권의 랭커로 분류되었어도, 아홉 왕에 비하면 몇 끗발 부족한 것으로 인식되어 왔다. 하지만 지금 보니 반 수 정도의 차이일 뿐, 아홉 왕에 근접한 실력을 갖고 있는 듯했다. 100위권에 들 만한 실력자란 뜻이었다.

"페이스리스. 듣자 하니 너는 독식자의 뒤를 계속 밟기만 했지, 정작 피해를 받고 있는 아군을 도와줄 생각은 전혀 없었다지?"

페이스리스는 슬쩍 눈길을 돌리며 가볍게 휘파람을 불었다. 명분을 따지자면 자신이 불리했다. 아이반의 말마따나, 그는 망자의 함을 데리고 연우의 뒤를 밟기만 했으니까. 그가 어떤 습성을 갖고 있는지, 어떤 영혼을 지니고 있는지 확인하기 위해서였다.

아이반은 그런 녀석의 태도에 인상을 찡그리면서 이번엔 닥터 둠과 녹턴을 차례대로 보았다.

"닥터 둠, 그대도 마법사들만 데리고 바로 내뺐고, 녹턴은 수수방관했다고 들었다."

"······."

"······."

닥터 둠은 팔짱을 끼며 입을 꾹 다물었고, 녹턴은 두 눈을 가늘게 좁혔다.

무표정하던 녹턴의 얼굴에 처음으로 감정이 어렸다. 호

승심. 그의 귀에 다른 말은 들리지 않았다. 그저 아이반이 얼마나 강할까 하는 생각뿐. 녹턴은 강자만 찾아다니는 하이에나였다.

"그나마 여기서 가장 강하다고 하는 그대들은 독식자가 가지고 있다는 선술묘학이나 내 아들의 행방만 궁금해할 뿐이었지. 다른 자들은 어떻게 되든 간에 전혀 신경 쓰지 않았어. 그리고."

아이반은 잠시 말을 끊으면서 다른 수뇌들을 둘러봤다. 그들은 아이반과 눈이 마주치자마자 경기를 일으키면서 몸을 떨거나, 황급히 고개를 숙였다.

"그건 다른 자들도 마찬가지다."

아이반은 씹어 삼키듯이 말했다.

"이래서야 허울만 좋은 연합일 뿐. 진짜 연합이라 할 수 없다. 오히려 갈기갈기 찢겨, 놈에게 먹히기 좋은 먹잇감밖에 더 되겠는가 말이다!"

쾅!

아이반은 주먹으로 탁상을 세게 내리쳤다. 사자가 내지른 포효가 가뜩이나 뜨거운 공기를 살 떨리게 만들었다.

"그러니 이제부터 단독 행동 따위는 절대 허락지 않겠다. 마음에 들지 않는다면 떠나라. 단, 이곳에서 다시 내 눈에 뜨이면."

아이반은 뒷말 대신에 입술을 열어 뾰족한 송곳니를 드러내 보였다. 그게 무슨 의미인지는 모두에게 확실하게 전달되었다.

날 따라라.

그렇지 않으면 죽을 것이다.

사실상 '연합'을 자신의 손에 넣겠다는 선전포고인 셈이었다.

졸지에 상전을 모시게 된 각 클랜의 수뇌들은 황급히 다른 세 사람의 눈치를 봤다. 페이스리스와 닥터 둠은 신성으로 통하는 자들. 당연히 머리 위에 누가 있는 것을 아주 싫어할 터였다. 그리고 그건 평소 그들이 본 녹턴도 마찬가지였다.

하지만 페이스리스는 능글맞게 양어깨를 으쓱거리고, 닥터 둠은 별다른 말 없이 고개를 끄덕였다. 녹턴만 지그시 아이반의 눈을 응시했지만, 다른 말은 입에 담지 않았다.

결국 연합은 그렇게 아무런 반발도 없이, 아이반의 손아귀에 떨어지고 말았다.

하지만.

아이반의 타오르는 눈빛은 도무지 무슨 생각을 하고 있는지 알 수 없는, 그렇기에 어디로 튀어도 이상하지 않을 세 사람에게 단단히 고정되어 떨어지질 않았다.

그러던 그때.

쾅!

갑자기 문이 벌컥 열리면서 누군가가 다급하게 뛰어왔다. 철사자단의 용병. 모든 이들의 시선이 자연스레 그쪽으로 쏠렸다.

"급보입니다!"

"뭐냐?"

"작은 주인…… 아니, 혈검 칸의 소재가 파악되었습니다!"

모든 수뇌들이 반사적으로 자리에서 벌떡 일어났다.

그 순간, 아이반은 놓치지 않았다. 붕대 사이로 비치는 페이스리스의 안광이 묘하게 빛나는 것을.

*　　*　　*

『카인 녀석, 대체 무슨 일을 벌이고 있는 거야?』

칸은 스테이지 곳곳에서 벌어지는 여러 전황을 감지하면서 눈을 크게 떴다.

촘촘하게 얽혀 드는 포위망과 후예들의 끈질긴 추격을 쳐 내면서 이동하던 중, 갑자기 포위망이 느슨해져서 무슨 일인가 싶었었는데.

산봉우리의 높은 곳에 올라서서 아래를 살펴보니 생각지도 못한 일이 벌어지고 있었다.

연우와 빅토리아, 그리고 빙왕이 손을 잡고 스테이지를 누비면서 포위망을 외곽에서부터 갈기갈기 찢고 있었던 것이다.

저 먼 곳에 위치한 철사자단이 빠른 속도로 무너지는 것도 보였다.

칸은 자기도 모르게 쓴웃음을 지었다. 아무리 돌아선 지 오래라고 해도, 그래도 한때 가족처럼 여겼던 곳이었다. 특히 조나단은 자신에게 자상한 숙부 같았던 사람이었으니. 연우와의 충돌에서 크게 다치지 않길 바랄 뿐이었다.

『그래도. 누님은 크게 다친 곳이 없는 것 같아 다행이네.』

칸은 안도에 찬 한숨을 깊게 내쉬었다. 빅토리아를 그렇게 보내고 난 뒤, 계속 그녀가 걱정되어 마음을 졸였었는데. 다행히 연우가 제시간에 찾아와 도와줬던 모양이었다.

뜻하지 않게 그들을 이용하게 된 셈이었지만. 그래도 너무나도 고맙고 미안한 마음에 주먹을 꽉 쥐었다.

이제 도일을 구할 수 있을 시간도 얼마 남지 않았다.

『이 정도면 이제 충분히 모였어.』

칸은 손을 활짝 펼쳤다. 여러 개의 여의봉 조각들이 올라오면서 하나로 합쳐졌다.

연우 등이 시간을 벌어 주면서 추가로 획득한 조각들. 킨드레드에게 건넸던 것보다 훨씬 많은 양이었다. 자잘한 놈들이 사라지고, 굵직한 자들만이 남다 보니 이렇게 부쩍 늘어난 것이다.

그리고 이것만 더해진다면. 충분히 제기를 완성할 수 있을 것이다.

이미 킨드레드는 목적지에 미리 가 있는 상태. 그도 그곳으로 가기만 하면 되었다.

팟—

칸은 여의봉의 조각을 회수하면서 다시 움직이기 시작했다. 목적지는 미후왕의 허물이 머물고 있는 미후왕의 궁전. 오래전에 연우 등과 함께 방문한 적도 있던 곳이었다.

여태 거기까지 가고 싶어도 주변에 눈이 너무 많아 쉽게 접근하질 못했는데.

연우가 포위망의 이목을 끌어 주는 지금이라면. 충분히 이동할 수 있을 것 같았다.

그리고.

삐이익—

저 드높은 상공에서. 붉은 새가 칸을 발견하며 소리 높여 울었다.

『주인! 칸, 찾았어!』

칸은 앞으로 달리다 말고 갑자기 눈앞으로 뭔가가 획 하고 떨어지자, 황급히 뒤로 물러섰다.

처음에는 적의 공격이라고 생각해 검의 손잡이로 손을 가져갔지만.

『안녕?』

나타난 것은 금방이라도 타오를 것 같은 붉은색 바탕에 검은 깃털이 멋들어지게 어우러진 신조(神鳥), 11층에서나 볼 수 있을 환수였다.

하지만 겉보기와 다르게, 말투가 많이 어렸다.

『난 니케라고 해. 만나서 반가워! 주인…… 아니 아니, 연, 아니지. 카인의 전언을 들고 왔는데 들어 볼래?』

뜻밖의 이름. 칸의 눈동자가 저절로 커졌다.

          *   *   *

"폐관 수련이 조금 더 길어질 것 같다고 하십니다."

"그런가."

크로이츠는 1단에서 돌아온 대답을 듣고 그럴 줄 알았다는 듯이 고개를 끄덕였다.

지금 연대장이 겪고 있는 상황이 얼마나 중요한지를 잘 알고 있었으니까.

벽.

그 하나의 차이로 수많은 플레이어들이 기쁨의 눈물을 흘리기도 하고, 또는 좌절과 절망을 겪기도 한다. 어떤 사람은 수월하게 통과를 하는가 하면, 또 어떤 사람은 평생을 붙잡아도 결국 그것을 뛰어넘지 못한 채 눈을 감기도 했다.

벽은 바로 그런 것이었다. 크로이츠도 뛰어넘고자 몇 번씩이나 애썼지만, 결국 넘지 못했던 것.

하지만 저 위대한 '아홉 왕'들은 한 번씩, 많게는 서너 번씩 뛰어넘은 것이기도 했다.

'초월(超越)'이 가지는 의미는. 그만큼 컸다.

그래서 연대장은 곧 폐관 수련을 끝낼 수 있을 거라던 기존의 발언을 철회하고, 조금 더 있어야 할 것 같다는 말을 보내왔다.

아마 실마리를 더듬는 데는 성공했지만, 아직 제대로 닿지는 못한 모양이었다.

"대신에 답변으로 이것을 보내오셨습니다."

"고맙군."

"전 그럼."

1단에서 보낸 플레이어는 크로이츠에게 편지를 전해 주고, 고개를 숙이면서 조용히 사라졌다.

크로이츠는 조심스럽게 봉투를 뜯어, 안쪽에 담겨 있는 종이를 꺼내 활짝 펼쳤다.

뜻한 대로.

오랜 기다림 끝에 받은 답장치고는 너무 짤막한 대답.

크로이츠는 자기도 모르게 헛웃음을 흘리고 말았다.

"여전하시군."

하지만 덕분에 크로이츠는 그동안 복잡했던 머릿속을 어느 정도 정리할 수 있었다.

사실 크로이츠가 연대장에게 물은 질문이 있었다.

─계속 이대로 독식자의 뒤를 따라야만 하는가?

크로이츠가 봤을 때, 연우는 너무 위험한 자였다.

벤티케와의 싸움은 그렇다고 칠 수 있었다. 신흥 강자들 간의 신경전이 세력전으로 비화된 경우였으니. 먼저 시비를 건 것도 벤티케와 트리톤 쪽이었다.

하지만 그 뒤가 문제였다.

알 수 없는 이유로 30층의 히든 스테이지를 통과하더니, 결국 타르타로스까지 다다라 하데스를 만나는 기괴한 짓을 벌였다.

식탐황제를 만나서는 화이트 드래곤과 전쟁을 치르겠다는 약조를 나누기도 하였고.

지금도 마찬가지.

자신이 잠시 자리를 비운 사이에, 그새 20층에서 커다란 소란을 일으키고 있었다.

소란이 있는 곳에는 언제나 독식자가 있다더니. 그런 소문이 절대 헛소리가 아니었음을 몸소 체감했다.

물론, 여기까지는 그럴 수도 있었다.

본래 떠오르는 신흥 강자는 주변으로부터 여러 견제를 받기 마련이고, 강함을 추구하는 플레이어라면 보통 가만히 있지 않고 충돌을 벌이는 법이니.

문제는.

'그가 가진 힘.'

크로이츠는 줄곧 연우의 뒤를 따라다니면서 그가 가진 힘의 단면을 엿볼 수 있었다.

이상한 그림자를 부리고, 망령을 다루는 군주로서의 자질.

무왕으로부터 무공을 배워 명인 급에 달하는 검술 실력을 자랑하는 초인으로서의 재능.

또한, 여러 신들로부터 한꺼번에 총애를 받는 사도의 가능성까지.

군주, 초인, 사도. '초월'을 이루기 위해서는 반드시 개척해야 한다는 세 가지 특성 중, 모든 가능성을 동시에 품고 있었던 것이다.

특히 그 안에는, 여태껏 크로이츠도 보지 못했던 죽음의 힘이 담겨 있었다. 필멸자인 플레이어가 정말 다룰 수 있는 것이 맞는가 싶은 힘이.

위험해도 너무 위험한 것이다.

'가까이하기에는.'

크로이츠의 눈이 깊게 가라앉았다.

'그리고 내가 본 게 전부가 아닐 거란 말이지. 독식자는, 위험해.'

연대장은 독식자가 자신의 절친한 벗이며 은인이라고 말하면서, 되도록 그가 하는 일들을 긍정적으로 지원해 줄 것을 당부했다. 크로이츠도 그동안 연우가 환상연대의 수뇌가 되거나, 아니더라도 굳건한 동맹이 될 것이라고 여겼다.

하지만 여태 파악한 대로라면, 연우와 손을 잡았을 때, 환상연대가 받을 압박이나 피해는 너무나 클 수밖에 없었다.

여태껏 고층 구간으로 가지 않고 저층 구간에 머물렀던 이유가 무엇인가.

8대 클랜의 이목으로부터 벗어나, 독자적으로 비밀리에

힘을 기르기 위해서였다. 단 한 사람 때문에 그런 기조를 깰 수는 없었다.

그러나.

환상연대는 연대장을 중심으로 뭉쳐진 세력이었고, 크로이츠는 그를 절대적으로 신뢰했다. 연대장이 섶을 지고 불에 뛰어들라고 하면, 진짜 그럴 수 있을 정도였다.

그래서 마지막으로 의견을 구할 겸 해서, 폐관 수련에 몰두하고 있을 연대장에게 연통을 넣은 것이다.

그리고 돌아온 대답이 바로 저것이었다. 뜻한 대로.

자신의 의견을 굳이 강요하지 않겠다는 뜻이었다. 어떤 의미에서 보면 동료들의 의견을 존중하는 것이고, 다른 의미에서 보면 책임을 미루는 조금 무책임할 수도 있는 듯한 태도. 크로이츠가 평소 보던 연대장, 그대로였다.

그래서 크로이츠는 편지를 붙잡으면서 다시 깊게 생각에 잠겼다.

원래 자신이 뜻하던 대로라면, 이만 연우에 대한 지원을 끊어야 했지만.

'그래도.'

섣불리 결정을 내리려니 그와 함께했던 짧은 시간들이 떠올랐다. 망자의 강에서부터 타르타로스까지. 그의 역정은 험난하면서도 손에 땀을 쥐게 만드는 뭔가가 있었다.

무엇보다 사람을 끌어당기고 휘어잡는 강한 뭔가가 있었다. 흔히 말하는 '왕'의 자질이랄까.

그러면서도 하데스 앞에서 간절히 퀴네에를 바랄 때에는 말 못 할 어떤 기구한 사연이 있는 듯했다.

불을 품은 사내라.

그런 사람이라면 따라가서 그 뒷모습까지 보고 싶기 마련이니. 설사 불나방처럼 타오르는 자리라 해도 말이다.

가까이하기엔 두렵지만, 그렇다고 멀리하기엔 가까이서 보고 싶은 자.

그런 표현이 옳을 것이다.

'그런 면에서 보자면, 소름 끼치게 연대장과 똑같군.'

아니, 어쩌면 이런 생각조차 연대장의 노림수가 아니었을는지.

결국 모든 생각을 정리한 크로이츠는 편지를 곱게 접어 품속에 넣고, 밖에 있는 수하를 불렀다.

"쿤!"

"예. 부르셨습니까?"

밖에서 대기하고 있던 수하가 들어와 고개를 숙였다.

"독식자는 아직 20층에 있나?"

"그렇습니다."

"기사단을 전원 모아라. 20층으로 간다."

"예!"

그렇게. 환상연대가 움직이기 시작했다.

*　　　　*　　　　*

시뻘건 피가 낭자한 산등성이.

널브러진 시체들이며 곳곳에 파괴된 흔적들이 거친 격전이 있었음을 말해 주고 있었다.

"……괴물 같으니."

플레이어들은 자신들이 보고 있는 것이 도무지 같은 사람으로 보이지 않았다.

괴물이라는 단어에 그들은 모두 동의한다는 듯이 고개를 끄덕였다. 눈가에는 두려움마저 감돌고 있었다.

하아.

하아.

연우는 피를 흠뻑 뒤집어쓴 몰골로 거칠게 숨을 몰아쉬었다. 너무 많은 플레이어들을 상대하다 보니 체력과 마력이 거의 방전되다시피 한 것이다.

하지만 그를 둘러싼 기세는 여전히 살벌했다.

누구든 공격 범위 안에 들어오면 바로 목이 달아날 것 같은 분위기. 그리고 실제로도 그렇다는 것을 잘 알기 때문에, 플레이어들은 압도적인 머릿수를 자랑하는데도 불구하고 어느 누구도 연우에게 접근하지 못했다.

아니, 그런 것이 아니더라도. 그동안 연우가 보여 줬던 무용은 이미 그들의 머릿속에 단단히 각인되어 발을 꽁꽁 묶고 있는 중이었다.

연우의 기습으로 인해 피해를 입은 클랜이 몇 개이며, 쓰러진 사람이 몇이던가. 거기다 여러 개의 산등성이를 넘는 추격전 동안에 기백에 달하는 플레이어들이 피를 뿌리며 쓰러져야만 했다.

더구나 이따금 그림자를 열고 나타나는 괴상망측한 괴물들은 더더욱 그들을 궁지로 몰았으니.

어쩌면 독식자가 이미 '군주'일지도 모른다는 소문은, 진실이었던 것으로 판명되고 말았다.

혼자서 일인 군단을 형성해 웬만한 클랜들은 쉽게 압도한다는 군주.

거기다 독식자는 무왕의 제자로서 '초인'의 반열도 노려본다고 알려져 있으니.

일대일로 승부를 걸든 아니면 협공을 하든 어떻게 당해 낼 수가 없었다.

무엇보다.

'뭔가가 더 있다……!'

그들은 직감적으로 깨달을 수 있었다. 연우가 아직 본신의 힘을 전부 다 드러낸 게 아니란 것을.

아무리 실력의 3할은 숨겨야 한다지만, 이렇게까지 격전이 벌어졌는데도 숨긴 게 확실하다면. 계속 싸움을 벌여 봤자 불리한 건 그들이었다.

거기다 연우를 돕는 붉은 신목과 빙왕도 손꼽히는 강자들. 어떻게 저들 사이를 꿰뚫을 방법이 보이질 않았다.

그렇게 공격하지도, 물러서지도 못한 채 한참 동안 대치 상태를 유지하는데.

"오지 않는다면."

연우가 살벌하게 눈빛을 폈다.

"내가 가지."

어느 정도 숨이 돌아왔는지 조금 편한 목소리로 한 발을 앞으로 내디뎠다.

그러자 포위망을 구축하고 있던 플레이어들은 자기도 모르게 반사적으로 주춤 뒤로 물러서고 말았다.

피식.

빙왕이 그 모습을 보면서 가볍게 웃었다. 웃기기보다는 안쓰러운 감정에 가까운 웃음.

선봉에 서 있던 플레이어들의 얼굴이 시뻘겋게 달아올랐다. 그들은 어떻게든 분위기를 만회하고자 소리를 지르려 했다.

그때.

피유웅, 퍼엉—

갑자기 하늘을 따라 폭죽이 터졌다. 붉은색 폭죽. 플레이어들의 표정이 딱딱하게 굳었다. 후퇴 명령이었다.

리더들은 이렇게 자리를 떠야 하나 잠시 갈등 어린 얼굴이 되었지만, 이대로 있어 봤자 남는 게 없다는 것을 깨닫고 후퇴 명령을 내렸다.

"전원, 철수한다!"

플레이어들은 물러나는 동안에도 혹시 연우 등이 달려들까 싶어 경계를 게을리하지 않으며 빠른 속도로 물러났다.

빙왕은 그들이 모두 물러난 것을 확인하고, 의아한 얼굴로 고개를 갸웃거렸다.

"으음? 갑자기 왜 물러난 걸까? 나야 이제 좀 쉴 수 있으니 좋긴 하네만."

빙왕은 잘게 떨리는 자신의 손을 내려다보았다. 온통 피투성이에 자잘한 상처가 많은 손. 이렇게 거칠게 싸움을 벌여 본 게 얼마 만인지 기억도 나질 않았다.

분명히 은퇴를 하기 전, 그러니까 처음 무왕과 만났던 때 이후로 없었던 것 같은데.

늙은이를 참 잘도 부려 먹는구만. 빙왕은 그렇게 생각하면서 쓰게 웃었다. 울며 겨자 먹기로 연우의 편을 들긴 했지만, 그래도 간만에 이렇게 날뛰니 기분이 상쾌했다. 나이를 먹어도 무인이긴 무인인 모양이었다.

하지만 그것과는 반대로 나이를 먹은 만큼 빨리 지친 것도 사실이었다. 만약 여기서 더 싸움이 길어졌다면? 가장 먼저 쓰러진 건 자신이 아니었을까.

그리고 안색이 좋지 않은 건, 빅토리아도 마찬가지였다.

아직 부상이 덜 나은 몸으로, 아다만틴 노바에만 의지한 채 룬 마법을 계속 펼쳐야 했던 그녀로서는 부담이 심할 수밖에 없었다. 이미 마력도 바닥이 나 잠력을 끌어 올리면서 싸우는 중이었다.

그러니 그녀도 갑작스러운 저들의 후퇴가 내심 다행이다 싶으면서도, 의아한 마음이 들 수밖에 없었다. 조금만 더 싸움이 길어졌으면 정말 위험한 건 자신들이었으니.

빅토리아와 빙왕은 연우에게로 눈길을 돌렸다.

연우도 지친 것은 마찬가지라, 바닥에 철퍼덕 주저앉으면서 숨을 골랐다. 과열된 현자의 돌이 가라앉으면서 마력을 공급했다. 그러면서 내뱉은 말은 두 사람을 크게 놀라게 만들었다.

"저들이 물러나는 건, 칸을 찾아서일 겁니다."

"칸을 찾았다고?"

빅토리아가 화들짝 놀라 벌떡 자리에서 일어났다. 쿵. 쿵. 심장이 거칠게 뛰기 시작했다. 짧게만 보고 스쳐 지나야 했던 얼굴. 그 얼굴을 다시 보고 싶다는 희망이 가슴 속에서 부쩍 자라났다.

"예. 일단은."

"어디야, 거기가?"

"빅토리아도 잘 알고 있는 곳입니다."

"내가?"

빅토리아는 그런 곳이 있나 싶어 고개를 갸웃거렸다. 고행의 산 자체가 그녀에게는 아주 익숙한 장소이긴 했다. 하지만 연우가 말할 곳이라면?

"설마?"

어느 곳에 생각이 미친 빅토리아의 안색이 살짝 창백해졌다.

연우가 무겁게 고개를 끄덕였다.

"예. 미후왕의 궁전입니다."

"……!"

지잉, 지이잉—

아다만틴 노바를 쥐고 있는 빅토리아의 손에 바짝 힘이 들어갔다. 아다만틴 노바가 놓으라며 길게 몸을 떨었지만, 빅토리아는 도무지 그런 걸 신경 쓸 틈이 없었다.

당시에 겪었던 일들이 주마등처럼 스쳐 지나갔다.

위압적이던 거대 석상의 움직임. 레베카의 죽음. 연우의 희생. 칸과의 도주. 그리고 혼자만 남은 도망.

그녀에게 심마를 안겨 줬던, 그곳이 목적지였던 것이다.

하지만.

꽈악.

빅토리아는 잘게 떨리던 아다만틴 노바를 다시 고쳐 쥐었다.

여전히 그곳에 가는 것이 두렵긴 하지만, 그래도 칸을 구할 수 있다면. 어떻게 해서든지 가야만 했다. 굳건한 신념이, 그녀의 눈가에 깃들었다.

연우는 다행이라는 듯이 고개를 끄덕였다. 사실 이번에도 그녀가 흔들리는 모습을 보였다면 가차 없이 내칠 생각이었다. 여차하면 아다만틴 노바를 빼앗을 생각도 하고 있었다.

하지만 여태 여러 격전을 치르면서도 그녀는 자신의 몫을 다하고 있었다. 지금의 모습이 흐트러질 것 같지는 않아 보였다.

다만, 이야기의 화제를 따라가지 못하는 빙왕만 고개를 갸웃거렸다.

"미후왕의 궁전? 그곳은 또 무엇인가?"

연우는 자신이 겪은 미후왕의 궁전에 대해 대략적으로 설명하기 시작했다. 모든 설명을 들은 빙왕의 두 눈이 깊게 가라앉았다.

"72선술이 나온 곳이다?"

"예. 제가 여의봉의 조각을 얻은 곳이기도 합니다."

"미후왕의 사당과 비슷하군."

미후왕의 사당?

빙왕의 혼잣말에 연우가 의문을 떴다. 빙왕이 피식 웃으면서 대답했다.

"그런 곳이 있네. 탑 외 지역에 위치한 사당이지. 정확하게는 칠대성의 사당이었지만, 그냥 후예들 사이에서는 그렇게 불린다네. 평소에는 외부인들더러 들어오지 말라고 결계에 싸여 있지."

연우는 처음 칸의 흔적을 찾았던 곳을 떠올렸다.

"혹시 칠대성의 석상이 서 있는 허름한 곳을 말씀하시는 겁니까?"

"그렇네만. 그곳을 알고 있나?"

"예. 하지만 아무것도 느낄 수 없었습니다만……."

"그야, 거긴 이미 털릴 대로 털렸으니까. 유명하기도 하고. 남아있는 건 거의 없을 걸세. 있다 해도, 사실 연자에게나 열리는 법이라."

연우는 어째서인지 빙왕이 씁쓸해한다는 생각이 들었다. 반쪽짜리 후예. 거기서 받는 자괴감인 것 같았다.

한편으로는 그런 생각도 들었다.

'역시 미후왕은 자신의 거처를 한두 군데에다 놔둔 게 아니야.'

미후왕의 궁전을 나올 때도 그런 생각이 들긴 했었다. 미후왕의 유산을 받을 수 있는 곳이 이곳만이 아닐 것 같다는 생각. 허물도 말하지 않았던가. 미후왕은 자신의 후계를 두기 위해 곳곳에 은밀히 손을 써 두었다고.

연우는 나중에 사당을 제대로 다시 한번 들러 봐야겠다는 생각이 들었다. 처음 들렀을 때에는 그냥 쫓기듯이 간 게 전부였으니. 놓치고 있는 게 있을 수도 있었다.

"하여간. 다시 본론으로 돌아와서, 그런 곳이 있다면, 혈검은 왜 굳이 거기로 가려는 걸까?"

"그야 이유는 간단합니다."

"……?"

"그곳이 이번 일을 꾸민 마군의 본거지일 테니까요."

여태 은밀하게 움직이던 칸이 드러내 놓고 움직인 이유는 딱 하나. 그곳이 최종 목적지이기 때문일 것이다.

그리고. 아마도 그곳은.

'도일이 있는 곳이기도 하겠지.'

연우의 안광이 예리하게 빛났다.

＊　　　＊　　　＊

연우 일행은 짧은 휴식을 뒤로하고, 곧장 다섯 번째 산인 오행산으로 이동했다.

연합이 먼저 도착하는 것을 막기 위해서였다. 다행히 그들이 도착했을 때에는 아직까지 제대로 된 포위망이 구축되기 전이었다. 아니, 포위망을 구축하기도 힘드리라. 이곳은 랭커들도 접근하기 힘들어하는 장소였으니.

모든 감각이 닫혀서 의념만 열어야 하는 곳.

연우는 모든 의념을 활짝 열어 미후왕의 궁전으로 향하는 입구를 찾기 시작했다.

이전에 찾았던 입구는 연우가 궁전에서 유산을 얻고 나오면서 남들이 다시는 접근할 수 없도록 고의로 무너뜨린 까닭에, 새로운 입구를 찾아야 했던 것이다.

「그때 벌였던 인성질이 이런 수고로 돌아온 거지. 암, 그렇고 말고.」

‘좀 닥쳐.’

깐족대는 샤논에게 한 소리를 하던 중, 연우는 칸의 뒤를 쫓았던 니케의 도움을 받아 입구를 찾을 수가 있었다.

[히든 스테이지, '미후왕의 궁전'에 입장했습니
다.]

던전이 아닌 히든 스테이지.

바뀐 명칭에 연우가 눈을 크게 뜰 무렵.

저벅.

기다렸다는 듯이 입구 안쪽에서 누군가가 조용히 걸어
나와 연우 일행을 맞았다.

『너……?』

『오랜만이야, 카인.』

칸이 반갑게 인사했다.

『칸!』

빅토리아가 다급하게 뛰어 와락 칸에게 안겨 들었다. 하
지만 그녀의 몸은 그대로 칸의 몸을 지나치고 말았다.

『이건……?』

『환영입니다. 녀석이 남긴.』

연우는 흐릿해지는 칸을 보면서 작게 중얼거렸다. 72선
술을 이용한 환영술이라. 편지에 남겼던 트릭도 그렇고, 선
술에 있어서만큼은 칸이 이룬 성취가 연우보다 훨씬 뛰어
난 것 같았다.

칸의 환영은 쓰게 웃으면서 자세를 낮춰 빅토리아와 눈높이를 맞췄다.

『괜찮아, 누님?』

『너……!』

『그때는 그냥 스치듯이 지나가서 미안. 그래도 내가 정말 인복은 타고났나 봐? 도와 달라는 말 한마디에 발 벗고 나서 주는 친구들도 있고.』

칸은 평소의 녀석처럼 밝게 웃음을 터뜨리다가, 연우를 돌아봤다.

『일단. 킨드레드 녀석이 금방 눈치챌 수 있을 테니, 용건만 간단하게 말한다.』

연우는 고개를 끄덕였다.

『자세한 건, 니케를 통해서 들었지?』

『그래.』

니케는 현재 칸과 같이 있었다. 연우는 그런 니케를 통해 칸이 처한 상황과 내막에 대해서 들을 수 있었다.

제기(祭器). '그릇'을 둘러싼 여러 이면의 싸움. 도일이 마군에 의해 억류되어 있고, 칸이 녀석을 구하기 위해 그동안 열심히 뛰어다녔던 내용들까지.

여태껏 말 못 할 사정들로 인해, 칸은 너무 큰 시련을 겪고 있었다.

그래서 연우는 니케를 통해 몇 가지 계획을 입안해 둔 상태였다.

『이렇게 환영을 남긴 건, 부탁할 게 있어서야.』

『뭐지?』

『그건…….』

칸의 입이 조용히 열렸다.

＊　　　＊　　　＊

『여기란 말이지.』

아이반은 동굴 입구에 서서 눈을 가늘게 좁혔다. 무저갱처럼 모든 것을 빨아들이기만 할 뿐 아무것도 느껴지지 않는 곳. 의념을 쏘아 넣어도 감지할 수 있는 것이 없었다.

『예. 분명히 이곳으로 들어갔다고 합니다.』

조나단이 옆에서 무겁게 고개를 끄덕였다.

연합은 아이반의 지휘 아래, 곳곳으로 분산되어 있던 인력을 전원 철수시켜 전열을 재정비했다.

그리고 연우가 칸의 소재지에 나타나기를 가만히 기다렸다.

연우의 목적이 칸이라는 것을 알고 있으니, 두 사람이 한자리에서 만났을 때에 들이쳐서 단숨에 신병을 확보하는 게 옳다고 여긴 것이다.

여기에 대해 페이스리스나 닥터 둠 등은 아무런 이의를 제기하지 않았다. 어차피 그들로서는 선두에 나서서 전력을 이끌 생각은 추호도 없었으니까. 녹턴도 마찬가지였다.

아이반은 협조를 하는 것도, 그렇다고 하지 않는 것도 아닌 무성의한 그들의 태도를 보고 인상을 찡그렸지만.

『그럼, 진입한다.』

그래도 아직 책잡힐 일을 하지는 않았기에 책임을 물을 수는 없었다. 아니, 그런 건 모든 일이 끝난 뒤에도 얼마든지 할 수 있었다. 지금은 연우와 칸을 모두 잡는 데 집중해야만 했다.

때마침 알아서 자기들끼리 좁은 우리에 갇혀 줬으니 잡기도 쉬울 터였다.

아이반의 지시에 따라, 삼백여 명의 최정예 플레이어들이 전열을 갖추면서 동굴 안쪽으로 발을 들였다.

츠츠츠—

『꽤 불길한데.』

『이런 곳이 있었던가?』

플레이어들은 주변을 둘러보면서 인상을 찡그렸다. 의념으로 주변을 아무리 둘러봐도 아무것도 느낄 수 없는 곳. '나' 나 가까이에 있는 동료 외에는 감지할 수 있는 게 그리 많지 않았다. 마치 깊은 어둠 속을 걷는 기분이었다.

웬만한 일에는 공포심을 절대 느끼지 않을 정도로 강하다는 자부심을 지니고 있는 그들이었건만.

왠지 모르게 가슴 속에서부터 정체를 알 수 없는 불안감이 싹트기 시작했다.

『수장, 괜찮겠습니까?』

그때, 닥터 둠의 뒤쪽으로 로브를 깊게 눌러쓴 마법사가 조용히 다가와 입술을 달싹였다.

현재 아이반이 추린 최정예 중에는 마법사들이 상당수 포함되어 있었다. 네크로폴리스 소속의 흑마법사뿐만 아니라, 각 마탑에서 보낸 최고 전력들.

하지만 그렇다고 해서 그들이 마법사가 가진 약점인 기습이나 근접전에까지 강한 것은 아니었다.

특히 정체를 알 수 없는, 이런 어둠이 가득한 히든 스테이지에서는 크게 움직이는 것이 금기시되어 있을 정도였다.

지금 마법사들이 봤을 때, 연우와 칸이 들어온 것으로 보이는 이 동굴은 도무지 정체를 알 수 없는 것투성이였다.

길은 구불구불하고, 탐지 마법을 아무리 뿌려 봐도 허공에서 사라지기만 할 뿐 아무것도 찾을 수가 없었다.

더구나 동굴 깊숙한 곳은 이따금 심장을 떨리게 만들었다. 계속 이대로 의념을 쏘아 보냈다가는 영혼까지 송두리째 빨려 들어갈 것만 같았다.

세상의 근원을 탐구하는 마법사이기에, 그들은 저것이 무엇인지를 알고 있었다.

공허.

혹은 허무라고 불리는 공간.

아니, 그건 공간이라고도 할 수 없었다. 아무것도 존재하지 않고, 그저 집어삼키기만 하는 곳이니.

어째서 연우와 칸이 저곳으로 들어갔는지는 알 수 없었다. 다만, 확실한 것은 이대로 계속 공허 쪽으로 다가가서는 그들도 자칫 위험해질 수 있다는 점이었다.

『오늘의 괘에 악운은 없었다.』

『그럼…….』

『하지만 그렇다고 복행이 있었던 것도 아니지.』

닥터 둠의 눈동자가 강렬한 안광을 뿌렸다.

『결국 오늘의 괘는 우리가 뜻한 것에 있다는 것이다. 그리고 선술이 없으면 앞으로는 그런 괘도 없다.』

『……예. 제가 실언을 하였습니다. 죄송합니다.』

마법 학계는 학파에 따라서 갈라졌다가 합쳐지기를 무수히 반복한다. 여기에 따라 각광을 받는 곳은 마탑으로 거듭나게 되니, 그들은 각자 자신들이 걷는 길이 진정한 '진리의 길'이라 믿어 의심치 않았다.

하지만 최근 들어 마탑들은 기존의 생각을 버리고, 힘을 하나로 합치기를 갈망하고 있었다. 근자에 벌어진 여러 사건에서 마탑이 계속 큰 피해를 입으면서, 새로운 세력으로 탈바꿈해야 한다는 자성의 목소리가 나온 결과였다.

그래서 각 마탑들은 각각 정예를 차출해 새로운 조직을 만들었다.

그것이 바로 네크로폴리스. 그리고 수장 자리에 모든 계열의 마법을 두루 익힌 닥터 둠을 앉혔다.

'하지만 오히려 새롭게 발돋움하려는 지금이 더 위험하다.'

이미 세분화된 마법들을 하나로 통합하는 건 절대 쉬운 작업이 아니었다. 체계도 지식도 기반도, 전부 다 달랐다. 공동 전인인 자신마저도 주력 마법을 흑마법으로 둔 이유가 그것이었다.

이런 한계점을 넘으려면 새로운 지식을 필요로 했다.

닥터 둠이 봤을 때는 그게 선술이었다. 한계점에 부딪친 마법을 다시 도약시켜 줄 수 있는 새로운 카드.

'파우스트의 마도술(魔道術)이라도 돌아오면 또 모를까.'

드 로이의 악마학과 함께 마법학의 새로운 지평을 열었다고 전해지는 체계.

악마이자, 괴물왕이었다던 메피스토펠레스까지 집어삼켰다는 내력이 있지만, 지금은 그의 갑작스러운 실종과 함께 과장된 전설로만 전해지는 힘.

닥터 둠이 수시로 체크하는 '괘'의 원형이자, 언젠가 이루리라 다짐한 비원(悲願)이기도 했다.

『설사 선술을 놓친다고 해도, 저들에게 내어 줄 수도 없는 노릇.』

닥터 둠은 뭐가 그리 좋은지 아까 전부터 나사 빠진 사람처럼 헤실헤실 웃고 있는 페이스리스와, 여전히 속내를 짐작하기 힘든 녹턴을 번갈아 봤다.

보통 연합에 가담한 플레이어들이 선술을 원하거나 명예를 추구하는 데 반해, 저 둘은 대체 무슨 목적으로 왔는지 알 수가 없는 자들이었다.

그래서 더 경계를 할 수밖에 없었다.

특히 수많은 인격을 강제로 욱여넣은 듯한 페이스리스는 닥터 둠이 생각하는 가장 경계해야 할 요주의 인물이었다.

『음?』

닥터 둠은 그런 생각을 하면서 다시 동굴 안쪽을 탐색해 볼 요량으로 마법을 전개하려다가, 크게 눈을 뜨고 말았다.

『……뭐지?』

아무것도 없었다.

주변, 어디에도.

『괘에 이런 것은 없었을 텐데?』

분명 방금 전까지 대화를 나누던 수하도 사라지고 없었

다. 감지되는 것은 온통 짙은 어둠뿐. 동굴 안쪽에서부터 줄줄 새어 나온 공허가 그의 주변을 가득 맴돌고 있었다.

그 순간.

『흡!』

닥터 둠은 자신도 모르게 반사적으로 몸을 반대로 돌렸다. 허공에 마법진이 잇달아 그려지면서 어둠을 타고 날아오던 공세를 파훼시켰다.

퍼어엉—

하지만 너무 충격파가 대단한 나머지, 닥터 둠은 피해를 모두 막아 내지 못하고 단번에 튕겨 나고 말았다. 몸이 으스러질 것 같은 고통과 함께 입가를 따라 핏물이 왈칵 쏟아졌다.

마력이 빠르게 돌면서 늑골이 달라붙고, 뒤로 돌아갔던 팔이 제자리로 돌아왔다. 닥터 둠의 얼굴에는 경악이 스쳤다. 대체 어느새?

「그걸. 그새. 읽었나? 제법. 이군.」

그때, 아무것도 없을 허공 한가운데에 두 개의 사선이 쭉 그어지더니, 활짝 열리면서 푸른 눈이 드러났다.

「타종(他種)의. 심. 장 각인과. 세피로트 카발라. 신비연학. 종. 의 역기원. 위천. 을. 이용한. 무영창. 인가. 그것. 받아들일. 수 있는. 것이었. 다니. 세상이. 발전. 했나?」

닥터 둠의 눈꺼풀이 파르르 떨렸다. 방금 전 언급된 것들은 전부 그의 시그니처 스킬인 무영창 마방진을 가능케 하는 구성 원리였다. 그런데 그것을 단번에 알아봤다고?

게다가. 저 하늘에 맺힌 인페르노 사이트를 마주한 순간, 자기도 모르게 머릿속이 새하얗게 세고 말았다.

'그것'이었다.

30층에서 연우의 싸움에 난입했을 무렵. 그의 마력과 마방진, 그리고 괘를 전부 강제로 구속시키던 그 눈!

그 순간 깨달았다.

삼백여 명도 넘는 인원들을 공허에 유폐시키고, 지금 자신을 격리시킨 장본인이 저 괴물이란 것을.

『너, 대체 뭐지……?』

「아닌. 가. 그렇군. 너. 돌연변이. 로구나.」

역시나 비밀을 또 들켰다. 닥터 둠은 떨리는 손을 다잡으면서 억지로 손가락을 튕겼다. 화려한 이펙트가 터지면서 그를 중심으로 십여 개의 마방진이 떠올랐다.

하지만 그러거나 말거나. 인페르노 사이트는 가늘게 좁혀지면서 중얼거렸다. 마치 재미나게 개미집을 살펴보는 아이처럼.

「나를. 모방하려 한. 장난감. 이구나. 재미있군. 건방. 진 것들.」

『⋯⋯!』

뭐?

누구를 모방해?

「주인. 님의 행사를. 방해한 죄를. 물으려 한 것에. 그 건방의. 대가까지. 더하마.」

인페르노 사이트가 몇 배나 크고 거칠게 타올랐다.

「어디. 한번 볼까?」

콰아아앙—

닥터 둠은 자신을 둘러싼 공간이 강제로 뜯겨 나가는 듯한 고통을 받았다. 정신을 차렸을 무렵에는 이미 사지가 죄다 뒤틀려서 튕겨 나가고 있었다. 그를 둘러싸던 마방진은 모조리 부서져 작은 입자로 변해 있었다.

'저건⋯⋯ 아니 저분은, 분명⋯⋯!'

부의 정체를 눈치챈 뒤, 육체가 받은 고통보다 정신적 타격을 더 크게 입은 닥터 둠이 부에게 한껏 유린되는 동안.

비슷한 광경은 동굴 곳곳에서 벌어지고 있었다.

『꿈이⋯⋯ 저문다.』

상공에 올라선 네메시스의 시동어에 따라.

공허가 짙게 내려앉으면서 적들을 모두 유폐시키고, 별도로 격리해 각개 격파를 노렸다.

이곳은 미후왕의 궁전. 입구부터 중앙 공동까지 전부 손바닥 보듯 꿰뚫고 있는 건 연우가 유일했다. 이곳에 공허가 항상 감돌고 있다는 것을 잘 알고 있었기에 파 놓은 함정이었다.

『크아아악!』

『이게 뭐야!』

『아악! 살려 줘!』

가뜩이나 갑작스러운 격리로 방황하던 플레이어들은 어둠을 뚫고, 괴이들이 잔뜩 쏟아지자 도무지 정신을 차릴 수가 없었다.

콰드득, 콰득—

플레이어들이 삽시간에 떼죽음을 당하기 시작했다. 어떻게든 저항을 해 보려 해도, 공허 속으로 숨었다가 다시 사각지대를 교묘하게 노리고 달려드는 괴이를 잡을 수 있는 방법 따윈 없었다. 상처를 입는 순간, 중독으로 인해 사망이었다.

그뿐만이 아니었다.

달그락, 달그락—

딱딱딱!

크허허헝—

갑자기 곳곳에서 무저갱이 열리기 시작했다. 잿빛 안개가 스멀스멀 흘러나온다 싶더니, 뒤따라 음울한 뭔가가 하나둘씩 모습을 드러냈다. 스켈레톤과 구울, 좀비 등으로 이뤄진 여러 언데드들. 그것도 단단한 창칼과 갑옷으로 무장한 사자 군단(死者 軍團: 群團)이었다.

[던전 개방]

여태껏 비밀리에 숨겨 두고만 있던 부의 던전이, 드디어 입구를 활짝 연 것이다.

『이게 대체 무엇이야……!』

아이반은 끈적끈적하고 집요하게 달라붙는 빌어먹을 어둠을 강제로 찢어 버렸다. 하지만 그 뒤에 나타난 것은 기괴하게 날뛰는 괴이들과 도저히 숫자를 헤아릴 수 없을 만큼 동굴을 가득 채운 언데드 해일이었다.

도무지 말도 안 되는 비정상적인 상황에 인상을 굳히면서 오러를 터뜨리려 했지만.

츠츠츠—

그때, 찢겼던 공허의 파편들이 한데 뭉치더니 한껏 크기를 부풀리면서 거대한 형체를 이루었다. 그리고 드러난 모습은 여러 전장을 전전한 아이반에게도 충격적이었다.

쿵!

검고 붉은 반점이 얼룩덜룩하게 묻어 있는 앞발이 지면을 세게 내려찍자 동굴이 들썩였다. 뼈마디 몇 개와 찢어진 피막으로 이뤄진 앙상한 날개가 활짝 펼쳐지자 지독한 독기가 사방으로 뻗쳐 나갔다.

비록 뼈밖에 남지 않은 초라한 몰골이었지만, 기세만큼은 생전의 위용을 쏙 빼닮아 있었다.

크롸롸롸!

세상에 처음으로 모습을 드러낸 본 드래곤이 크게 포효를 내질렀다. 드래곤 피어가 퍼졌다.

*　　*　　*

[주변 지역이 권역으로 지정되었습니다.]

[현재 상태: 공허(네메시스)]

['저주: 방황'이 성공했습니다.]

['저주: 공포'가 성공했습니다.]

['저주: 광기'가 성공했습니다.]

['저주: 환영'이 성공했습니다.]

……

[권능 '무면목 법서'가 발동하였습니다.]

[혼돈이 크게 기뻐합니다.]

[아가레스에게서 메시지가 도착했습니다.]

[메시지: 역시. 넌 달라!]

[아가레스에게서 메시지가 도착했습니다.]

[메시지: 내 것도 한번 써 보라고. 더 괜찮은 그림이 나올걸?]

[권능 '흉신악살'이 발동하였습니다.]

[저주가 강화되었습니다.]

[저주가 강화되었습니다.]

......

[모든 죽음의 신들이 당신을 보며 고개를 끄덕입니다.]

[모든 죽음의 악마들이 당신을 보며 휘파람을 붑니다.]

[악마의 사회, '절교'가 당신에게 깊은 호의를 드

러냅니다.]

[악마의 사회, '르 인페르날'이 기꺼워합니다.]

['절교'의 비마질다라가 당신을 유심히 살펴봅니다.]

[소수의 악마들이 당신을 다시 관찰하기 시작합니다.]

[기존보다 훨씬 더 많은 악마들이 당신에게 권능을 제시합니다.]

[권능 예정 목록이 업데이트되었습니다.]

[현재 가능한 권능 수: 512개]

[아테나가 침묵합니다.]

연우는 쉴 새 없이 쏟아지는 메시지를 보면서 차갑게 웃었다.

던전 개방.

여태껏 부를 통해서 준비해 놓기만 했지, 단 한 번도 열지 않았던 던전이 이번 기회에 드디어 활짝 열렸다.

그리고 결과는 예상했던 것보다 훨씬 좋았다.

네메시스가 끌어온 공허를 바탕으로 적들은 단체로 패닉 상태에 빠졌고, 괴이들이 날뛰면서 공포에 더 크게 부채질했다.

여기에 던전이 더해졌으니. 커다란 폭탄을 머리 위에다 투하한 것이나 마찬가지였다.

해골 병사들은 삽시간에 적들을 밀어 내면서 죽이고, 또 죽였다.

절벽까지 내몰린 용병들이 내뿜는 마이너스 에너지는 고스란히 공허에 녹아들고, 부의 에너지로 치환된다.

그럼 부는 더 많은 해골 병사를 뽑아내어 적들을 압도적으로 밀어붙이니.

가장 걱정했던 아이반도 본 드래곤이 착실하게 상대하는 중이었다. 그 위에 샤논이 올라타고, 망령 군단이 뒤를 따르면서 마력이 부족해질 때마다 더해지니 지구전으로 간다면 이쪽이 유리했다.

'아직 미완성이라 우려하기도 했었는데. 이 정도면 예상했던 것보다 훨씬 더 좋은 성과야.'

[망령을 획득했습니다.]
[망령을 획득했습니다.]

소모된 망령 수만큼 새로운 망령들이 빠른 속도로 차올랐다.

사실상, 전장 전체가 부의 손바닥 위에 있다고 봐도 과언이 아니었다.

아이반을 비롯한 연합이 자신의 뒤를 쫓고 있다는 것을 짐작하고 있어 이런 함정을 파 뒀던 것인데. 그동안 제대로 된 실력을 보여 주지 않고 있었던 것도 주효했던 셈이다.

'권능의 목록 수도 부쩍 늘어났고. 대부분이 죽음의 신과 악마들이 보낸 건가? 나중에 천천히 확인해 봐야겠어.'

이미 4개의 권능을 가지고 있지만, 숙련도가 어느 정도 궤도에 올랐으니 추가적으로 더 권능을 알아볼 때가 되었다.

사실 그동안 연우는 이 이상으로 권능을 받아들이는 것을 꺼려 하고 있었다. 그렇기에 목록 수가 조금씩 늘어나도 별 관심을 두지 않았다.

이유는 간단했다.

그것들을 전부 수용할 자신이 없었으니까. 그리고 권능을 받아들이면 원주인의 간섭이 심해질 수 있기 때문에, 행동에 제약을 받고 싶지 않아서였다.

하지만 재능이 깊어지고, 육체도 탄탄해진 이때. 이제는 추가적으로 권능을 받아들이는 것도 괜찮겠다 싶었다.

권능에는 신과 악마의 정체성이 담겨 있으니까. 받아들이고, 사용하는 것만으로도 훨씬 더 큰 성장에 다가갈 수 있다. 원주인의 간섭이 있긴 하지만.

'차라리 더 많은 권능을 받아들여서 다른 신과 악마들이 서로 견제하게 만드는 것도 나쁘지 않을지도.'

이미 칠흑왕이라는 존재로 인해 죽음의 신과 악마들이 관심을 두고 있다. 권능이 있건 없건 간에 자유로운 행동에는 일부 제약이 걸린 셈이었다.

그렇다면, 차라리 이렇게 된 마당에 저 모든 것들을 다 받아들여서, 서로 견제하게 하는 것도 나쁘지 않을 것 같았다.

누구 하나가 나서려 한다면 다른 신과 악마들이 나서서 막아 줄 테니.

말하자면, 발상의 전환인 셈이었다.

그렇게 500개도 훨씬 넘는 권능 목록을 확인하며 생각에 잠겨 있는 사이.

『……역시 이쪽에 선 게 현명했어.』

빙왕은 가볍게 한숨을 내쉬었다. 이것이었다. 그가 연우를 보자마자 꼬리를 말았던 이유.

사실 따지고 보면 빙왕은 연우와 실력 면에서는 크게 차이가 없을지 몰랐다. 하지만 적으로 돌아서면 어떻게 될지

짐작하고 있었다. 녀석의 사부, 무왕이 딱 저랬으니까.

'아니. 소싯적의 무왕보다 더 독하다고 해야겠지.'

적으로 삼지 않은 것이 천만다행인 셈이었다. 여태 끌고 다니던 괴이만 해도 끔찍한데, 망령과 해골까지 다룰 줄이야. 특히 본 드래곤은 그도 입을 쩍 벌릴 정도였다.

만약 자신의 예상이 맞는다면. 저 본 드래곤의 정체는……!

거기까지 생각이 미치다가, 빙왕은 고개를 털었다. 이런 건 더 깊게 들어가지 않는 게 좋았다. 한평생을 용병으로 살아오면서 터득한 진리였다.

빅토리아는 고요한 눈빛으로 동굴 쪽을 바라봤다. 아다 만틴 노바가 돌아가면서 공허를 내쫓는 틈 너머로, 빠르게 죽어 나가는 용병들이 얼핏 보였다.

문제는 학살이 여기서 그치지 않을 거란 점이었다.

지금 투입된 삼백여 명은 스테이지에 포진한 플레이어들의 숫자를 생각하면 빙산의 일각에 불과하다.

2차, 3차로 추가 투입될 인원까지 생각해 본다면. 지금 스테이지에 있는 대부분의 용병이며 마법사, 현상금 사냥꾼 등 플레이어들이 죄다 갈려 나갈 거라고 봐야만 했다.

이번 일이 끝나고 나면.

과연 독식자 앞에는 이제 어떤 악명이 붙게 될까?

『이걸로 일단 시간은 벌었습니다만, 아직 전부 끝난 건 아닙니다.』

연우가 입을 열자, 빅토리아와 빙왕의 시선도 상념에서 깨어나 그쪽으로 돌아갔다.

『빅토리아.』

『어. 지금부터 미후왕의 허물…… 을 찾으러 가려는 거지?』

빅토리아는 칸의 환영과 연우가 나눴던 대화를 떠올렸다.

　—이렇게 환영을 남긴 건, 부탁할 게 있어서야.
　—뭐지?
　—그건……. 후! 도일을.

칸의 환영은 잠시 말을 끊고 강한 어조로 말했다.

　—도일을 구해 줘.

그 말과 함께 시작된 대화에는 칸이 처한 입장과 현재 동굴 속에서 벌어지는 모든 일들에 대한 자세한 내용이 담겨 있었다.

그리고 미후왕의 궁전 내에 얼마나 많은 마군의 병사들이 주둔해 있는지도.

　　—지금 궁전의 중앙 공동에는 총 다섯 명의 주교가 몰려 있어. '때'만 기다리고 있거든.

　　—놈들의 목표는 제기의 완성.

　　—이곳 공동 너머에 심상 결계를 구축하고 오랫동안 잠들어 있다는 미후왕의 허물을 담기 위한 그릇이지. 그리고 천마의 권속이었다던 용신도 같이 데려갈 생각이고.

　　—재료는 여의봉의 조각이야. 그래서 나에게 그동안 모아 오도록 시켰던 거고.

　　—다만, 허물을 그릇에 담기 위해서는 그만한 의식을 필요로 해서…… 오행산 전체에 걸쳐 인신 공양을 벌였어. 죽은 플레이어들을 제물로 삼은 거지. 조각도 편하게 모을 겸 해서.

하나하나가 쉽게 믿기지 않는 내용들이었다.

그릇. 허물. 의식. 인신 공양.

하지만 어떻게 보면 마군으로서는 당연한 행동이었다. 그들은 천마라는 존재를 신봉하는 종교 집단, 아니, 광신도 집단이었으니. 그런 제사가 있다고 해도 이상하지는 않았다.

—도일은 거기 안에 있어. 정신을 잃은 채로. 제사가 시작되면 킨드레드 같은 놈들은 어떻게든 내가 막을 테니까. 그동안, 도일을 구해 줘.

결국 편지 속에 담겨 있던 도와 달라는 말은 도일을 구해 달라는 의미였던 것이다.

하지만 연우는 여기에 대해 곧바로 대답하지 않았다. 대신에 다른 질문을 던졌다.

—마군이 도일을 데리고 있는 이유가 뭐지, 대체?

칸의 환영은 잠시 말을 끊었다가, 착 가라앉은 목소리로 말했다.

―도일은. 대주교의 새로운 육체 후보군이야.

환영은 그 말을 끝으로 사라졌다. 아무래도 본체가 동굴 깊숙한 곳으로 들어가면서 공허에 가려졌기 때문인 것 같았다.

연우는 한참 동안이나 깊게 생각에 잠겼다. 뭔가를 고민하듯. 그리고 어느 정도 시간이 지난 뒤에야 다시 움직이자고 말했었다. 곧 뒤따라올 연합의 추격을 막을 준비를 남겨놓고서.

'뭘 하려는 걸까?'

빅토리아는 연우가 어떤 계획을 짰으리라고 생각했다. 하지만 그게 무엇인지는 알 수 없었다.

『그럼 여길 지켜 주십시오.』

연우는 그렇게 말하고, 가만히 바닥에 앉더니 눈을 감았다.

연우가 미리 부탁한 대로, 빅토리아는 결계를 구축해 혹시 있을지 모를 외부의 충격을 대비했다. 빙왕은 번을 서면서 눈빛을 날카롭게 드러냈다. 그들의 머리 위로 바람이 뭉치면서 레베카가 언뜻 나타났다가 사라졌다.

휘이이―

그 순간, 연우는 의식을 깊게 가라앉혔다. 외부로 방출시키던 의념을 전부 안쪽으로 돌리면서, 감각을 세밀하게 짚어 나갔다.

연우는 자신을 중심으로, 수많은 사념들이 복잡하게 얽혀 있는 것을 느낄 수 있었다.

궁전에서 제천류와 72선술을 얻고 나올 당시에 흔적들이나 사념을 모두 지운다고 지웠건만. 아직도 자잘하게 남아 있는 것이 있었다. 악념(惡念)이라고 할 만한 것들.

그중에서 가장 또렷하게 느껴지는 것을 붙잡아 거슬러 올라갔다. 그러자 순간 연우는 몸이 허공에 붕 떠오르는 듯한 착각을 받았다.

[유체 이탈에 성공했습니다.]

[육체의 제약에서 벗어납니다. 달라진 상태로 인해 능력치에 제약이 더해집니다.]

[현재 상태가 불안정합니다. 당신은 산 자입니다. 정해진 시간 내에 육체로 돌아오지 않거나, 거리가 너무 멀어질 경우 사망할 수 있습니다.]

[00:30:00]

[00:29:59_99]

[00:29:59_98]

......

[영혼에 대한 이해도가 깊어졌습니다.]

실제로 아래를 내려다보니 발아래에 가부좌를 틀고 있는
자신과 주변을 지키는 빅토리아, 빙왕이 보였다.

'이렇게 내 모습을 보는 것도 신기한 경험이군.'

미후왕의 허물과 가까운 독특한 지형이기 때문에 가능한
체험. 연우는 그러다 고개를 다른 곳으로 돌렸다.

주어진 시간은 30분. 그 안에 어떻게든 일을 처리하고
돌아와야만 했다.

저 멀리서, 어렴풋이 자신을 부르는 뭔가가 있었다.

마치 호랑이를 피해 동아줄을 타고 하늘 위로 오르는 동
화 속 오누이처럼, 연우는 그 신호를 붙잡아 올라갔다.

그러자 발아래 더 많은 것들이 펼쳐지기 시작했다.

자신이 있는 곳이 서서히 작아진다 싶더니, 한참 부 등과
싸우고 있는 연합이 보이고, 개미굴처럼 복잡하게 얽힌 여
러 통로들이 나타나다가, 입구로 진입하기 시작한 후발 추
격대도 보였다.

마치 하늘 위에서 모든 것을 내려다보듯, 미후왕의 궁전
전체가 한눈에 쏙 담겼다.

그러다 연우는 유체가 다른 어딘가에 스며든다는 느낌을 받았다. 그리고 그를 둘러싼 세상이 반전되었다.

화아악!

『……..』

연우가 다시 나타난 곳은 익숙한 장소였다.

과일나무와 소귀나무가 잔뜩 우거진 산. 따스한 햇살과 선선한 바람이 부는 도원경.

화과산이었다.

『미후왕! 미후왕! 계십니까?』

연우는 미후왕의 허물을 찾기 시작했다.

칸은 자신이 제사 의식을 어떻게든 막아 보겠다고 말했었다. 그동안에 도일을 구해 달라고. 양동 작전을 제안한 것이다.

하지만 연우가 봤을 때 그건 위험했다.

마군은 그렇게 호락호락한 곳이 아니었다. 무엇보다, 칸이 제안한 작전은 그의 희생을 바탕으로 세워질 수 있는 것이었다.

도일을 구하자고 칸을 희생하라고? 칸에게는 당연한 희생일지 몰라도, 연우에게는 칸을 그냥 버리자고 이야기하는 것과 다를 게 없었다.

그래서 연우는 칸의 계획을 뒤집고자 했다.

'가장 좋은 건, 애당초 제사 의식 자체가 불발되게 하는 거다.'

미후왕의 허물을 그릇에 담기기 전에 빼돌릴 수 있다면? 마군은 닭 쫓던 개 신세가 되는 것이다. 그런다면 적잖은 소요가 일어날 테고, 도일뿐만 아니라, 칸을 무사히 구할 방법도 생길 수 있었다.

하지만.

'없어.'

연우의 인상이 굳었다.

'어디로 갔지?'

연우는 불의 날개로 화과산 곳곳을 뒤지고 다녔지만, 어디에서도 미후왕의 허물을 찾을 수 없었다. 흔적도 없었다.

마치 버려진 세상처럼 조용했다.

하지만 이곳은 분명 허물이 직접 만들었다고 했던 심상 세계. 그런 곳에서 주체인 허물이 사라진다면 당연히 세계도 무너지기 마련이었다.

그렇다면 대체 어디로 간 걸까?

'벌써 그릇으로 옮겨졌나? 아냐. 아직 제사 의식은 시작되지 않았어.'

그랬다면 니케가 다급하게 연락을 줬을 것이다.

'청룡도 보이지 않고.'

원래 천마의 권속이었다던 용신, 성. 단순한 권속이라기에는 너무 강대했던 신격이 아직도 잊히지 않았다. 그도 보이질 않았다.

[00:12:29_41]

그동안에도 카운트는 빠른 속도로 내려가고 있었다.

조금만 더 찾아보고 없다 싶으면 빠르게 돌아가 다른 방법을 강구해야겠다고 생각했던 그때.

팟!

갑자기 연우 앞으로 무언가 큰 빛이 터지더니 작은 구체 같은 게 둥둥 떠올랐다. 그 속에 담겨 있는 힘은 웅혼했다. 익숙한 힘이었다.

『성?』

용신의 힘.

구체는 맞다는 듯이 잘게 떨리더니, 갑자기 어디론가 빠르게 이동했다.

연우는 어떻게 붙잡을 새도 없이 불의 날개를 펼쳐 구체의 뒤를 쫓았다. 속도가 너무 빨라 바람길―질풍과 블링크까지 잇달아 전개한 후에야 겨우 따라잡을 수 있었다.

구체가 도착한 곳은 화과산에서 멀리 떨어진 어느 작은 동굴이었다.

『여기로 들어가란 겁니까?』

우웅, 웅—

구체가 다시 크게 출렁이다가 조용히 사라졌다. 연우는 눈을 가늘게 좁히다, 동굴 안쪽으로 들어갔다. 미후왕의 궁전과는 다른 의미로 눅눅한 곳이었다.

다만, 통로는 아주 짧아 금세 끄트머리에 다다를 수 있었다.

"아, 거 참 안 한다고! 귀찮은데 뭘 자꾸 하라는……!"

『미후왕?』

"어? 뭐야, 너였어?"

그곳에는 이상한 쇠사슬로 사지가 단단히 구속된 채, 바닥에 앉아 있는 미후왕이 있었다.

아니, 정말 맞기나 한 걸까. 처음 만났을 때와는 다르게, 한없이 영락을 거듭한 모습이었다.

미후왕의 허물은 축 늘어진 머리카락 사이로 연우를 발견하고는 인상을 팍 찡그렸다.

"개 같네. 쪽팔리게."

　　　　*　　　　*　　　　*

　짜악!

　칸은 뺨이 날아갈 것 같은 고통에 몸이 휘청거렸지만, 가까스로 넘어지지 않고 균형을 바로잡았다. 다행히 손에 들고 있던 조각들은 바닥에 쏟아지지 않았다.

　킨드레드는 그런 칸을 보면서 비웃음을 던졌다.

　『그런다고 해서 달라질 줄 아느냐? 내가 너의 속내를 모를 줄 알고?』

　『……오해이십니다.』

　『오해? 오해라.』

　킨드레드는 피식 웃더니.

　짜악—

　반대쪽 뺨을 세게 때렸다. 이번에는 정말 목이 돌아갈 정도로 아파서 칸도 정신이 아찔할 정도였다. 입 안이 찢어져 피비린내가 났다.

　『난 참 그 단어가 거슬려.』

　그러거나 말거나. 킨드레드의 눈빛은 살벌하게 빛나고 있었다.

　『어디에다 다 갖다 붙일 수 있는 말이거든. 오해입니다, 오해요, 오해가 있었넌 깃 깊숩니다, 둥둥. 그 단어만 붙으면, 뭘 꾸미든지 간에 그럴듯한 변명이 되니까 말이야. 안 그래?』

『……역시나, 오해이십니다.』

『정말이지. 만능의 단어가 따로 없군.』

킨드레드는 손가락을 가볍게 까닥였다. 그러자 칸의 손바닥 위에 있던 여의봉의 조각들이 허공으로 튀어 오르면서 뱅그르르 와류를 그리기 시작했다.

『그래. 할 수 있으면 무엇이든지 간에 해 보아라. 그런 자잘한 시도라도 있어야 하지 않겠나. 여흥으로는 제격이지.』

킨드레드의 뒤에서 시립해 있던 사내가 조용히 앞으로 나서서 손에 들고 있던 것을 앞으로 내밀었다. 황금색으로 빛나는 구체(球體).

지이이잉―

구체가 빛을 내기 시작했다. 그러자 선풍을 그리던 조각들이 그쪽으로 몰리면서 곳곳에 비어 있는 자리로 조용히 내려앉았다.

찰칵, 찰칵―

제자리를 찾아가듯. 수백 개의 조각이 모여 이제 더 이상 조각이라고 하기 힘든 '그릇'이 된 제기는 그렇게 모습을 갖춰 나갔다.

칸은 이를 악물며 그것을 바라봤다.

저 중에는 원래 마군이 보유하고 있던 조각도 있었지만, 그래도 4할 정도는 자신이 죽을 고비를 넘기며 얻은 것들이었다.

지난 몇 년간, 그는 사실 마군의 자객이나 다름없는 생활을 해야만 했다. 마군이 그동안 알아낸 후예들을 일일이 찾아가 죽이고, 죽을 위기에 처하면서 얻은 것들. 그 와중에 얼마나 많은 사람들이 죽었는지는 생각하기도 싫었다.

하지만 그럴 때마다 킨드레드는 오히려 더 기뻐했다. 피가 묻은 조각이라면 그만큼 원한도 짙게 어리기 마련. 제기를 완성하기에 더할 나위 없이 좋은 재료가 된다고.

자신도 악마였지만, 눈앞에 있는 킨드레드는 더 큰 악마였다.

천마? 저들이 모신다는 신적인 존재가 왜 갑자기 깊은 잠에 들어, 그들의 응답에 부응하지 않는지도 알 것 같았다.

저런 미치광이들이 있는 곳을 누가 좋아할까?

지금의 대주교는 전대 대주교였던 검은 새벽과 여러 주교들을 한꺼번에 쓸어 내면서 성좌(聖座)에 앉은 자라고 했다.

그렇다 보니 정통성이 취약했고, 더더욱 천마에게 의지

할 수밖에 없었다. 아무리 이단이라고 내몰려도, 천마의 총애를 받는다면 그 사람이 곧 정통이었으니까.

하지만 천마는 그런 대주교의 간절한 바람을 들어주지 않았다. 그래서 대주교는 다른 편법을 써야만 했다.

천마가 부응하지 않는다면, 천마의 다른 얼굴들을 찾아 모시면 되지 않겠는가?

단순한 칼잡이에 불과한 칸은 아직 마군의 정확한 교리를 알지 못했다.

다만, 천마가 윤환전생을 통해 새로운 일세(一世)가 열릴 때마다 매번 다른 모습으로 나타나 세상에 큰 가르침을 내리거나, 영향을 끼치며 살아가다 종국에 큰 깨달음을 얻어 영혼을 완성시켰다는 정도는 알고 있었다.

그리고 그 '모습'들을 두고, 마군에서는 천마의 '또 다른 얼굴'이라 부른다는 것도.

이를테면, 천마의 전생들을 가리키는 용어인 셈이었다.

미후왕은 그런 여러 전생들 중에서도 세 손가락 안에 꼽힐 정도로 강하다고 분류되는 인물.

당연히 대주교도 그런 미후왕이 탐났을 것이다.

하지만 진짜 미후왕은 천마의 잠과 함께 사라졌으니, 그가 남긴 허물을 데려오는 것이 그들로서는 가장 현명한 선택이었다.

그리고 그것을 위한 시도가 바로 이번 제사 의식이었다.

이미 만반의 준비는 갖춰진 상태였다.

한사코 궁전에서 떠나기를 거부하던 허물은 마군이 부린 술수에 의해 신진철에 단단히 구속이 된 상태였고, 강신을 위한 제물은 오행산 전체에 걸쳐 고루 뿌려져 있었다.

제단은 갖춰졌다. 청동화로는 천마의 첫 얼굴이었다는 존재가 내린 불길로 활활 타오르는 중이었다.

여러 주교, 교구장, 상급 사제부터 평사제, 그리고 명예 신도에 이르기까지. 대주교를 제외한 마군의 수뇌들이 대부분 여기에 모여 있었다.

이제는 기도식만 남았다.

그릇으로의 강신이 성공한 순간. 그들은 곧장 오행산을 나가 여태껏 성역을 더럽혔던 모든 벌레들을 일소할 테지.

그리고 그 뒤에는…….

'다른 생각하지 말자, 아무것도.'

칸은 아주 잠깐 눈을 질끈 감았다.

저들의 기도식은 성공하지 못할 것이다. 자신이 그렇게 만들 테니까. 그건 그것 나름대로 큰 소란이 될 테지만, 되도록 그 뒤는 생각하지 않을 생각이었다.

『성지로 들어온 벌레들이 너와 무관하다고 했겠나?』

킨드레드는 어느덧 조립이 끝나 다시 환한 빛을 내는 제기를 보면서 입을 열었다.

칸은 감았던 눈을 다시 뜨면서 고개를 숙였다.

『예.』

성지. 그건 이곳, 미후왕의 궁전을 뜻했다.

그런 성지로 감히 더러운 발을 들인 연우 일행과 추격대는 마땅히 치워야만 할 벌레였다.

『그렇다면 그들을 모두 치우고 와라. 그래야만 네가 얻고 싶은 것을 얻을 수 있을 것이다.』

킨드레드의 비릿한 시선이 제단 쪽으로 쏠렸다.

청동화로가 좌우로 놓인 제단 바로 앞. 로브를 푹 뒤집어쓴 사내가 경건한 자세로 꿇어앉은 채 기도를 올리고 있었다. 살짝 드러난 로브 사이로 앳된 얼굴이 보였다.

그를 따라 은은하게 후광도 비쳤다. 흔히 말하는 성자를 보는 듯했다.

칸은 이를 악물며 더 깊숙하게 허리를 숙였다.

『믿어 주셔서 감사합니다.』

『너희 셋, 따라가라.』

사, 오, 육. 세 명의 사도가 칸의 뒤에 섰다. 칸은 그들을 대동하여 중앙 공동을 떠났다.

킨드레드는 그런 칸의 뒷모습을 보면서 가볍게 코웃음을

치다가, 완성된 제기를 쥐고 천천히 움직였다. 남아 있던 세 번째 주교가 조용히 따라붙었다.

『왜 살려 두시는 것입니까? 이미 효용이 다 끝난 사냥개가 아닙니까.』

당연한 말이지만, 마군은 칸이 조건을 다 이행해도 약속을 지킬 생각이 절대 없었다. 도일은 교단의 새로운 시대를 열 중요한 열쇠였으니까.

그래서 계획대로라면 지금쯤 조용히 처리를 해야 할 테지만.

『누가 살려 둔다던가?』

킨드레드는 가볍게 코웃음을 쳤다.

『이곳은 신성한 제단 앞. 공양도 충분히 주어졌는데, 굳이 더러워진 피를 가까이 둘 필요가 어디 있는가. 오히려 액만 탈 뿐이지.』

『생각이 짧았습니다.』

세 번째 주교는 킨드레드의 생각을 뒤늦게 깨달았다. 벌레들을 모두 치우고 나면 다른 주교들이 즉각 칸을 치울 예정인 것이다. 그때는 크게 지쳤을 테니 피할 수도 없겠지.

『그럼 의식을 시작하지.』

킨드레드는 엄숙한 발걸음으로 다섯 개의 계단을 천천히 올라가 완성된 제기를 제단에 올렸다.

이번 기도식의 주체는 그가 아니었다. 그가 맡은 역할은 원활한 의식 진행을 옆에서 돕는 집사일 뿐. 주체는 따로 있었다.

『……..』

제단 앞에서 기도를 올리고 있던 사내가 천천히 로브를 벗었다. 도일은 검은 동공이 사라져 흰자위만 남은 눈으로 고개를 높이 들었다.

그리고 천천히 입을 열었다.

『대답해 주십시오. 천마의 또 다른 얼굴이시여.』

*　　　*　　　*

『힝. 괜찮아?』

입구 쪽으로 나가는 길.

칸은 머릿속으로 울리는 니케의 목소리를 듣고 아주 작게 고개를 끄덕였다. 미미한 행동이라, 옆에 있던 다른 주교들은 전혀 눈치채지 못했다.

'그래. 괜찮으니까 걱정 마.'

니케는 그동안 칸의 체내에 스며들어 조용히 잠복해 있었다. 참 순수하고 마음씨가 착한 아이였다.

연우 같은 녀석이 어떻게 이런 아이를 만났는지가 궁금

해질 정도였다.

그새 성화가 작동했던지 찢어졌던 입 안의 상처가 빠르게 아물었다.

고맙다는 인사를 하려는데, 니케가 조심스럽게 말을 걸었다.

『그런데 있잖아.』

'어.'

『도일이라는 친구는 어떤 친구야?』

니케는 혹시 묻지 않아야 할 걸 물었나 싶어 조심스러웠다. 하지만 칸은 가볍게 웃으면서 아무렇지 않게 대답했다.

'미운 새끼.'

『미…… 워?』

알 수 없다는 듯한 태도. 미운데 왜 구하느냐는 물음이 전해졌다. 칸의 웃음이 더 짙어졌다.

'어. 밉지. 말은 죽어라 안 듣고, 형한테 떽떽거리기나 하고. 쥐어박을 수도 없고. 으휴.'

칸은 그렇게 도일을 소개하면서 자신의 사연을 늘어놓기 시작했다.

'조금 지루할 텐데 들어 볼래?'

『응! 나 이런 이야기 되게 좋아해.』

딱 꼰대들이 좋아할 아이네. 칸은 그렇게 생각하면서 옛일을 짚어 나갔다.

칸이 도일을 처음 만난 건 열네 살 무렵이었다. 당시 칸은 아버지 철사자와의 갈등이 극에 달해 있던 상태였다. 그러던 중에 의뢰자로 찾아왔던 랭커, '레드 스컬'과 우연히 마주치게 되었다. 도일은 그를 따라온 열 살배기 아이였다.

『레드 스컬?』

'있어. 엄청 음흉한 영감탱이. 세 번째 주교, 그놈이야.'

『......!』

니케는 크게 놀라고 말았다. 그렇다는 건, 자신의 아들을 대주교에게 바쳤다는 뜻일 텐데? 그게 말이나 되는 일일까?

'돼. 저 광신도들한테는. 오히려 자식을 팔아 신의 은총을 받을 수 있다면 싸게 먹혔다고 할 텐데?'

『말도 안 돼.』

어머니 피닉스와의 좋은 추억만 간직하고 있는 니케로서는 도저히 상상할 수도 없는 일이었다.

'상식이 통하지 않는 세계이긴 하지, 이곳이.'

칸의 목소리에는 자조가 섞여 있었다.

아버지에 대한 분노를 품고 있는 칸과 가문에 환멸을 품은 도일. 두 아이가 우연히 만나, 단 몇 시간 만에 의기투합을 한 것도 결코 우연은 아니었을 것이다.

그리고 두 아이는 그들을 찾지 말라는 종이 하나만 딸랑 남기고 집을 떠났다.

'별거 없지 않냐?'

칸이 가볍게 웃었다.

하지만 니케는 고개를 절레절레 흔들었다. 아니, 그런 것 같다고 칸은 느꼈다.

『꼭 나랑 주인 보는 거 같아.』

'너희들?'

『응응!』

칸은 묘한 기분에 잠겼다.

『우리도 비슷했거든. 그리고 칸, 주인이랑 닮았어.』

'내가? 그놈이랑? 에이. 그렇게 감정이 메마른 인간이랑 나를 비교하면 쓰나. 그래도 내가 좀 더 잘생기지 않았냐?'

칸은 가볍게 농담을 던졌지만.

『아냐. 닮았어. 무지무지.』

니케는 단호하게 말했다.

『주인도 칸이랑 똑같은걸. 동생을 구하고 싶어 하는 건. 난 그게 부러워. 난 형들을 못 구해 줬거든.』

순간, 칸의 발걸음이 멈췄다.

『뭐냐?』

『왜 갑자기 멈추지?』

조용히 칸의 뒤를 따르고 있던 주교들이 인상을 찡그렸다. 하지만 칸의 귀에는 그들의 목소리가 들리지 않았다. 등골을 따라 위화감이 스쳐 지나갔다.

'그게…… 무슨 말이야?'

『나?』

'아니. 카인.'

칸의 목소리가 짙게 깔렸다.

'녀석에게 동생이 있었어?'

『아, 이거 말하면 안 되는데.』

니케는 잠깐 망설였지만, 반드시 숨겨야 하는 부분은 숨기면서 연우의 사정을 설명하기 시작했다.

어딘가에 갇혀 있을 동생. 그를 찾기 위해 타르타로스까지 건너야만 했던 외로운 여정. 그러다 동생을 되찾을 중요한 단서를 찾았고, 그것을 얻기 위해 동분서주하던 일들까지.

『주인은 그러다가 여기로 온 거야. 칸의 편지를 받고.』

'……!'

칸의 몸이 파르르 떨렸다. 뒷머리를 커다란 망치로 맞은 것 같았다. 동생을 구하러 왔다고? 녀석이? 순간, 연우와 겪었던 여러 일들이 머릿속으로 스쳐 지나갔다.

—이따금 부러워. 너희들이.

튜토리얼에서. 연우는 자신들이 이런저런 이야기를 나눌 때면 지그시 바라보곤 했다. 가면에 가려져 있었지만, 눈빛 만큼은 분명 우수에 차 있었다. 그리움도.

오행산에서. 연우는 자신들이 찢어졌다는 말을 들었을 때, 안타까워하는 목소리를 냈었다. 그리고 뭔가를 말하려 는 자신에게, 숨기는 게 있으면 꼭 말을 하라며 신신당부를 했었다.

그동안에는 몰랐다.

그저 사연이 있겠거니 하고 여긴 게 전부였다. 녀석은 개 인사를 이야기한 적이 한 번도 없었으니까. 그저 입을 꾹 다물고만 있을 뿐이었다.

하지만. 그동안 자신들을 바라보는 눈빛에는 어떤 감정 이 담겨 있었을까? 그리움? 안타까움? 어떤 것이든지 자신 이 생각하는 것 이상으로 담겼을 터였다.

그리고. 그 모든 것들은 연우에게 상처가 되었을 것이다.

그런데.

'그런 녀석에게…… 겨우 동생에 대한 실마리를 찾은 녀 석을, 강제로 끌고 온 거였다고?'

그것도 비슷한 일로.

충격은 죄책감이 되었다. 죄책감은 온몸을 흠뻑 적시며 익사 직전까지 몰아갔다. 그것은 곧 자기혐오가 되었다.

'난……'

칸은 자신의 손을 내려다봤다. 시각이 닫혀 있어 보이지는 않았지만. 그의 두 손은 분명 파르르 떨리고 있었다.

'대체 무슨 짓을 저지른 거지?'

*　　　*　　　*

『왜 이런 몰골이 된 겁니까?』

연우의 기억 속에 있는 미후왕의 허물은 위풍당당한 존재였다. 허세라고 느껴질 정도로 항상 자신감에 가득 차 있었고, 기세만으로도 헤르메스를 능가하는 존재감을 뽐내던 신격이었다.

하지만 지금은. 피투성이가 되어, 영락에 영락을 거듭해서 존재감마저 희미하게 느껴졌다.

대체 그동안 무슨 일이 벌어졌던 걸까? 사지를 구속하고 있는 저 쇠사슬들은 또 뭐고.

"몰라. 씨발. 묻지 마."

그래도 자존심은 여전한지, 고개를 옆으로 홱 돌리면서 투덜거렸다. 그런 그를 보다가, 문득 연우는 다른 생각이

들었다.

'지금 상태면.'

가만히 왼손을 내려다봤다.

'바토리의 흡혈검이 먹힐까?'

"뭐냐, 그 눈깔은? 뒈질래?"

미후왕의 허물은 인상을 팍 찡그리면서 으르렁거렸다.

연우도 내심 말도 안 되는 생각을 했다는 것을 알기 때문에 속으로 움찔했지만, 어차피 속내를 들킨 건 아니기 때문에 뻔뻔하게 나갔다.

『무슨 말씀이신지 모르겠습니다.』

"하여간 이 새끼고 저 새끼고 간에, 죄다 통수 칠 생각만 하고 있지. 어휴."

허물은 정말 단단히 짜증이 났는지 깊은 한숨을 내쉬었다.

『대체 왜 이렇게 되신 겁니까?』

"그러게. 진짜 쪽팔리게 난 왜 이딴…… 잠깐. 야, 이따 이야기하자."

연우는 갑자기 왜 그러나 싶어 반문하려다가, 이쪽으로 뭔가가 다가오는 것을 느끼고 재빨리 기척을 지우면서 허물의 뒤쪽 기둥 모퉁이로 몸을 숨겼다.

그리고 곧 농굴 안쪽으로 누군가가 지벅지벅 걸어왔다.

그가 누군지 알아챈 연우의 눈이 살짝 커졌다.

'킨드레드.'

귀여운 아이의 모습을 하고 있는 마군의 두 번째 주교가 익살맞게 웃으면서 말했다.

"오늘도 문안 인사드리러 왔습니다, 천마의 또 다른 얼굴이시여. 어떠하셨습니까, 밤새 잠자리는 평안하셨습니까?"

"네놈 면상만 안 보면 참 평안할 것 같은데."

"이런. 안타깝습니다. 저도 그렇게 도와드리고 싶습니다만, 여기에 와서 천마의 또 다른 얼굴을 모실 수 있는 사람이 한정되어 있는지라……."

"그러니까, 그런 거 다 필요 없으니까 이거나 좀 풀라고."

미후왕의 허물은 자신의 팔다리를 구속하고 있는 쇠사슬을 보였다.

철컹, 철컹!

손으로 잡아당길 때마다 벽에 연결된 쇠사슬이 빳빳해졌다 풀어지며 요란한 쇳소리를 냈다.

"내가 너희들이 모시는 신 중 하나라며? 너희는 신을 이렇게 모시냐?"

"저도 그렇게 도와드리고 싶습니다만."

킨드레드가 싱긋 입꼬리를 말아 올렸다.

"그러시면 절 죽이려 하실 거잖습니까?"

"아냐. 내가 널 왜 죽여?"

"정말입니까?"

"그럼. 그냥 안 죽이지. 찢어 죽이지."

허물의 눈동자가 날카로워졌다.

화아악—

그가 내뿜는 매서운 살기가 공기를 무겁게 가라앉혔다. 아무리 영락을 거듭했다고 해도, 허물은 허물. 위대한 천마가 남긴 잔상다운 투기였다.

킨드레드는 미간에 식은땀이 살짝 맺혔지만, 그래도 웃음기는 지우지 않았다.

"그것 보십시오. 저도 살려면 어쩔 수 없습니다. 그냥 조금만 참아 주셨으면 합니다. 어차피 달라질 것도 없습니다."

"달라질 것도 없다고?"

"예. 그저 오랫동안 머물러 이제 염증이 생길 곳에서 새로운 집으로 이사 간다고만 생각하시면 될 일이 아닙니까?"

"역시 너의 그 주둥이부터 찢어 버려야겠어."

"심기를 거슬리게 하는 말이었다면 사죄드리겠습니다."

킨드레드가 공손하게 허리를 숙였다.

"그 머리통도 부숴 버리고 싶고."

그래 봤자 돌아오는 것은 허물의 코웃음과 살의뿐이었지만.

하지만 킨드레드는 아랑곳하지 않았다. 이미 미후왕의 허물을 이런 꼴로 만들었을 때부터, 아니, 첫 만남에서 모시려 했던 것이 불발되었을 때부터 이미 이런 것쯤은 각오했었다.

신을 모시는 사제로서 신에게 미움을 받는다는 것은 속이 쓰린 일이었으나, 그를 찾기 위해 십 년도 훨씬 넘는 세월을 갖다 바친 킨드레드의 광신(狂信)을 꺾을 정도는 아니었다.

"하면 결국 끝까지 마음에 변화는 없으신 것인지요?"

"말했지만. 내가 여길 나갈 때는 딱 한 가지를 위해서야."

허물의 한쪽 입술 끝이 비틀렸다.

"네 주둥이를 찢을 때."

킨드레드는 인상을 굳혔다. 결국 설득은 통하지 않는다. 강제로 이행할 수밖에 없을 듯했다.

"이제 곧 의식이 시작될 것입니다. 불편하시지 않도록 최선을 다할 것입니다만, 그래도 아주 잠깐 힘드실 수 있으니 준비를 해 주십시오."

그는 그 말을 끝으로 홀연히 연기가 되어 사라졌다.

그리고.

둥, 둥, 두웅—

세상이 요란하게 울리기 시작했다. 마치 절의 범종을 타종하듯. 세상이 위아래로 들썩이면서 요란한 종소리가 대기를 타고 잔잔하게 전해졌다.

그리고 떨림이 점차 심해지면서. 공간이 이리저리 왜곡되었다.

『이건…….』

연우가 모퉁이에서 나오면서 물었다.

"뭐겠어? 저 죽일 놈들이 의식을 시작했다는 거겠지. 미친놈들. 신도라는 놈들이 자기 모시는 신이 어떤 생각을 하고 있는지도 모르면서, 뭐? 영광? 웃긴 지랄이지."

미후왕의 허물의 얼굴에서는 짜증이 잔뜩 묻어났다. 금방이라도 일그러지는 게 아닐까 싶었던 공간은 어느새 온전한 형태로 돌아와 있었다.

아마 강제로 심상 세계를 봉인시키려는 외부의 압력에 대항해 싸우고 있는 것이겠지.

그래도 연우는 결국 이 싸움이 마군 측이 이길 것 같다는 생각이 늘었다.

『전 처음에 마군이 제기를 만든다고 하였을 때, 당신도 허락한 것으로만 생각했습니다.』

"내가? 왜?"

허물은 가볍게 코웃음을 쳤다.

"하나만 말해 주지. 애송이는…… 그러니까 저들이 천마라 부르는 놈은 절대 저런 걸 바란 적이 없다. 그놈은 나보다 더한 새끼라서 저런 거추장스러운 것을 딱히 좋아하지는 않거든."

연우는 그 말이 천마가 마군을 버린 지 오래되었다는 말로 들렸다.

천마가 깨지 않을 깊은 잠에 빠진 건, 아주 오래전이었다. 검은 새벽이 떨어지던 날, 대주교를 포함한 주교 9좌가 모두 새로운 인물들로 채워졌을 무렵이었다.

그래서 아는 사람들만 아는 사실이지만, 현재 마군의 주교들은 모두가 천마의 권능을 허락받지 못하는 반편이들이었다.

아니, 정확하게는 저주에 씐 반편이들.

그래서 그들은 신물에 기대어, 천마의 다른 영육신의 힘을 빌리는 게 고작이었다.

일기장 속에도 마군에 대한 내용은 어느 정도 적혀 있었다.

당시 그들이 썼던 신물이 여의봉의 조각이라는 건, 연우도 뒤늦게 안 사실이지만.

'그리고 권능도 없이 전대 대주교와 아홉 주교를 전부 처치한 지금의 대주교는…… 진짜 괴물인 거고.'

아홉 왕 내에서도 서열은 있기 마련. 당연한 말이지만, 최고는 무왕과 여름여왕이었다. 그리고 그들과 견줄 만하다고 평가받는 자가 바로 대주교였다.

만약 권능을 쓰지 못하던 대주교가 권능마저 허락받는다면?

그때는 어떤 사달이 벌어질지 아무도 모르는 것이다.

그리고 이는 마군이 이 상황을 벌인 이유이기도 했다. 허물을 통해 미후왕을 제대로 깨울 수 있다면, 그때는 우회적으로라도 권능을 획득할 수 있을 테니.

'더불어서 육체도 바꿀 수 있다면 저주도 씻을 수 있을 테니.'

더구나 현재 대주교는 천마로부터 저주까지 받은 상태.

하지만 새로운 육체로 갈아탄다면 이야기는 달라진다. 도일은 그것을 위한 도구였다.

과거에 킨드레드가 세샤를 강탈하려 했던 것도, 사실은 대주교에게 떼어난 후보군을 제공하기 위한 수작이었던 것이다.

현자의 돌을 획득하기 위해 발푸르기스의 밤 공방전에 나타났던 이유도 그런 목적의 연장선이었고.

그래서 연우로서는 어떻게든 이번 일을 깨뜨리고 싶었다.

그가 진행하는 일에 번번이 개입해서 일을 그르치게 만드는 것부터가, 애당초 그들과 대립할 수밖에 없는 수순이었던 것이다.

『어쩌다 이렇게 되신 겁니까?』

"보면 몰라? 빌어먹을 것에 걸려서 그렇지."

미후왕의 허물은 양팔을 들어 쇠사슬을 자세히 보였다. 연우는 재질이 무엇인지 눈치채고 침음을 삼켰다. 그도 너무 잘 알고 있는 쇠였다.

『신진철입니까?』

"그래. 정확하게는 긴고아다."

『······!』

긴고아. 하늘 무서운 줄 모르고 날뛰던 제천대성의 머리에 씌워져 강제로 구속시키던 신물을 이야기했다.

천계가 내린 모든 임무를 수행한 뒤에 긴고아를 벗긴 했다지만, 그래도 그것을 어떻게 구해서 강제로 덧씌웠다면?

"거기다 긴고아주까지 불러 대니. 염병, 어떻게 할 수가 있어야지."

결국 마군은 작정하고 만반의 준비를 끝낸 채, 미후왕의 허물을 잡으려 했단 뜻이었다.

아무리 그렇다고 해도, 어떻게 저렇게 강한 신격을 구속할 수 있냐고도 할 수 있을 테지만. 어쩌면 심상 세계에 갇힌 제약이 있기에 어떻게 할 수 없었던 것인지도 몰랐다.

"덕분에 성아 녀석도 튕겨나 버리고…… 젠장."

정확한 내막은 알 수 없지만, 이제 용신은 더 이상 이곳에 간섭할 수 없다는 것으로 들렸다.

"뭐, 하여간. 너는 여기 왜 왔어? 보니까 밖에서 신나게 깽판 치고 다니는 것 같더니. 여기도 그러려고 왔냐?"

『알고 계셨습니까?』

"야. 여긴 내 궁전이야. 자기 집 앞마당에서 벌어지는 일도 모르면 그게 등신 천치지, 어디 사람이냐?"

허물은 가볍게 손가락을 튕겼다.

그러자 연우의 주변 공간이 일렁이더니 다양한 광경들을 순서대로 비추기 시작했다.

―당신이 어째서 이런 모습으로……!

―나를. 모방한다는. 장난. 감이. 고작. 이것밖엔. 되지 않니?

닥터 둠은 부가 계속 쏘아 대는 마법과 공간을 굴절시키는 공허 때문에 정신을 차리지 못하는 중이었다. 마법진이 발동할 때마다 족족 부서져 나가고, 아티팩트도 대부분 기능이 정지하고 있었으니.

이미 그가 끌고 온 대부분의 마법사들은 스켈레톤 더미에 무참히 학살되어 버린 상태였다.

마탑에서도 손꼽힌다는 정예들은 장렬하게 산화되었고, 영혼은 연우의 허락에 따라 자연스레 부에게로 흡수되어 결여된 지식들을 자동적으로 채웠다.

―당신 같은 분이 어떻게 한낱 인간을 주인으로 모실 수 있단 말입니까! 당신의 운명은 대체 어떻게 된 것입니까!

그 와중에 용케 부의 정체를 알아챈 모양인지, 닥터 둠은 피를 토하는 심정으로 울부짖었다.

―파우스트!

장면이 바뀌었다.

―본 드래곤에 데스 노블? 이것들은 대체 무엇이란 말인가! 카인! 비겁하게 숨어 있지 말고 나와라! 내 아들을 내놓으란 말이다!

아이반은 잔뜩 일그러진 얼굴로 버럭 소리를 질렀다.

하지만 그림자를 넘나들면서 시작된 샤논의 연속된 공세에 손이 묶이고, 하늘을 유영하면서 포이즌 브레스(Poison Breath)를 뿌려 대는 본 드래곤에 의해 발이 붙들린 상태였다.

그래도 어떻게든 버텨 내는 모습은 전장의 사자라는 별칭이 아깝지 않으니.

샤논은 그럴수록 공격을 더 멈추지 않았다. 아직까지 본 드래곤이 미완성인 상태라 제 위력을 다할 수가 없어서, 그가 더 적극적으로 나서야 했다.

그러던 중에 샤논이 뒤로 떨어질 때가 있었다.

갑자기 어둠을 가르며 등장한 인물 때문이었다. 아이반은 또 적들이 무슨 수작을 벌이려는지 몰라 인상을 찡그리다가.

—오랜만입니다, 아버지.

곧 나타난 아들, 칸의 얼굴을 보고 얼굴이 딱딱하게 굳고 말았다.

—음? 너 꽤나 신기한 기예를 부리는구나. 좀 익숙한데? 하지만 녀석은 분명히 죽었고…… 아니, 죽었으니 이런 모습인 건가?

—실마, 너……?

다음 장면에서는 페이스리스와 한령이 한창 싸움을 벌이는 중이었다.

페이스리스는 늘 벌이던 대로 갖가지 목소리를 내면서 붕대로 이리저리 싸우다가, 뭔가 이상한 걸 느꼈는지 고개를 외로 꼬았다.

그리고 아홉 자루의 칼을 차례대로 풀어내면서 격전에 임하던 한령도, 뭔가 페이스리스에게서 수상한 낌새를 눈치채고 목소리가 딱딱하게 굳었다.

—허허! 여기서, 만나게 될 줄은 생각도 못 했어! 나의 절친한 벗이여!

그러다 페이스리스가 갑자기 크게 웃음을 터뜨렸다. 무뚝뚝하지만 살의가 가득 넘치는 목소리. 여태껏 단 한 번도 들을 수 없었던 목소리였다.

동시에 페이스리스를 둘러싸던 공기도 확 변질되었다. 마치 전혀 다른 사람이 된 것처럼, 여태 숨어 있던 절대자가 나타났다.

그리고 붕대를 휘두르던 손속도 더더욱 정교해지고 날카로워졌다. 여태껏 보였던 모습들이 다 자유분방했다면, 지금은 뛰어난 경지에 오른 검사의 기예였다. 아이반도 결코 따라올 수 없을 것 같았다.

콰—

검격을 밀어내면서, 한령이 씹어 삼키듯이 외쳤다.

―설마 페이스리스의 몸을…… 아니, 그를 삼킨 것이
냐?

그 외에도 다른 광경들이 순서대로 지나갔다.

추가로 투입되는 추격대와 그들을 압도적인 물량으로 짓
밟는 언데드 군단. 그리고 괴이들은 영혼들을 마구잡이로
씹어 삼키면서 계속된 강화를 시도했다. 칠흑왕 형틀의 제
약이 풀리면서 다시 성장하기 시작한 것이다.

공허로부터 연우의 육체를 지키고 있는 빅토리아와 빙왕
도 보였다.

장면은 거기서 끝났다.

연우는 더 이상 용건을 숨길 필요가 없겠다 싶어 무겁게
고개를 끄덕였다.

『예. 말씀처럼 여기도 깽판을 치기 위해서 왔습니다.』

미후왕의 허물이 어이가 없다는 듯 피식 웃었다.

"전에도 느꼈던 거지만, 사고 치는 것만 따지면 넌 애송
이 녀석과 비교해도 절대 뒤지지 않아. 인성질도 그렇고."

덕분에 여기에 묶여 있으면서도 전혀 심심한 게 없었지
만 말이야. 미후왕의 허물은 그렇게 뒷말을 덧붙이면서 물
었다.

"그래서 어떻게 깽판을 치려고? 내가 지금 이렇게 여유롭게 이야기하고 있는 것처럼 보여도, 사실 힘들어 뒈지겠거든?"

『지금부터 제가 모시겠습니다.』

허물의 비틀린 입술 끝이 더 크게 말려 올라갔다.

"결국 너도 저놈들과 똑같은 놈이 되겠단 뜻이잖아?"

두우웅—

때마침 세계가 다시 요란하게 울렸다. 의식이 빠르게 진행되고 있다는 뜻.

[00:04:21_36]

연우에게 남은 카운트도 얼마 되지 않는 상태. 돌아갈 시간도 감안한다면 3분도 채 남지 않은 것이다.

『아니라고 부정하진 않겠습니다. 하지만 최소한 저들보다는 낫겠죠.』

"뭘 봐서?"

『저들이 가진 노림수, 아시지 않습니까?』

"……."

『저들은 미후왕도 같이 삼키려 들 겁니다. 자기들이 천마의 새로운 얼굴이 되려 하겠죠.』

마군이 현자의 돌을 필요로 했던 이유? 미후왕을 새롭게 모시니 뭐니 하면서 포장을 하지만, 그렇다고 해서 이렇게 허물을 강제로 예속할 필요는 없었다.

사실 '진짜' 계획은 전혀 다른 곳에 있었다.

미후왕의 허물을 성공적으로 삼키는 것. 대주교는 그렇게 해서 새로운 신격(神格)으로 깨어날 생각이었다.

미후왕의 허물도 그걸 알고 있는지 인상을 찡그렸다.

"그렇다고 해서 네 졸개가 되라는 거냐? 난 그럴 생각이 전혀 없는데?"

하지만 그렇다고 한들, 미후왕의 허물은 연우에게도 순순히 자신을 내어 줄 생각이 전혀 없었다. 그는 연우가 착용하고 있는 칠흑왕의 절망과 비탄을 정확하게 주시하고 있었다.

"칠흑왕의 구속구. 그게 뭘 의미하는지 내가 모를 것 같아?"

『……..』

이번엔 연우가 입을 꾹 다물었다. 사실 마군이 손을 쓰기 전에, 허물을 형틀에 예속시키는 게 목적이었으니까. 키클롭스 삼 형제에게 그랬던 것처럼. 하지만 허물은 그들과 다르게 호락호락하지 않았다.

쿠쿠쿠—

세계의 진동이 이제는 격진으로 변하기 시작했다. 공간의 굴절도 점차 커졌다. 이대로는 언제 금세 사라질지 몰랐다.

[00:02:56_08]

'어떻게 해야 하지?'

연우는 진심으로 고민했다. 허물은 절대 설득에 넘어올 생각이 없어 보였다. 그렇다면 강제로라도 속박을 해야 하지 않을까?

하지만 아무리 영락했어도 신격. 동의 없이는 힘들다. 그렇다면 정말 바토리의 흡혈검으로 흡수를? 하지만 유체 상태로 스킬 전개가 제대로 가능할지 의문이었다.

"그러니 차라리 이렇게 하자."

그때, 허공을 가만히 응시하던 허물이 다시 적막을 깨뜨렸다.

연우는 퍼뜩 정신을 차렸다.

『어떻게, 말입니까?』

"그냥 삼켜. 나를."

뜻밖의 말.

연우의 눈이 살짝 커졌다.

『하지만 그렇게 되면…….』

"사라지겠지. 물론."

허물의 눈빛은 어느 때보다 강렬했다.

"하지만 난 도축장에 끌려가는 소처럼 질질 끌려갈 생각은 추호도 없다. 내 운명은 내가 개척해. 결정도 내가 한다."

해와 달의 정기를 받아 세상에 태어난 돌원숭이. 그는 처음부터 왕으로 태어났고, 여러 제약을 극복해 내며 끝내 신격을 획득했다. 그리고 부처가 되어 세상을 오시했다.

운명 따윈, 그에게 있어 부숴야 할 대상에 지나지 않았다.

그러니.

이번에도 그럴 생각이었다.

"지금도 마찬가지. 누울 자리도 내가 결정한다. 어차피 추가로 주어진 인생이잖아? 죽어도 억울하거나 한 건 없다."

연우는 허물이 내뱉는 기백에 완전히 압도되는 것을 느꼈다. 저것이 진짜 '왕'이자 '신'의 모습이 아닐까? 그것을 닮고 싶다는 생각이 문득 들었다.

"단, 조건이 두 개 있다."

미후왕의 허물은 손가락을 두 개 꼽았다.

『말씀하십시오.』

"하나. 날 이딴 꼴로 만든 저 개새끼들, 다 밟아 버려."

『하겠습니다.』

연우는 고개를 끄덕였다.

시키지 않아도 할 일이었다.

"둘. 나중에 깨워."

『하지만…….』

"그래. 존재가 사라지는 거니 불가능하다 싶겠지. 나도 죽는 게 억울하지 않다고는 했지만, 그래도 더 살고 싶다면 살고 싶거든? 그러니까 잘 생각해 봐. 다시 부를 방법이 없지 않을 테니까."

연우는 칠흑왕의 형틀에 추가되었던 옵션을 떠올렸다.

사자 소환.

비록 '죽은 자'라는 제약이 있긴 하지만, 만약 그것을 비틀 방법이 있다면?

"어때? 할 수 있겠어?"

『예.』

"하여간 주둥이는."

미후왕의 허물은 처음으로 피식 웃음을 터뜨렸다.

그리고 오연한 자세로, 양팔을 활짝 펼치면서 말했다.

"좋아. 삼켜."

『그동안 감사했습니다.』

연우는 고개를 숙였다.

"앞으로 평생 못 볼 것처럼 말하기는."

허물의 입가에 미소가 번졌다.

연우는 그에게로 다가가 왼손을 활짝 펼쳤다. 검은 멍울을 따라 톱니 이빨이 드러났다.

찰칵, 찰칵—

['바토리의 흡혈검'이 개방되었습니다.]

연우는 손바닥을 미후왕의 허물에다 갖다 댔다.

허물이 가만히 눈을 감았다.

퍼석—

마치 파도에 모래성이 쓸리듯이. 허물을 이루고 있던 입자들이 산산이 부서지면서 바토리의 흡혈검 안쪽으로 빨려들어오기 시작했다.

"흡!"

미후왕의 허물이 사라지면서 구속구가 힘없이 바닥에 떨어지는 소리가 났다.

하지만 연우에게는 전혀 들리지 않았다. 손목을 타고 흘러오는 어마어마한 양의 신력 때문이었다.

'양이 많을 건 알고 있었지만, 이 정도일 줄은……!'

아무리 영락을 거듭했어도 신격은 신격. 어마어마한 양의 인자를 보유하고 있는 것은 당연했다. 그런데 그것을 통째로 삼키려 하니 힘들 수밖에.

콰드득, 콰득—

육체가 벌써부터 삐거덕대는 소리가 들렸다. 현자의 돌이 맹렬하게 돌아가면서 모든 가능성을 활짝 열었지만, 쏟아지는 양이 너무 방대하다 보니 한꺼번에 수용할 수 없었다.

장독대의 물을 채우려고 댐의 문을 활짝 연 격이었으니. 깨지지 않는 게 다행일 정도였다.

그나마 다행인 것은 여름여왕을 흡수하면서, '용'으로서의 가능성이 활짝 열렸다는 것.

비록 하계에 묶이긴 했어도, 한때 용종은 신과도 어깨를 나란히 했던 초월종.

그 가능성을 일부 획득한 것만으로도 연우에게는 큰 도움이었다.

드드드득—

허물을 이루던 입자에 이어, 이제는 심상 세계까지 무너지면서 와류에 쓸려 왔다. 심상 세계도 원래는 허물을 이루는 몸의 일부였으니.

[' 마 신 룡 체 ' 가 구 성 됩 니 다. 92, 93%……
95%…….]

하지만 그래도 힘든 게 사라지는 건 아니었다.

결국 연우는 흔들리는 정신을 어떻게든 부여잡으면서 스킬을 발동시켰다.

[시차 괴리]

한껏 느려진 세상 속에서, 연우는 이를 악물었다.

'이것도 할 짓은 못 되는구나.'

사고가 가속되고 있다고 해서 육체적 고통이 완전히 사라지는 건 아니다. 오히려 신력에 정신없이 휩쓸릴 때는 느끼지 못했던 부분까지 선명하게 느껴졌다. 그러면서도 정신은 또렷하니. 죽을 맛이었다.

그래도 연우는 어떻게든 악착같이 버텨 내면서 빠르게 머리를 굴렸다.

'허물을 완전히 흡수하는 건 힘들어. 시간이 충분히 주어진다면 어떻게든 하겠지만…….'

[00:01:29_68]

'남은 시간은 최대한 버텨도 고작 1분 남짓. 그 안에 어떻게든 허물을 삼켜야 해. 그렇다면.'

연우는 방대하게 쏟아지는 사념 정보의 홍수 속에서 눈을 예리하게 빛냈다.

'허물의 핵만 취하고, 나머지는 버린다.'

2할 정도만 취하고 남은 8할을 버리는 것이 너무 아깝게 여겨질 수도 있지만.

사실 아직 초월에 근접하지도 못한 연우에게는 그것만 해도 어마어마한 양이었다.

어쩌면 이 중에서도 상당수는 여름여왕의 힘처럼 '잠재력'으로 치환해서 영혼 한쪽에다가 모아 둬야 할지도 몰랐다.

화아아―

물론, 이렇게 많은 사념 정보 속에서 허물의 '존재'를 이루는 핵만 골라낸다는 것은 거의 불가능에 가까운 일이었다.

하지만 연우는 포기하지 않고 시간 배속을 최대로 늘리면서, 감각을 세밀화해 정보를 일일이 가려 흡수했다.

그 속에는 미후왕의 허물이, 아니, 미후왕이 살아 왔던 생애가 담겨 있었다.

원숭이들의 왕으로 태어나 신이 되고, 다시 영락하였다가 부처가 되었던 존재.

천계와 싸우기도 하고, 의형제들과 함께 마왕들을 상대로 전쟁을 치르기도 했던. 그러면서 웃기도 하고, 울기도 하면서, 동료들과 어깨를 나란히 하던 미후왕의 성장기가 머릿속에 차곡차곡 담겼다.

연우는 마치 자신이 진짜 미후왕이라도 된 것처럼 생생하게 많은 감정들을 느낄 수 있었다.

그리고 그곳에서.

연우는 여태 자신이 익히고 있던 72선술을 다시 한번 더 되짚을 수 있었다.

미후왕은 스승 수보리조사로부터 배운 72선술을 단순히 선술로만 썼던 게 아니었다.

때로는 마술(魔術)로, 때로는 투법(鬪法)으로, 또 때로는 무공(武功)으로.

다양한 방법으로 섞고, 합치고, 비틀면서 새로운 방향으로 고쳐 나갔던 것이다.

덕분에 아직 72선술에 대한 깊은 이해도가 부족했던 연우는 아주 많은 것들을 보고 배울 수 있었다.

그리고 여태껏 머릿속에 담아 두기만 하고, 제대로 열어 볼 생각도 못 했던 세선대싱의 유산, 제천뉴에 대한 단초도 어느 정도 익힐 수 있었다.

연우는 수많은 묘리 속에서, 이리저리 휩쓸려 다니면서 필요한 부분들을 머릿속에 담았다. 이대로 있으면 72선술을 완전히 터득할 수 있겠다는 생각까지 들 정도였다.

아니, 정확하게 말하자면 연우는 서서히 미후왕이 되어 가고 있었다. 자신도 모르는 사이에, 신격에 동화가 되어 가고 있었던 것이다.

그 순간.

쾅!

연우는 갑자기 뭔가에 세게 부딪쳤다.

화들짝 놀라 정신을 차리며 고개를 위로 들었다.

그곳에 아테나가 예전에 봤을 때보다 훨씬 커진 모습으로 서 있었다. 슬픈 눈을 하고서.

"먹히지 마라."

아테나는 그렇게 말하면서 양손을 뻗어 연우를 꼭 끌어안았다.

"네게는 해야 할 일이 있지 않으냐."

연우는 그제야 자신의 모습을 확인할 수 있었다. 어느새 상체를 따라 잔뜩 돋아난 용의 비늘은 금색으로 빛나고, 머리카락은 하얗게 세서 어깨까지 내려온 상태였다.

아마 모르긴 몰라도, 자신의 두 눈 역시 불타는 듯한 황금색으로 빛나고 있을 것 같다는 느낌이 들었다.

금색과 백색은 미후왕의 상징. 아무래도 허물을 삼키려다가, 도리어 자신이 먹히고 있었던 모양이었다. 힘에 완전히 취했던 것이다.

만약 아테나가 나타나 도와주지 않았다면 지금쯤 어떻게 되었을까.

연우는 등골이 섬뜩해지는 것을 느끼며, 고맙다는 인사를 하기 위해서 고개를 들었다.

하지만 아테나는 어느새 완전히 사라지고 없었다.

어디로 간 걸까? 아니. 애당초 천계에 있을 그녀가 어떻게 여기에 잠깐이나마 현신할 수 있었던 걸까?

[아테나가 침묵합니다.]

그런 생각이 문득 들었지만.

연우는 머리를 털면서 자신의 몸 상태를 확인했다. 미후왕의 흔적이었던 백말과 금색 비늘노 모누 사라시고 없었니.

대신에 유체에서 여태껏 느낄 수 없었던 강한 힘이 느껴졌다.

격.

엄청난 상승을 이룬 것이다.

어쩌면 여름여왕의 영혼을 삼키면서 얻기만 했지, 그동안 제대로 소화하지 못했던 가능성이 모두 온전히 드러난 게 아닐까 싶었다.

무엇보다.

'72선술이…… 이렇게 대단한 것이었을 줄이야.'

['72선술'의 스킬 이해도가 깊어졌습니다. 숙련도가 대폭 상승하였습니다.]

[수(水) 속성이 깊어졌습니다.]

[금(金) 속성이 깊어졌습니다.]

[목(木) 속성이 깊어졌습니다.]

……

[상위 속성, '오행(五行)'에 대한 이해도가 생겼습니다.]

[칭호 '미후왕의 후예'가 '제천대성의 후계(後繼)'로 변경되었습니다.]

[여러 조건을 충족하여, '제천대성의 유산'에 대
한 단서를 획득했습니다.]

연우는 미후왕에 대한 높은 이해도를 바탕으로 72선술
을 재조립하면서, 비로소 제천대성의 유산을 제대로 열어
볼 수 있었다.

미후왕이 투전불승이라는 칭호를 얻고, 은퇴 뒤에 자신
의 모든 깨달음을 정리하면서 완성시킨 다섯 가지의 기예,
제천류.

뇌벽세.

유수행.

신목령.

화염륜.

금강포.

72선술의 근간이 된다는 오행을 분리시켜, 선술과 무학
의 영역을 넘어 법칙을 구현한다는 기예들.

연우는 제천류의 다섯 기예가 무엇인지 여는 데 성공하긴
했지만, 그래도 아직 어떻게 접근해야 할지 조금 막막했다.

아직 자신이 알고 있는 지식 선에서는 다루기가 어려웠
다. 하지만 용의 지식을 바탕으로 천천히 접근한다면 충분
히 활용할 수 있을 것 같았기에, 쾌재를 외쳤다.

연우는 황금색으로 형형하게 빛나는 눈을 위로 들었다.

[00:42:11_25]

조금 빠듯한 시간.

그래도 서두르면 금방 돌아갈 수 있을 시간이었다.

하지만.

연우는 문득 이대로 그냥 돌아가기보다는 다른 뭔가를 할 수 있지 않을까 하는 생각이 들었다.

아직도 주변에는 허물이 남긴 잔재들이 많이 남아 있었다. 이것들을 그냥 날려 버리기엔 너무 아까웠다. 조금 더 잘 활용할 방법이 있지 않을까?

연우는 빠르게 생각을 정리하다가, 천천히 유체를 다른 방향으로 돌렸다.

[현재 각성률: 98%]

*   *   *

『드디어, 드디어 신께서 강림하신다……! 바로 이곳에!』

쿠쿠쿠—

궁전의 중앙 공동이 격렬하게 요동치기 시작했다.

킨드레드의 환호성과 함께, 같이 진언을 외고 있던 다른 주교들과 교구장들의 의념도 점차 커졌다.

『마할바타, 타마하…….』

『마할바타, 타마하…….』

정확하게는 긴고아주였다. 심상 세계에 있는 미후왕의 허물을 완전히 끌어 올릴 수 있는 힘.

사실 긴고아를 다루는 것은 절대 쉽지 않았다. 킨드레드를 비롯해 여러 주교와 교구장 등, 수뇌들이 대거 나서야 겨우 움직일 수준이 되었다.

모든 수뇌들의 의식이 연결된 집단 무의식이 긴고아를 잡아당기고 있는 것이다.

아마 지금쯤, 심상 세계에서는 긴고아가 팽팽하게 조여들어 허물이 받는 압박은 엄청날 것이다.

실제로 제기에 쏟아지는 내용물도 어마어마했다.

저것이 바로 신력……!

킨드레드는 자신도 모르게 황홀경에 취해 몸을 부르르 떨었다.

주교가 되고도 여태 권능을 허락받지 못해, 신력은 꿈도 꿀 수 없었던 것이 그들이 처한 현실이었다.

하지만 이렇게 '진짜' 신력을 보게 되니 얼마나 기쁜가.

저 하나하나가 전부 미후왕이 살아 왔던 흔적이며 발자취였다. 단순히 엿보는 것만으로도 이렇게 압도될 정도인데, 제대로 살펴본다면 얼마나 강렬할 것인가.

무엇보다 저건 허물, 일종의 껍질이었다. 그렇다면 진짜 미후왕은 얼마나 강할까? 그리고 그것을 전생으로 둔 천마는?

98층에 있는 것들은 전부 가짜이며, 진짜 신은 오롯이 천마 하나뿐이라는 사실을 다시 한번 더 확인한 그였다.

그리고.

'저 허물을 받아들여 새로운 얼굴로 태어나실 대주교님이야말로…… 우리 마군의 영원한 영도자일지니……!'

킨드레드의 눈가에 광기가 잔뜩 맺혔다. 그의 광신은 천마에 대한 것임과 동시에 오로지 대주교를 위한 것이었다.

천계에 천마가 있다면, 하계에는 대주교가 있었다. 그리고 그 둘을 잇는 영광은 자신에게 내릴 것이니. 곧 쏟아질 신의 은총을 떠올리기만 해도 몸이 파르르 떨리는 것 같았다.

그런데.

'왜 아직 끝나질 않는 거지?'

킨드레드는 눈을 가늘게 좁혔다. 여전히 제기로 쏟아지는 내용물은 잔재일 뿐, 허물의 핵은 보이질 않았다. 저항이 생각보다 큰 걸까? 하지만 그렇게 다친 상태로 버티는 데는 한계가 있을 텐데?

이대로 시간이 길어지는 것도 좋은 일은 아니었다.

'어쩔 수 없군.'

킨드레드는 눈을 가늘게 좁히면서 의식을 집단 무의식에게로 접촉시켰다. 직접 이들을 도와 허물을 잡아당길 생각이었다.

그런데.

'뭐지?'

집단 무의식이 너무 조용했다. 원래 이런 건 아니었다. 한창 긴고아주를 크게 외면서 긴고아를 세게 잡아당기고 있어야 할 텐데……?

그때. 킨드레드의 눈에 다른 뭔가가 보였다. 녀석도 기척을 느꼈는지 몸을 이쪽으로 돌렸다.

『곧 찾아가려고 했는데. 그새를 못 참고 왔나 보군.』

새카만 가면과 옷, 그리고 등에 불의 날개를 달고 있는 자. 익숙한 얼굴이었다. 킨드레드가 몇 번이고 씹어 삼키고 싶었던 얼굴. 다만, 달라진 점이 있었다.

가면 사이로.

두 눈이 황금색으로 불타오르고 있었다.

화안금정(火眼金睛).

미후왕의 후예들 중에서도, 72선술을 깊이 터득해 '후계(後繼)'의 칭호를 터득한 자들만이 얻을 수 있다는 힘.

『너……!』

전혀 생각지도 못한 사태에 킨드레드가 경악한 순간.

콰아앙!

갑자기 그의 의식이 집단 무의식에서 세게 튕겨 났다.

킨드레드는 어지러운 정신을 겨우 붙잡았다. 그리고 대체 무슨 일이 벌어졌는지 확인하기 위해 앞으로 나서려 했다. 중앙 공동을 중심으로 거센 폭풍이 휘몰아치고 있었다. 균형을 잡기도, 앞을 제대로 분간하기도 힘들 정도였다.

그때 갑자기 얼굴로 뭔가가 쏟아지는 것이 느껴졌다. 끈적끈적하면서도 불쾌한 것. 반사적으로 손으로 훔쳐서 확인했다.

『피?』

정확하게는 질척한 피가 섞인 살점이었다. 불안감에 주변을 둘러본 순간.

퍼퍼펑—

기다렸다는 듯이 주교며 교구장들이 폭죽처럼 터져 나갔다. 킨드레드는 아주 잠깐 자신의 눈앞에 보이는 비현실적인 광경을 이해하지 못하고 있다가, 뒤늦게 상황을 깨닫고 절규를 내뱉었다.

『카인!』

제기에 담으려던 허물의 힘이 역류를 일으키고 있었다. 대체 무슨 짓을 벌였는지 몰라도, 핵이 감쪽같이 사라지면서 갈 길을 잃은 힘들이 폭주를 일으킨 것이다.

당연히 힘을 제어하려던 집단 무의식이 곧바로 타격을 받을 수밖에 없었고, 이를 감당하지 못한 신도들은 그대로 휩쓸려 폭발하고 말았다.

주교, 교구장, 상급 사제……. 죽는 데 그런 계급은 필요 없었다. 버티지 못하면 죽고, 버텨도 신력에 오염이 되어 정신적으로 공황 상태에 잠겨야만 했다.

그러다 끝내 제기까지 폭발하면서, 부서진 여의봉의 조각들이 사방으로 흩어졌다.

『카이이인!』

킨드레드의 정신도 그 순간 똑같이 터졌다. 지난 십여 년간 바라 왔던 순간이, 노력이, 광신이 한순간에 물거품이 되어 사라졌다는 사실이 도무지 믿기지가 않았다.

하지만 그가 할 수 있는 건 아무것도 없었다. 휘몰아치는 힘의 격류 속에서 겨우 제 한 몸 지탱하는 게 전부였다. 그 역시 육체가 너덜너덜해진 상태였다.

『미후왕이 부탁하던데.』

그런 녀석 앞으로. 어느새 거짓말처럼 연우가 나타났다. 화인금정을 살벌하게 피우면서.

『나가면 먼저 네 주둥이부터 찢어 달라고.』

『카이이이이이이인!』

연우는 고함을 지르는 녀석의 입에다가 마장대검을 꽂고, 그대로 돌렸다.

퍽!

촤아악—

현재 연우는 유체 상태이기 때문에 물리적 접촉으로 킨드레드의 숨통을 끊은 건 아니었다. 아직도 폭주 중인 허물의 힘을 강제로 쑤셔 넣어 폭발시킨 것이다.

『또 분신인가? 세포 분열하는 아메바도 아니고.』

연우는 죽은 킨드레드의 시체가 흩어지는 것을 보고 가볍게 혀를 찼다. 이 녀석은 만날 때마다 분신이 아닐 때가 없었던 것 같았다.

[00:26:49_78]

연우는 카운트를 확인하면서 몸을 반대로 돌렸다.

그곳에 흐리멍덩한 눈빛으로 여전히 고개를 숙이고 있는 도일이 보였다.

『이제 돌아가자.』

　　　　*　　　*　　　*

쿠쿠쿠쿠—

중앙 공동에서부터 시작된 지진은 곧 궁전 전체를 따라 퍼져 나갔다. 공허가 더 크게 출렁거리고, 천장에서부터는 돌가루가 우수수 쏟아지기 시작했다.

금방이라도 무너질 듯한 모습에. 가장 먼저 긴장한 것은 궁전으로 계속 투입되던 용병들이었다.

『제기랄! 크악!』

『살려……! 킥!』

용병들은 이 위험한 상황에서부터 벗어나고자 했지만, 공허에 유리되어 앞뒤를 분간할 수 없는 상황에서 탈출은 요원하기만 했다.

그런 와중에 언데드 군단이 꾸역꾸역 밀고 들어와 그들을 짓뭉개 놓으니. 코끼리가 지나간 곳에 개미 무리가 짓밟히는 것과 똑같은 형국이었다.

　　[올림포스의 신, '타나토스'가 크게 기꺼워합니다.]
　　[천교의 신, '태산부군'이 고요한 눈빛으로 죽은 영혼들을 살핍니다.]

[에아의 신, '네르갈'이 만족스럽게 고개를 끄덕입니다. 필멸자이지만 생각보다 힘을 잘 다룬다는 사실에 만족한다는 의사를 밝힙니다.]

[데바의 신, '크시티가르바'가 고개를 절레절레 저으면서 상황을 예의 주시합니다.]

……

[니플헤임의 악마, '헬'이 붉은 혀로 입술을 적십니다. 기쁜 마음에 몸을 부르르 떱니다.]

['아이쉬마—다이바'가 자신에게 배당될 영혼이 없는지 확인합니다. 이렇게 많은 수확을 두고 손을 쓸 수 없다는 사실이 안타깝다는 의사를 밝힙니다.]

……

[죽음의 신들이 크게 고개를 끄덕입니다. 그들이 모두 입을 모아 말합니다.]

[메시지: 그의.]

[죽음의 악마들이 기뻐합니다. 축제를 한껏 즐기면서 공통된 메시지를 내립니다.]

[메시지: 후계자.]

죽음의 신과 악마들은 이 상황이 기꺼워 죽겠다는 듯, 자신들의 메시지를 드러내는 것을 멈추지 않았다.

용병들은 자신들의 죽음이 신과 악마들에게 한낱 유희거리밖에 되지 않는다는 사실에 분통을 터뜨리면서도, 어떻게 할 수 없다는 사실에 절망해야만 했다.

[아테나가 슬픈 눈으로 바라봅니다.]

전장을 다른 시각에서 바라보는 신은 딱 한 명밖에 없었다.

그리고.

그런 그녀를 필두로, 이번에는 다른 종류의 신과 악마들이 얼굴을 비추기 시작했다.

[올림포스의 신, '아레스'가 흡족하게 고개를 끄덕입니다.]

[천교의 신, '나타태자'가 소식을 듣고 찾아와 가만히 상황을 살핍니다.]

선생.

전투와 투사를 신위로 삼은 신들이 하나둘씩 얼굴을 비추기 시작한 것이다.

이곳에서는 죽음이 퍼지는 것과 동시에 전쟁도 한창 벌어지고 있는 중이었다.

그저 단순한 싸움이었다면, 탑에서 숱하게 벌어지는 전쟁 중 하나라 치부하고 그들도 별다른 관심을 두지 않았을 테지만.

[아스가르드의 신, '티르'가 법전을 천천히 내립니다. 공정한 눈으로 사태를 파악합니다.]

문제는 현재 연우가 혼자서 이 많은 병력들을 홀로 상대하는 것과 다름없다는 점이었다.

물론, 정확하게는 연우가 거느린 권속들이 싸움을 벌이는 것이지만.

그렇다고 해도 이 많은 인력들을 수용하고, 양성해서 압도적인 화력을 보이는 것은 어느 군주도 쉽게 할 수 없었던 일들이었다.

아주 오랜 과거에 흡혈군주 바토리나 이런 신위를 뽐냈을까?

그렇다 보니 전쟁과 관련된 신과 악마들이 흥미진진한

얼굴로 살피는 것도 무리는 아니었다.

　무왕 이후로, 처음으로 그들의 관심을 끄는 존재였다.

　　[절교의 악마, '비마질다라'가 마음에 든다며 고
개를 끄덕입니다. 혼자서 이렇게 많은 군단을 상대
하는 플레이어 ###에 대해 찬사를 보냅니다.]

　　[비마질다라가 권능, '구비타라'를 제안합니다.]

　　[아가레스가 자신의 것에 눈독 들이지 말라며 불
편한 심기를 드러냅니다.]

　　[모든 신들이 무시합니다.]

　　[모든 악마들이 무시합니다.]

　　[케르눈노스가 침묵합니다.]

　연우의 권능 목록 수도 그만큼 빠른 속도로 차올랐다.

『……이 미친 신들이!』

콰아앙―

닥터 둠은 커다란 폭발과 함께 크게 튕겨 나고 말았다.
이미 몸을 보호하던 배리어는 내구도가 다했기 때문에 단
단한 벽에 부딪히면서 받은 충식으로 척추가 막살 났다.

그는 이제 피를 토할 여력도 없었다.

계속된 공세를 막다 보니 도저히 정신을 차릴 수 없었던 것이다. 주변에는 그를 따르던 마법사들의 시체들만 가득했으니. 눈가에는 절망이 넘실거렸다.

그런 와중에 계속 메시지를 띄우는 신과 악마들의 모습은…… 그의 복장을 터지게 만들었다.

본래 마법사는 법칙을 추구하는 자들. 그래서 개중에는 무신론자들이 많았다. 98층에 있는 신과 악마들은 격이 높아져 초월성을 얻었을 뿐, 사실 근본을 따지고 보면 일반 플레이어들과 다를 바가 없다는 학설을 신봉했다.

닥터 둠이 그런 신봉론자 중 한 명이었다. 그러니 마치 동물원 원숭이라도 된 듯한 기분이 좋을 리가 만무했다.

다만, 그가 신처럼 여기면서 추앙하는 옛 선배는 있었다.

마도술의 창시자이며, 드 로이와 함께 악마학을 열었던 시조. 현자의 돌에 접근할 수 있는 에메랄드 타블렛을 만들어 손에 쥐었다던 절대자.

파우스트.

문제는 그를 적으로 만났다는 점이었다.

「끈질. 기군.」

허공에 지펴진 두 개의 인페르노 사이트는 마음에 들지 않는다는 듯이 눈살을 찌푸렸다.

그럴수록 닥터 둠이 받는 암담함은 더 커져만 갔다. 사실 부는 그가 알고 있는 파우스트만큼 강하지 않았다. 파우스트는 한때 여름여왕과도 대적했던 자. 그의 마법은 고작 이런 수준이 아니라, 기적을 행할 수 있는 수준이었다. 분명 기억에 결여가 많은 게 분명했다.

하지만 그렇다고 해도 지울 수 없는 부분이 있었다.

모든 것을 압도하고, 짓누르는 힘. 악마마저 집어삼킬 것 같은 저 푸른 눈.

시그니처까지 사라지는 건 아니었으니까.

「주인. 님을 위한. 밑거름이. 되어. 라.」

공허가 열리면서 거대한 손이 나타나 닥터 둠을 덮어 왔다. 그에겐 더 이상 저항할 힘 따윈 남아 있지 않았다.

그저 왜 파우스트가 한낱 플레이어의 종복이 되어 있는지, 이해가 안 갈 뿐이었다.

그리고. 한편으로는 그런 생각이 들었다. 오늘 아침에 나오지 않았던 괘는. 사실 그에게 할당된 미래가 없기 때문에 그런 게 아니었을까.

'스승, 님…….'

닥터 둠의 생각은 거기서 끝나고 말았다.

퍼걱!

스스스 —

닥터 둠의 영혼까지 삼키면서 여전히 부족하기만 한 지식과 기억을 회복시킨 부는 천천히 시선을 다른 쪽으로 돌렸다.

동굴이 무너지고 있었다.

생각보다 시간이 많이 지체되었다.

위대한 주인님이 명령하신 대로, 마지막 남은 명령을 수행해야만 했다.

「일어. 나라.」

그의 부름에 따라, 부와 연결된 모든 언데드들이 일제히 하늘을 보며 울부짖었다.

츠츠츠—

부가 사라진 자리로, 공허가 다시 내려앉으면서 닥터 둠의 시체를 지웠다. 그 위로 낙석이 와르르 쏟아졌다.

쿠쿠쿠!

*　　　*　　　*

[오시리스가 전장을 살핍니다.]

동굴의 붕괴가 가속화되었다.

끝까지 남아 싸움을 벌이려던 플레이어들도 이제는 위기

감을 느껴야만 했다.

칸과 아이반도 그중 한 명이었다.

챙!

두 사람은 정말 부자지간이 맞나 싶을 정도로 치열하게 검격을 나누다가, 강한 쇳소리와 함께 몸을 반대로 돌리면서 각자 다른 곳으로 오러를 날렸다.

스걱―

촤악!

칸을 감시하고 있던 두 주교는 어떻게 손을 쓸 새도 없이 목이 달아나 그대로 바닥에 주저앉았다. 갑작스럽게 의식이 불발되면서 그들의 정신도 아주 잠깐 그쪽으로 쏠린 사이, 속수무책으로 당하고 만 것이다.

칸은 손에 맺힌 블러드 소드를 거두면서 몸을 돌렸다.

『……오늘은 여기까지 하죠.』

『칸!』

아이반은 싸늘한 아들의 어조에 울컥해서 소리를 질렀다. 하지만 돌아온 것은 칸의 싸늘한 눈빛이었다.

『그 역겨운 입으로 제 이름을 담지 마십시오. 당신에게 그럴 자격 따윈 없지 않습니까?』

『아직도…… 내가 원망스러운 것이냐?』

『원망이요? 그런 게 있을 리가 없잖습니까.』

칸은 어이가 없다는 듯이 피식 웃음을 흘렸다.

『애당초 기대할 것이 있어야 원망이라도 하죠.』

『칸…….』

칸의 이름을 부르는 아이반의 목소리에는 슬픔이 가득했다. 여태껏 철사자라며 전장에서 명성을 떨치던 그였지만, 아들 앞에서는 한없이 어깨가 움츠러드는 못난 아버지였다.

하지만 그런 모습이. 칸은 불쾌하기만 했다.

『연기하지 마십시오. 당신이 어머니를 버린 순간부터, 이런 것쯤은 각오하고 있었을 것 아닙니까?』

가해자가 피해자인 척 구는 것은 불쾌하기만 하다. 칸은 그렇게 내뱉으면서 다시 발걸음을 옮겼다. 공허가 내려앉으면서 그의 자취를 감췄다. 샤논과 본 드래곤도 조용히 물러섰다.

아이반은 차마 사라지는 아들을 붙잡지 못한 채, 멍하니 손을 앞으로 뻗었다가 이내 힘없는 발걸음으로 돌아서야만 했다. 그리고 뛰기 시작했다. 아직 동굴 곳곳에 수하들이 많이 남아 있을 터였다. 몇 명이라도 구해야만 했다.

칸은 어둠 속에서 잠시 걸음을 멈추고, 그렇게 사라지는 아이반의 뒷모습을 바라봤다.

한없이 작은 어깨. 굽은 듯한 등. 어린 시절, 언제나 커다란 우산이 되어 그를 보호해 주고, 무등을 태워 주던 아버지의 모습은 보이지 않았다.

『칸…….』

그리고 그런 착잡한 칸의 마음을 짐작한 듯, 어느새 니케가 나타나 조심스럽게 두 날개로 그를 안았다. 따뜻한 불길이 혼란한 마음을 진정시켜 주었다.

『어떻게 카인 같은 녀석에게 너 같은 아이가 있을 수 있었던 걸까?』

칸은 농담을 던지면서 바쁘게 발을 놀렸다. 길을 잃을 염려는 없었다. 연우가 거느린 다른 권속이라던 리치가 틈틈이 메시지를 보내 주고 있어 탈출로는 이미 확보되어 있었다.

'카인은 대체 그동안 얼마나 힘을 기른 걸까? 이렇게 많은 언데드를 양성하려면 분명 적지 않은 시간이 걸렸을 텐데.'

군주로의 각성을 노리는 걸까? 하지만 그렇다고 하기엔 초인이 될 가능성도 높아 보였었는데. 게다가 아까 전부터 동굴을 가득 메우던 신과 악마들의 메시지들은 그에게 사도가 되라고 종용하는 중이었다.

'여러모로 대단한데.'

그렇게 묘한 느낌이 늘 부럽.

어느덧 갑자기 공허가 확 사라지고, 밝은 빛이 느껴졌다. 동시에 기다렸다는 듯이 동굴이 그대로 내려앉으면서 완전히 자취를 감추었다.

여진이 산자락을 울리는 가운데.

칸은 저 멀리, 이미 밖에 도착해 있던 연우를 찾을 수 있었다. 그리고 조용히 안겨서 잠을 자고 있는 도일까지도.

『도일!』

칸은 재빨리 연우가 있는 곳으로 몸을 날렸다. 마침 빅토리아가 그를 발견하고 반색하면서 와락 안겼지만, 칸은 자기도 모르게 그걸 피해 연우에게 다다랐다.

『야!』

졸지에 아무것도 없는 허공을 안게 된 빅토리아가 버럭 소리를 질렀지만.

칸은 그런 것에 신경 쓸 겨를도 없이 도일을 바라봤다.

녀석은 여태껏 자신에게 무슨 일이 닥쳤는지 전혀 짐작하지 못한 것처럼 조용히 잠에 빠져 있었다.

칸은 어떻게 해야 하나 싶어 자신이 알고 있는 72선술을 빠르게 되짚었다. 도일을 망혼인(亡魂人, 꼭두각시 상태)으로 만든 것도 선술이었으니, 같은 선술이면 해제할 방법이 있겠다 싶어서였다.

파르르—

그때, 갑자기 도일의 눈꺼풀이 떨렸다. 그리고 조금씩 떠지면서 칸을 시야에 담았다.

『……형?』

『너!』

칸은 도일을 와락 끌어안았다. 가슴이 사무쳤다. 이렇게까지 고생시킨 것에 미안했고, 이렇게 다시 눈을 떠 준 것이 감사했다.

『아 씨, 징그럽게 왜 이래, 갑자기?』

도일은 그런 칸의 행동이 낯선 나머지 어떻게든 밀쳐 내려고 아등바등했지만.

칸은 포옹을 절대 풀지 않았다.

여전히 샐쭉한 표정을 짓고 있던 빅토리아도 어느새 다가와 포근한 미소를 지었다. 빙왕도 다행이라는 듯이 고개를 끄덕었다.

그렇게.

모든 소란이 끝났다.

아니, 그런 것처럼 보였다.

*   *   *

『흑흑! 징밀 나행니아. 그릏시, 쥬닌?』

니케는 날갯죽지로 눈가에 그렁그렁 맺힌 눈물을 훔치다가, 이상하게 연우가 아무런 반응도 보이질 않아 고개를 그쪽으로 돌렸다.

『주인?』

연우의 시선은 칸과 도일이 아닌 허공에 고정되어 있었다.

[아테나가 슬픈 눈으로 당신을 바라봅니다.]

이쪽을 보고 있는 신과 악마들의 시선은 많았다.

이번에도 큰 활약을 펼치면서 죽음의 신과 악마들은 이제 조금씩 그를 칠흑왕의 후계로서 긍정적으로 생각하는 분위기였고, 추가로 전쟁과 관련된 신과 악마들도 호의를 갖기 시작하면서 권능 예정 목록도 800여 개로 부쩍 늘어난 상태였다.

하지만 그들 중에서도 유독 한 개의 시선만은 달랐다. 탐욕이나 욕심에 찬 시선이 아닌, 슬픈 시선.

대체 왜?

연우는 그런 생각이 들었다. 분명 마군은 물리쳤고, 칸과 도일도 구했다. 이제 모든 일을 정리했으니 다시 타르타로스로 넘어가 하데스를 돕기만 하면 되었다.

그런데 왜 아테나의 시선은 달라지지 않는 것일까. 혹시 타르타로스에 다른 변고가 벌어졌나? 하지만 타르타로스는 천계의 시선이 차단되기 때문에 아테나가 상황을 알 수 없을 텐데?

그러다 문득 한 가지 생각이 뇌리를 스쳤다.

절대 가정하고 싶지 않은 생각이…….

『칸.』

『왜?』

칸은 여전히 혼란스러워하는 도일을 달래다가, 고개를 갸웃거리면서 연우를 돌아봤다. 이상하게 연우의 목소리가 싸늘했던 것이다.

『물러서.』

『무슨…….』

『물러서!』

연우는 그답지 않게 버럭 소리를 질렀다. 칸은 자기도 모르게 반사적으로 일어나 도일에게서 떨어졌다. 빅토리아와 빙왕도 뭔가 심상치 않은 기색을 느끼고 멀찍이 물러섰다.

도일은 홀로 가만히 앉아 연우를 바라봤다. 입가에 미소는 짓고 있지만, 이상하게 아무 감정도 느껴지지 않았다.

마치 인형처럼.

『언제까지 연기할 생각이지?』

연우는 눈을 가늘게 좁히면서 도일을 노려봤다.

『대주교.』

『여태 자고 있다가 갑자기 이상한 소리가 들려 눈을 뜨긴 했지만. 참 많은 게 엉망이 되어 있군그래.』

도일은 엉망이 된 주변을 보면서 쓴웃음을 지었다. 천마의 저주는 끝내 많은 것을 엉망으로 만들어 버렸다. 만약자신이 변태(變態)를 위해 깊은 잠에 들지 않았었더라면. 일이 이렇게까지 엉망으로 꼬이지도 않았을 텐데.

『그나저나. 진짜 볼 때마다 느끼는 거지만, 그 용의 눈은정말 어떻게 하고 싶군. 피할 수가 없어. 덕분에 헤븐윙의딸을 한번 구경하고 싶었던 게 어긋나 버리지 않았나.』

그 순간, 그를 따라 감돌던 분위기가 백팔십도 반전되었다. 무겁고, 강렬한 파장이 사방으로 뻗쳐 나갔다.

쾅아아—

그건 분명히 도일의 얼굴을 하고 있지만, 도일이 아니었다. 도일의 인두겁을 쓴 다른 존재였다.

그를 따라 검은 마기가 감돌기 시작하고, 머리카락은점차 흰색으로 물들었다. 안광은 붉은빛을 형형하게 띠었다.

『대주교……! 도일은 어디에 있는 거지?』

칸은 이를 악물면서 대주교를 노려보았다. 그는 당장에라도 달려들고 싶은 마음을 억지로 꾹 누르고 있는 중이었다.

그런 그를 향해.

『글쎄. 어디에 있을까?』

대주교는 가볍게 미소를 지었다.

그 순간, 칸의 머릿속에서 뭔가가 툭 끊어졌다.

『이 개새끼가!』

쾅!

칸은 녀석에게로 몸을 날렸다. 베어진 손바닥을 따라 피가 잔뜩 쏟아지면서 칼의 형태를 폈다.

〈피의 물결〉. '블러드 소드'라는 이름으로 더 잘 알려진 그의 시그니처 스킬이었다. 여러 선술이 접목되어 단순히 검의 형태를 띠는 것에서 끝나는 게 아니라, 휘두를 때마다 공간에 파장을 형성시켜 공격력을 증폭시키고, 원거리에 있는 적까지 격추시키는 기술.

하지만 대주교의 눈에는 어린아이의 장난으로만 비칠 뿐이었다.

그는 뒷짐을 쥐고, 발을 가볍게 굴렀다.

쿠우웅—

하지만 실뢰는 설내 가넙시 싫있나. 오행산 긴제가 읨아

래로 크게 출렁거린다 싶더니, 지면 위로 파문이 크게 그려
지면서 퍼져 나갔다.

칸은 달려오던 그대로 튕겨 나 저만치 굴렀다. 기회를 엿
보던 빙왕과 빅토리아도 단번에 쓸려 나갔다.

먼지구름이 자욱하게 퍼지고, 그것으로도 모자라 공간이
휘어지기까지 했다.

그 속에서, 대주교는 삐거덕대는 손발을 가볍게 어루만
졌다.

『아직 육체가 익숙해지질 않아서 그런가, 힘이 쉽게 제
어되질 않는군.』

이래서 더더욱 허물의 힘이 필요했던 것인데. 대주교는
가볍게 혀를 찼다. 그가 바라던 것은 단순한 신격의 획득이
아니었다. 영혼에 새겨진 저주를 씻어 낼 수 있는 힘이었
다.

하지만 오랜 준비는 단번에 물거품이 되고 말았으니. 없
어진 허물을 대신할 만한 게 과연 있을까, 있다면 이제는
어느 얼굴의 잔재를 찾아야 하는 걸까, 골치가 아파 왔다.
그에게 남은 시간은 그리 많지 않았으므로.

'아니면 정말 그들의 힘이라도 끌어와야 하나.'

그러다 대주교는 발 구름으로 튕겨 난 이들 중에, 이런
골칫거리를 안겨 준 녀석이 없다는 사실을 눈치챘다.

다시 뒷짐을 쥐면서 고개를 위로 들었다.

공기가 다시 한번 더 움직이면서 뿌연 먼지구름을 치우고, 저 높은 상공에 불의 날개를 한껏 펼치며 떠올라 있는 연우를 드러냈다.

그리고. 대주교는 어느새 수백 개에 달하는 여의봉의 조각들이 크게 원을 그리면서 자신을 에워싸고 있는 것을 발견했다.

제기가 부서지면서 나눠진 것들. 소유주는 어느새 연우로 바뀌어 있었다.

『이것으로 날 봉인이라도 하겠다는 거냐? 재미있구나!』

대주교는 가볍게 웃음을 터뜨리면서 다시 한번 더 한 발을 내디뎠다. 비록 작은 도일의 몸을 하고 있지만, 마치 거인이 움직이는 것처럼 어마어마한 존재감이 발산되었다.

하지만.

울컥!

대주교는 연우에게로 쇄도하려다 말고 도중에 걸음을 멈췄다. 입가를 따라 핏물이 쏟아지고 있었다.

『……이런. 역시 무리인가.』

영육 불일치. 대주교라는 거대한 영혼을 담기엔, 도일이라는 그릇은 아직 불완전하기만 하다. 그런데도 불구하고 억지로 욱여넣었으니.

아니, 그나마 도일이었으니 이 정도라도 버틴 게 아닐까.
영적인 능력이 비정상적으로 발달한 도일 같은 체질은 절
대 쉽게 구할 수 있는 게 아니었다.

휘휘휘—

그때, 대주교를 에워싸고 있던 여의봉의 조각들이 돌개
바람을 그리기 시작했다.

[72선술— 봉(封), 인(印)]

콰콰쾅!

조각들이 우수수 쏟아졌다. 다양한 선술이 접목되었고,
부도 어느새 공간을 열고 나타나 마법을 더했다.

폭격이 수도 없이 가해졌다. 이대로 오행산이 무너지는
게 아닐까 싶을 정도로 어마어마한 충격이 전해졌지만.

슥—

대주교는 뒷짐을 쥐고 있던 손을 하나 풀어 옆으로 휘저
었다. 그러자 마치 커튼을 옆으로 치우는 것처럼, 폭격을
일으키던 조각들이 그대로 옆으로 떠밀려서 다른 곳에 작
렬했다.

직접 두 눈으로 봐도 말도 안 되는 신기였다.

『이런 것은.』

그리고 다른 왼손을 가볍게 말아 쥐면서.

『이렇게 하는 것이라네.』

허공에다 쭉 내뻗었다.

콰아아앙!

마기가 주먹 끝에 뭉쳤다가 터졌다. 폭발은 바로 연우의 코앞에서 일어났다.

몸뚱이를 패대기치는 듯한 충격. 연우는 불의 날개로 몸을 보호한 뒤에야 겨우 버틸 수 있었다. 부가 만든 수십 겹의 배리어도 일제히 터져 나갔다.

대주교는 강해도 너무 강했다. 어떻게 익숙지 않은 몸으로 저런 힘이 가능한 거지?

순간, 머릿속으로 무왕과 여름여왕의 얼굴이 스쳐 지나갔다. 예상했던 대로 그는 그들과 견줄 수 있을 만한 강자였다. 진짜 육체였다면 지금쯤 자신은 어떻게 되었을까?

그리고 한편으로는 그런 생각도 들었다.

'정우는…… 대체 이런 녀석을 상대로 어떻게 싸웠던 거지?'

바닥으로 추락하던 중에, 가까스로 불의 날개를 복구시키며 크게 훼를 치면서 균형을 다잡았다. 그리고.

팟!

블링크를 발동, 어느새 대주교 앞에 나타났다. 동시에 잔뚝 뭉친 검은 오러를 폭발시켰다.

콰르르릉―

불의 파도가 가진 파괴력은 대주교의 간담도 서늘하게 만들 정도였다. 가까스로 몸을 크게 돌리면서 폭발에서 벗어난 그의 얼굴에는 놀라움이 번졌다.

『독식자, 독식자 하더니 듣던 것보다 훨씬 대단하구나! 여섯 신성? 어찌 그따위 것들과 그대를 묶을 수 있을까! 그래. 이 정도는 되어야 내 길을 막았다고 할 자격이 되지. 암. 그렇고말고.』

대주교는 주먹을 가볍게 펴서 손날을 만든 다음, 상체를 앞으로 숙였다.

『어디, 이것도 막을 수 있나 한번 볼까?』

손날이 빠르게 허공을 가로질렀다. 그럴 때마다 공간이 단절되면서 연장선상에 있던 것들이 모조리 쓸려 나갔다.

퍼퍼펑―

연우는 검은 오러로 맞대응하면서 대주교의 손속을 막아 나갔다. 동체 시력으로 도저히 따라잡기 힘들 만큼 빠른 공격이었지만, 용마안과 초감각, 그리고 시차 괴리가 둘 사이의 차이를 어느 정도 메워 주었다.

그래도 우위는 대주교 쪽에 있었다. 허물을 삼키면서 이전보다 월등하게 강해졌다지만. 그래도 아직 72선술의 묘리와 제천류를 제대로 답습한 게 아니었기 때문에 한계가 있을 수밖에 없었다.

그렇게 팽팽한 접전이 벌어지는 사이.

팟!

연우 뒤쪽으로 그림자가 활짝 열리면서 권속들이 튀어나왔다.

샤논은 본 드래곤에 올라탄 채로 드높은 상공으로 올라가, 포이즌 브레스를 뿌려 댔다. 한령과 레베카는 각각 사각지대를 노리면서 대주교의 허점을 노렸다.

그리고 부는 손가락을 튕기면서 허공을 따라 갖가지 마법진을 그렸다. 활짝 열린 공허를 따라, 마법 폭격이 쏟아졌다.

연합을 쑥대밭으로 만들었던 그 전력.

콰콰콰콰—

『참 재미난 것을 부리는구나.』

하지만 대주교는 산보라도 나온 것처럼 여유로웠다.

다시 한번 더 발을 구르자 갑자기 지면이 높게 치솟으면서 가까이 접근하려던 본 드래곤의 행로를 가로막았다.

녀석이 균형을 잡기 위해 주춤하는 사이, 대주교는 기회를 놓치지 않고 손바닥을 활짝 펼치며 허공을 강하게 두들겼다.

쾅!

대기가 떠밀리는 듯한 모습과 함께 본 드래곤의 오른쪽 날갯죽지가 그대로 터졌다.

크어어—

거체가 균형을 잃고 바닥으로 추락하자, 샤논이 높이 뛰어 빈틈을 노리려 했다.

하지만.

『거긴가?』

대주교는 검지와 중지만 펴면서 허공에다 선을 슥 그었다. 그러자 공간을 따라 단층이 생겨나면서 샤논의 몸이 잘려 나갔다.

「말도 안……!」

그 말이 끝이었다. 샤논은 그림자가 되어 확 하고 흩어져 사라졌다.

『우선 하나.』

대주교는 만족스럽게 웃으면서 마침 목을 갈라 오던 비그리드를 오른손으로 튕겨 냈다.

챙!

그렇게 고정된 자세 그대로, 몸을 옆으로 돌리면서 왼손을 뒤쪽으로 뻗었다. 그러자 그의 측면을 노리던 두 개의 검이 마치 자석처럼 손바닥 안쪽으로 빨려 들어갔다. 레베카와 한령의 표정이 딱딱하게 굳었다.

『두 개 추가해서 셋.』

왼쪽 주먹을 꽉 쥐었다.

퍼걱—

명검이라 할 만한 검들이 부서졌다. 파편이 허공으로 튀는 가운데, 마기가 다시 한번 더 폭발하면서 레베카와 한령을 날려 버렸다.

익숙지 않은 몸이라면서 벌써 셋이나 되는 권속들을 제거한 것이다.

『그리고 마지막.』

대주교는 마지막 남은 부가 있는 쪽으로 손가락을 튕겼다.

탁!

〈공간 단절〉. 공간이 일그러지면서 허공에 맺혀 있던 인페르노 사이트가 사라졌다. 주변의 모든 공간을 그의 색으로 칠하면서 외부로부터의 개입을 일절 차단시킨 것이다.

『좋은 권속들을 두고 있는 것 같긴 하지만, 그래도 이렇게 압도적인 힘 앞에서는 부질없을 뿐이지.』

대주교는 여전히 오른쪽 손날과 힘겨루기를 하고 있는 연우를 돌아보면서 싱긋 미소를 지었다.

『안 그런가?』

콰!

결국 대주교가 다시 휘두른 주먹에 연우는 모든 스킬들이 부서지면서 저만치 밀려 나야만 했다.

쓸려 나간 자리로 긴 고랑이 남았다. 비그리드를 쥐고 있는 손바닥이 잔뜩 찢어져 피가 뚝뚝 떨어졌다.

커도 너무 압도적으로 큰 격의 차이.

아홉 왕이 얼마나 대단한 존재인지 절실히 체감할 수 있었다. 너무 커다란 성벽을 만난 듯한 기분이었다.

『전부 포기하게. 자네들로는 날 못 이겨. 그래도 내 한 가지 제안을 하지. 주교의 자리를 주마. 천마를 뫼셔라.』

대주교는 도일의 얼굴로, 사람 좋은 미소를 지으면서 뒷짐을 졌다.

『아니. 내가 천마의 또 다른 얼굴이 될 수 있도록 옆에서 돕는다면. 이 자리가 곧 너의 것이 될 테니. 죽은 교도들의 아쉽긴 하지만. 그대들로 그들의 빈자리를 채운다면, 이 역시 교단의 성세에 있어 큰 축복이 아니겠는가?』

대주교는 간간이 의식을 차리면서 지켜봤던 연우와 칸 등이 마음에 들었다. 진심으로, 뜻한 대로 일이 풀린다면 차기 대주교 자리를 그들에게 내어 줄 생각도 있었다.

물론, 그런 말에 혹할 연우가 아니었다.

「……저 미친놈이 대체 뭐라고 지껄여 대는 거야.」

「광신도들의 수장이니까. 그나저나 상대가 너무 강하니

다. 아홉 왕 중에서도 유일하게 성장을 하는 괴물이라더니. 그 말이 맞는 듯합니다.」

샤논과 한령이 어느새 연우의 뒤편으로 나타나 중얼거렸다. 언데드라는 체질 덕분에 죽진 않았지만, 그래도 존재가 소멸할 뻔했을 정도로 타격을 입어 영체가 많이 흐려져 있었다.

조용히 허공 위에 나타난 레베카도 별다른 말을 하지 않지만, 굳은 얼굴이었다.

'제천류를 수습할 수 있다면. 허물의 힘을 흡수한다면 따라잡을 수 있을까?'

연우는 자신과 대주교의 격차를 빠르게 체크했다. 대주교는 현재 익숙지 않은 도일의 몸으로 무리를 하고 있는 상태. 약점을 공략할 만한 방법이 있지 않을까 하는 생각이 들었다.

그리고 곧 결론이 나왔다.

'……있다.'

연우는 다시 대주교와 싸우기 위해 자세를 다잡으려 했다. 온몸이 아프다면서 아우성이었지만, 억지로 검을 들었다. 그러다 손에 힘이 실리지 않는다는 사실에 이를 악물어야만 했다.

'미지민 딩겅은 제천류를 남을 수기 없이. 그렇다면 권

능을 발동시키면? 담을 수 있을까?'

대답은 금방 나왔다.

아니.

그렇다면?

'다른 권능들도 전부 받아들여서 힘을 일시적으로 증폭시킨다면.'

이때의 대답은.

'담을 수 있다.'

그 순간, 연우의 생각을 읽은 신과 악마들이 일제히 메시지를 보내기 시작했다.

[타나토스가 기대 어린 눈빛으로 바라봅니다.]
[네르갈이 자신의 권능을 살펴볼 것을 권합니다.]
[오시리스가 기대합니다.]
[아레스가 기대합니다.]
[나타태자가 기대합니다.]
[비마질다라가 당신에게 한 가지 제안을 합니다.]
……

[아가레스가 천계의 광장에서 자신의 것에 눈독 들이지 말라며 고래고래 소리를 지릅니다.]

[모든 신의 사회가 무시합니다.]

[모든 악마의 사회가 무시합니다. 당신에게 어서
결단을 내릴 것을 권고합니다.]

여태껏 연우에게 권능을 제안했던 신과 악마들의 메시지
가 쉴 새 없이 떠올랐다.

[현재 가능한 권능 수: 925개]

좀 전보다 더 많이 오른 권능들이 눈에 아른거렸다. 지금
이 순간에도 하나둘씩 차오르는 목록들. 저것을 받아들인
다면? 어떻게든, 일시적으로나마 대주교를 상대할 수 있을
힘을 얻을 수 있다는 확신이 들었다.

그렇다면 지체할 시간이 없었다.

『하아…….』

연우는 숨을 크게 고르면서 육체의 감각을 깨우고서는.

『흡!』

크게 호흡하면서 비그리드를 세게 움켜쥐었다. 그리고
신의 인자를 한껏 개방했다. 벤티케에게 강신을 시도하던
포세이돈을 상대했을 때처럼. 자신과 연결되거나, 연결되
고지 희망하는 채널링을 모두 오픈했다.

그 순간, 900여 개체에 달하는 수없이 많고 거대한 존재들이, 기다렸다는 듯이 연우에게로 손길을 뻗쳤다.

[타나토스의 권능, '수확의 밤'을 획득했습니다.]
[네르갈의 권능, '호구별성(戸口別星)'을 획득했습니다.]
[비마질다라의 권능, '구비타라'를 획득했습니다.]
[나타태자의 권능, '만병의 왕'을 획득했습니다.]
......

[너무 많은 권능을 획득하고 있습니다. 육체가 버티지 못합니다. 예비 사도 계약을 중단할 것을 권고합니다.]
[경고! 너무 많은 권능을 획득하고 있습니다. 육체가 붕괴할 우려가 있습니다.]
[경고! 너무 많은 권능을......]

권능은 신과 악마의 신명(神名) 혹은 신위(神位)를 상징하는 힘. 그런 것들을 받아들인다면, 당연히 신력이 고스란히 담길 수밖에 없었다.

콰드득, 콰득—

몸속 곳곳에서 상성이 맞지 않는 신력들이 충돌했다. 더 많은 자리를 차지하고자 하는 욕심 많은 신력은 앙탈을 부렸다. 수많은 목소리가 귓가를 왱왱 울렸다.

하지만 그만큼 많은 양의 힘이 체내를 가득 채웠다. 버프 효과가 수도 없이 겹쳐지면서 비그리드가 미친 듯이 울어 댔다.

그 위에다.

연우는 용종으로서의 권능까지 활짝 열면서 어렴풋이 깨달은 제천류를 섞었다.

그리고 있는 힘껏 비그리드를 아래로 내리쳤다.

[3차 용체 각성]
[권능 전면 개방]

[불의 파도]
[제천류— 뇌벽세]

콰르르릉—

그 순간, 하늘에서부터 어마어마한 양의 신력들이 잔뜩 응축된 벼버락이, 대주교가 있는 장소로 떨어졌다.

오행 중 토(土)의 기질을 변화시켜 뇌(雷) 속성으로 풀어
낸 뇌벽세(雷劈勢).

그 힘은 대주교도 섣불리 감당하기 힘들 정도로 강렬했
다.

결국 뇌벽세는 대주교의 몸을 크게 가로지르면서, 그나
마 남아 있던 오행산의 허리를 완전히 깎아 무너뜨려 버렸
다.

『말도 안 되는……!』

우르르르—

대주교는 영력을 한껏 방출시켜 뇌벽세에 맞대응해 방향
을 겨우 옆으로 틀 수 있었지만, 그래도 전신이 화상으로
뒤덮이는 중상을 입어야만 했다.

『……이런 이단자 놈들이! 감히! 내게!』

대주교는 잔뜩 일그러진 얼굴로 마기를 잔뜩 끌어모았
다. 이래서는 겨우 마음에 들었던 육체가 망가질 우려가 컸
지만, 자신을 이딴 꼴로 만든 자를 죽이지 않고서는 도저히
참을 수가 없었다.

하지만.

『무슨……?』

이상하게 몸에 힘이 들어가질 않았다. 대주교가 영문을
몰라 커진 눈으로 연우를 노려보는데.

『미안하지만, 끝났어.』

연우는 모든 힘을 소진해 바닥에 주저앉아 있으면서도, 대주교에게 비웃음을 날렸다.

대주교는 반사적으로 뒷덜미를 매만졌다. 대체 언제 난 건지 아주 작지만, 깊숙한 상처가 있었다. 육체에 별다른 해는 끼치지 않을 상처.

문제는 상처의 부위였다.

송과선. 육체와 영혼을 연결시켜주는 고리가 끊어진 것이다.

『대체 언…… 제?』

대주교는 뒤를 돌아봤다.

그곳에는 칸이 숨을 헐떡이면서 이쪽을 노려보고 있었다. 오른쪽 손목에서 흘러내린 핏물이 바닥을 흥건하게 적시고 있었다.

〈혈탄(血彈)〉. 피를 잔뜩 뭉쳐 암기처럼 던지는 스킬. 대주교가 뇌벽세에 정신이 팔린 사이, 칸이 재빨리 손목의 동맥을 끊어 탄지를 날린 것이다.

애당초 이걸 노린 것이었나?

대주교는 하고 싶은 말이 많았지만, 더 이상 내뱉지 못하고 그대로 무너졌다. 육체를 겨우 붙들고 있는 선이 끊어졌으니, 영혼이 원래 있던 곳으로 튕겨 닌 것이다.

털썩—

그리고. 연우도 그 모습을 마지막까지 지켜본 뒤에야, 겨우 쓰러질 수 있었다.

파직, 파지직—

그의 몸을 따라, 신력이 잔뜩 섞인 노란 스파크가 쉴 새 없이 튀어 올랐다.

Stage 45.
퀴네에 제작

"······철사자단."

"너희들은 아군이냐, 아니면 적군?"

크로이츠와 환영기사단은 비룡 군단을 이끌고 20층 스테이지의 하늘을 가로지르던 중, 패잔병의 무리를 발견할 수 있었다.

하나같이 부상자들로 가득한 무리. 입고 있는 갑옷은 죄다 부서지고, 플레이어들도 자신들처럼 크게 다친 다른 동료들에게 서로 의지한 채로 겨우겨우 움직이고 있었다.

이미 고행의 산 전체에 걸쳐서 그런 이들을 숱하게 봤기 때문에 굳이 상내할 필요가 없다고 생각해서 그냥 지나치려고 했는데.

뒤늦게 그들의 머리 위로 힘없이 펄럭이는 깃발을 발견하고, 정체를 알 수 있었다.

최강의 용병 집단이라 불리던 철사자단이 엉망이 되어 있었던 것이다.

이들이 가진 전력은 환상기사단도 쉽게 상대하기 힘들다. 만약 저들의 수장인 철사자가 조직의 성질을 용병이 아닌 클랜으로 규정지었다면, 진즉에 신흥 거대 클랜으로 꼽혔을지도 모르는 곳이었다.

그런데도 이런 참혹한 꼴이라니.

꽤 많은 병력을 데리고 간 것을 감안한다면. 머릿수도 8할가량이 사라진 것 같았다. 전멸이나 다름없는 수준이었다.

철사자 아이반은 예리한 눈길로 크로이츠 등을 노려봤다. 여차하면 칼을 빼 들 기세였다.

크로이츠는 침음을 삼켰다. 아무리 다쳤어도 맹수는 맹수인 모양이었다. 아이반의 살기가 여전히 예사롭지 않았다.

'아니. 그만큼 다쳤으니 더 예민한 것인가.'

그렇다면 굳이 건드릴 필요는 없겠지.

크로이츠는 존경하는 선배이기도 한 아이반에게 공손하

게 대답했다.

"원래는 적으로 만날 것이었으나, 굳이 싸울 필요는 없을 것 같소."

아이반의 한쪽 입술 끝이 비틀렸다.

"환상연대가 독식자와 함께하려 한다는 소문은 듣긴 했지만. 사실이었나 보지?"

"굳이 우리들의 방향성을 말할 필요는 없다는 생각이 드오."

크로이츠의 대답은 꼿꼿했다. 언제나 바르다는 인상을 줄 만한 사람의 태도였다.

"그래. 그렇다면 나도 할 말이 없지. 단. 이건 알아 둬라."

그런 크로이츠를 보면서. 아이반은 날카로운 눈으로 으르렁거렸다.

"다음부터는 너희도, 나의 먹잇감이란 것."

화아악—

살벌한 투기가 퍼져 나갔다.

자신의 영역을 넘어온 자를 노려보는 맹수의 눈길.

하지만 크로이츠 역시 아이반만큼은 아니더라도 숱하게 전장을 누벼 온 용장. 이 정도 살기쯤은 아무렇지 않았다. 나만, 궁금한 선 있었나.

"그렇게 말하면 손발이 좀 오그라들진 않소?"

"……."

"여하간 철사자단의 입장은 알겠소. 그 말씀, 연대장께 그대로 전달해 드리도록 하겠소."

아이반이 뭔가 마음에 들지 않아 인상을 찡그리며 뭐라고 소리를 지르려는데.

콰르르릉—

갑자기 저 먼 산등성이 너머로, 수십 개의 우레가 한꺼번에 터진 것 같은 굉음이 들렸다. 하늘이 샛노랗게 물들고 있었다.

"무슨 일이 있나 보군. 이만 가 봐야 할 것 같소. 그럼."

크로이츠는 비룡의 고삐를 잡아당기면서 다시 비행을 시작했다. 환영기사단이 곧바로 뒤따랐다. 백여 개가 넘는 와이번이 편대를 형성하면서 나는 모습은 장관이었다.

아이반은 그쪽을 보며 이를 바득 갈다가, 다시 수하들을 독촉했다.

"우리도…… 빨리 본단으로 복귀하도록 한다."

*　　　*　　　*

크로이츠가 오행산에 도착했을 때 발견한 것은 이제 수

련의 명소로 불릴 수 있을까 싶을 정도로 망가진 산자락과.

거친 격전의 흔적, 그리고 강렬한 신력을 내뿜으면서 쓰러지고 있는 연우의 모습이었다.

『카인!』

『이보게! 정신 차려!』

빅토리아와 빙왕이 다급하게 연우에게 뛰어가고 있었다. 칸은 도일을 부축하면서 어떻게 해야 할지 순간 판단을 내리지 못해 방황했다.

크로이츠는 비룡을 착륙시키지도 않고, 곧장 아래로 훌쩍 뛰어내렸다.

『잘못 건드리면 위험하오. 잠시만 비켜 주시오.』

치유 마법을 발동시키려던 빅토리아는 갑작스러운 크로이츠의 난입에 얼굴을 굳혔다.

빙왕이 벌떡 자리에서 일어나 크로이츠의 앞을 가로막았다. 싸늘한 기운이 그를 따라 감돌았다. 갑작스레 병력을 이끌고 나타난 크로이츠를 경계한 것이다. 혹시 칸을 노리는 연합일지도 모르니.

『환영기사단, 아니, 환상연대가 여긴 무슨 일이지?』

『오해가 있는 것 같소만, 우린 연합이 아니오. 연대장과 독식자는 친우 사이오. 혹시 듣지 못하시었소?』

『환상연대장과 카인이?』

물론 들었을 리가 없었다. 연우는 자신의 이야기를 절대 남들에게 하지 않는 사람이었으니. 결국 빙왕이 더 의심스러운 눈길로 바라보자, 정작 답답해진 쪽은 크로이츠였다.

『자세한 건 이따 상세하게 설명드리겠소. 다만, 지금은 한시가 급하오. 독식자가 지금 앓고 있는 병, 신열(神熱)인 것 같은데 지금 잡지 못한다면 정말 위험해진단 말이오! 제발 비켜 주시오!』

크로이츠는 연우에게서 풍기는 열을 보고 인상을 굳혔다. 연우를 따라 튀는 스파크는 갈수록 심해져서 빅토리아도 접근하기 힘들 정도였다. 파생되는 열도 어마어마해서 몸이 붉게 달아올라 있었다.

빙왕도 사태가 위험하다는 것을 알기 때문에 더 강하게 막아서지 못하고, 빅토리아를 힐끗 쳐다봤다.

어떻게 하면 좋을까 하는 눈빛. 빅토리아는 고개를 가로저었다. 자신으로서는 힘들다는 뜻이었다.

결국 빙왕은 기운을 거둬들이면서 옆으로 물러섰다.

크로이츠는 단번에 연우에게 뛰어가 상세를 살피기 시작했다.

『이런. 벌써 마력 기관에까지 미쳤나……!』

9백여 개나 되는 권능을 한꺼번에 수용한 대가는 너무 컸다.

권능은 단순한 스킬이 아니다. 권능을 받아들인다는 것은 신의 의지를 몸에 심는다는 뜻이다.

그런 것을 한 개만 담아도 힘들 판국에, 수백 개를 담는다? 일개 필멸자가 할 행동이 절대 아니었다. 영혼이 짜부라지지 않은 게 신기할 정도였다.

만약 연우도 미후왕의 허물을 흡수하면서 잠재력을 크게 개화시키지 않았다면, 절대 시도조차 못 했을 테지.

그래서 여차여차 어떻게든 버티는 데 성공하긴 했지만.

그래도 후유증까지 완전히 가신 것은 아니었다.

신들이 스치고 지나간 자리에는 흔적이 남기 마련. 그런 흔적들이 뒤엉키다 보니 몸에 잔뜩 과부하가 걸린 것이다.

육체에서 발화된 신열이 어느새 내장 기관은 물론, 마력 기관에까지 다다르고 있었다.

빨리 열을 다스리지 못한다면 마력을 영구히 상실하거나, 아니면 그에 준하는 큰 부상을 입을 수 있었다.

크로이츠는 성검 줄피카르를 뽑아 바닥에다 꽂았다. 그리고 중앙에 박힌 보석에다 가볍게 입을 맞추고, 눈을 감으며 주문을 외기 시작했다. 보석이 연한 노란빛을 띠면서 호박석으로 변했다.

호박석의 상징은 건강. 연우의 몸 위로 성력이 내려앉으면서 뜨겁게 달이오르던 열이 천천히 가라앉았다.

빙왕과 빅토리아는 엄숙하다 못해 신비로워 보이는 광경을 놀란 눈으로 지켜봤다.

『무엇을…… 한 거지? 열이 가라앉고 있어.』

빙왕은 연우의 열을 가라앉히기 위해 자신의 기운을 써 보았었다. 옆의 빅토리아 역시 치유 마법을 걸어 보기도 했다.

하지만 그럴수록 연우의 열은 낫기는커녕 오히려 더 심해졌었다. 그런데 이렇게 신기한 힘으로 낫고 있으니 놀라웠다.

『성력(聖力)인 듯해요.』

빅토리아가 그것을 가만히 살피면서 대신 대답했다.

『성력?』

『예. 풀이하자면 '성스러운 힘', 뭐, 그런 뜻인데. 자강과 활력에 큰 보탬이 되도록 해요. 마기와는 상반되고요.』

『신력과 비슷한 건가?』

『비슷하지만 개념이 조금 달라요. 신력은 신들에게서 허락받아 내려받는 힘이고, 성력은 발산하는 힘이니까요. 마기와 요력이 비슷한 것 같으면서도, 다른 것과 같아요.』

빙왕이 쓰게 웃었다.

『더 모르겠군.』

천생 무도가인 그가 상세하게 알고 있는 힘은 사실 마력

밖엔 없었다. 속성을 부여하고, 무도를 발전시키는 보조적인 힘.

『힘의 세세한 구분은 사실 저 같은 마법사나 연금술사들이 주로 다루는 분야이니까요. 다만, 성력을 품고 있는 물건은 좀처럼 보기 드문데…… 신기하네요.』

빅토리아는 아나스타샤의 만병천고에 박혀 있는 귀물과 요병을 떠올렸다. 요력을 품고 있어 언제든 요괴로 변할 수 있는 것들.

하지만 크로이츠가 쥐고 있는 성검 줄피카르는 그것들과 전혀 반대된 속성과 특징을 지니고 있었다. 아나스타샤가 저 성검을 보게 된다면 어떤 표정을 지을까?

『일단 급한 불은 껐소.』

그때, 크로이츠가 연우에게서 천천히 손을 떼면서 빙왕과 빅토리아가 있는 쪽을 돌아봤다.

『하지만 신열이 완전히 가라앉은 것이 아니오. 요양을 하면서 휴식을 취할 곳이 필요한데. 혹시 상위 치유사를 알고 있소?』

빅토리아는 가장 먼저 연우의 권속인 부를 떠올렸다. 소유주가 아니고서도 아다만틴 노바를 사용해서 치료를 하던 그라면 가능하지 않을까? 하지만 아까 전부터 계속 모습을 비추지 않고 있었다. 대주교에게 당한 상처가 깊던 것일까.

그러다 다른 사람에 생각이 미쳤다. 아나스타샤. 천 년을 묵으면서 갖가지 주술에 능통한 스승이라면 뭔가 해 줄 수 있지 않을까?

그때, 칸도 도일의 임시 치료가 끝났다는 의사를 밝혀 왔다. 누가 보면 도일은 편하게 숙면을 취하고 있는 것처럼 보였다.

『절 따라오세요.』

빅토리아가 앞장서기 시작했다.

*   *   *

"……아무래도 올해 점을 쳐 보면 '제자 때문에 골칫거리가 가득하다'는 말이 꼭 나올 것 같단 말이지."

아나스타샤는 잔뜩 미간을 찌푸린 채 곰방대를 깊숙하게 빨아들였다.

간만에 스트레스도 풀 겸해서 미동들과 좋은 시간을 보내고 있던 중에 다짜고짜 난입한 제자는, 이제 꼴도 보기 싫은 놈과 별 이상한 놈팽이를 치료해 달라고 강짜를 부려 대고 있었다.

마음 같아서는 다 꺼지라고 소리라도 지르고 싶었지만.

"스승님."

무릎까지 꿇고 고개를 숙이는 제자를 보니 또 그렇게 버럭 소리를 지를 수도 없었다. 아무리 한심해 보여도, 그래도 정을 준 제자였으니까.

"제자 부탁, 들어줘."

"넌 또 무슨 자격으로 지……!"

"대가는 내가 지불할 테니."

여태 가만히 상황을 지켜보던 프레지아가 말했다. 그녀는 여전히 아나스타샤의 주변을 맴돌면서 바이 더 테이블로 돌아가지 않고 있었다.

아나스타샤는 눈을 가늘게 좁혔다.

"그 말이 무슨 뜻인지 알고 있으렷다?"

"신의는 장사꾼의 생명이지."

"흥! 한 번 그걸 꺾었던 것 같지만. 아무래도 좋겠지."

아나스타샤는 가볍게 코웃음을 치면서 빅토리아에게 손을 뻗었다.

"내놔."

"예."

빅토리아는 순순히 아다만틴 노바를 건넸다.

아나스타샤는 여전히 아다만틴 노바에 박혀 있는 귀속 계약을 보고 인상을 찡그렸다. 원래대로라면 이것을 해제하는 데 한참 세월이 걸리겠지만.

슥—

손바닥으로 겉면을 살짝 어루만지자, 한 겹이 깎이면서 귀속 계약도 저절로 사라졌다. 강제로 뜯어낸 것이다.

우우웅!

아나스타샤의 요력을 받은 아다만틴 노바가 시퍼런 빛을 토해 냈다. 빅토리아가 다뤘을 때와는 비교도 할 수 없는 광채가 일어나면서 빠르게 회전을 시작했다.

화아아—

바닥에 나란히 누운 연우와 도일의 머리 위로 새하얀 광채가 내려앉았다.

아나스타샤는 곰방대를 입에 물면서 가만히 경과를 지켜봤다. 뻐끔뻐끔, 하얀 연기가 방을 가득 채웠다.

칸은 프레지아에게 고개를 숙였다.

"감사합……."

"고맙다는 인사는 넣어 두세요. 칸과 마찬가지로, 카인도 저에게는 중요한 후원 대상이니까요. 그가 잘못된다면 저희로서도 손해가 막심할 뿐입니다. 그리고 폭시 테일은 저희도 늘 주시하고 있었으니, 투자를 한다고 생각하면 되고요."

아나스타샤가 옆에서 가볍게 코웃음을 쳤다.

"흥. 재주는 내가 부리는데, 수금은 네년이 하는구나."

"그러니 평소의 인망이 중요한 거야."

프레지아는 아나스타샤에게 일침을 날리고, 다시 칸을 돌아보면서 쓰게 웃었다.

"그리고 사실 저희가 잘못한 부분도 있고 말이죠."

"……?"

칸이 무슨 말인지 모르겠다는 표정으로 바라봤지만, 프레지아는 아무런 대답도 하지 않았다. 그저 입가에 엷은 미소만 띨 뿐.

그때.

"으으음."

도일이 몸을 조금씩 뒤척이기 시작했다.

칸이 재빨리 도일에게 다가갔다.

뒤따라 아나스타샤의 설명이 따라붙었다.

"무슨 일이 있었는지 몰라도, 아주 오랫동안 영혼이 가사 상태에 빠져 있어 많이 약해진 상태다. 일단 회복과 더불어 보신하는 방향으로 치료법을 찾을 것이니 그렇게 알고 있어라."

"눈을 뜨는 데 얼마나 걸릴까요?"

"흥. 그걸 알면 내가 대라신선질이나 하고 있지, 이런 궁벽한 곳에서 오입질이나 하고 있을까?"

"　　　"

"스승님!"

빅토리아가 얼굴을 붉히며 소리를 질렀다. 결국 아나스타샤는 짜증 섞인 어투로 대답해야 했다.

"길어야 닷새. 짧으면 이틀."

그러고는 더 이상 있기 지루한지 방을 훌쩍 나섰다.

칸은 아나스타샤에게도 감사하다는 인사를 하고, 혈색이 돌아 살짝 붉어진 도일의 손을 꽉 잡았다. 힘을 내라는 듯이. 어떻게든 이겨 내라는 듯이.

빅토리아도 말했었다. 도일이 살아 있는 건 기적이나 다름없다고. 대주교의 거대한 영혼이 자리 잡고 있는 동안에 영혼이 짜부라지거나, 육체에서 튕겨 나지 않았던 게 신기할 정도라고.

하지만 칸은 그게 도일의 노림수였다는 것을 깨달을 수 있었다.

폭시 테일. 여우의 꼬리라는 별칭이 있는 만큼, 도일은 어렸을 때부터 아주 똑똑한 아이였다. 아마 대주교의 그릇으로 점지되었을 때부터 진즉에 준비를 하고 있었는지도 몰랐다. 미래를 기약하며. 언젠가는 누군가가 자신을 구해 줄 것이라 믿었겠지.

그만큼 형을 믿었단 뜻이 아닐까?

'이겨라. 어떻게든.'

이제 칸이 도일에게 해 줄 수 있는 말은 그것밖에 없었다.

그리고 옆에 나란히 누운 연우를 바라봤다. 여전히 열이 조금씩 감돌고 있는 그를 보는 내내, 칸의 눈동자는 크게 요동치고 있었다.

"너도 어서 일어나. 그래야, 네 종이 되든 말이 되든 할 거 아냐."

내가 동생을 찾은 것처럼, 너도 어서 동생을 찾으러 가야지.

그렇게 말하고 싶었다.

*　　　*　　　*

어둠이 어스름하게 깔린 밤.

"궁상맞게 여기서 뭘 하고 있나?"

녹턴은 트와이스와 함께 모닥불을 쬐고 있던 중, 갑자기 뒤쪽에서 들린 목소리에 고개를 돌렸다.

"형님, 오시었수? 안 그래도 마침 술도 따끈하게 데웠던 차였는데. 하하! 딱 맞게 오시었소."

트와이스가 기분 좋게 웃으면서 자리에서 벌떡 일어나 포옹하기 위해 양팔을 뻗었다. 한 손에는 술병이 들려 있었다.

빙왕은 그런 트와이스와 술병을 번갈아 보더니, 혀를 차면서 포옹 대신에 트와이스의 이마를 검지로 밀었다.

"그 징그러운 얼굴부터 치우려무나. 목소리를 일부러 그렇게 쥐어짜면 정말 목소리가 바뀐다고 몇 번이나 말하지 않았더냐?"

"칫. 꼰대 같은 소리 하시기는."

트와이스는 탐탁지 않다는 듯 입술을 삐죽 내밀었다. 근엄한 중년인의 인상으로 도저히 어울리지 않은 모습이었지만.

콰드득, 콰득—

곧 얼굴과 골격이 이리저리 틀어지더니 키와 덩치가 왜소하게 변했다. 짙은 주름살이 있던 얼굴도 어느새 잡티 하나 없는 매끈한 피부를 가진 젊은 여성의 것으로 변해 있었다.

많이 잡아 봐야 이십 대 중반이나 넘겼을까? 조금 앳된 인상도 섞인 얼굴이었다. 중년인의 얼굴에서는 어울리지 않던 인상이, 지금은 귀엽게만 보였다.

차가운 살귀(殺鬼)로 유명한 S급 용병 트와이스가, 사실 이렇게 말 많은 여자라는 것을 아는 사람이 과연 몇이나 될까?

"하여간 재미없어."

"재미없는 건 나다만. 대체 왜 그 어울리지 않은 징그러운 아저씨 얼굴을 하고 다니는 것이냐?"

"음! 나 같은 미소녀가 혼자서 돌아다니면 위험하니까?"

빙왕은 뻔뻔하게 대답하는 트와이스를 보면서 고개를 절레절레 흔들었다. 그래도 입가에서는 미소가 떠나질 않았다. 잔재주가 많고, 살가운 성격인 트와이스는 이따금 손녀처럼 느껴졌다.

"오셨습니까?"

적당히 빈자리에 앉으니, 녹턴이 고개를 숙였다.

빙왕도 고개를 끄덕이려는데, 트와이스가 바로 옆에 찰싹 달라붙어서 종알대기 시작했다.

"할아버지, 할아버지."

"또 왜 그러느냐?"

"녹턴 아저씨 좀 혼내 주세요."

역시나 익숙한 광경.

빙왕은 너털웃음을 흘렸다.

"또 너 버리고 가던?"

"그렇다니까요. 글쎄."

전투가 벌어지면서 자신만 버리고 쏙 가 버렸다나 뭐라나. 그 때문에 이상한 아저씨들과 같이 돌아다니고, 덕분에 뜻하지 않게 도와주느라 고생만 죽어라 했다는 내봉이었다.

발푸르기스 밤의 공방전이 끝난 후. 아트란의 고용 용병들은 모두 뿔뿔이 흩어졌지만, 그들 세 사람은 이상하게 같이 뭉쳐 다니기 시작했다.

셋 다 어딘가에 소속되지 않은 개인 용병 신분인 데다가, 딱히 일거리도 없어서 굳이 떨어질 필요가 없어서였다.

게다가 의외로 성격도 잘 맞았다.

빙왕은 타인을 잘 배려해 줄 줄 아는 연장자였고, 녹턴은 말이 없어도 자기 할 일은 묵묵히 알아서 잘 처리하는 성격이었다. 트와이스가 조금 성격이 가볍긴 했지만, 타인에게 피해를 주거나 하지는 않았다.

그렇다 보니 서로가 서로에게 크게 간섭하는 바 없이, 잘 어울릴 수 있었던 것이다.

특히 여행을 좋아하고, 맛있는 것을 좋아하는 미식가라는 공통점이 있어서 더더욱 유대감이 잘 형성되었다.

여태 자신의 정체를 잘 노출하지 않던 트와이스가 거리낌 없이 본 모습을 드러낸 게 그 증거였다.

그렇게 이뤄진 팀은 탑의 여러 곳을 전전하다가, 빙왕의 사정 때문에 20층에 흘러온 것이었는데.

어쩌다 보니 빙왕은 연우와 함께하게 되고, 녹턴은 강자와 겨뤄 보겠답시고 훌쩍 솔로 플레이를 떠나 버렸으니.

트와이스가 억울하다면서 징징대는 것도 무리는 아니었다.

빙왕은 자신도 저지른 죄가 있으니 별다른 말을 하지 않고, 고생 많았다면서 잘 달랬다.

"칫."

그래도 영 마음에 들지 않았는지, 트와이스는 살짝 토라져 이내 입을 꾹 다물어 버렸다.

빙왕은 왜 그런지 알 것 같아 자기도 모르게 웃음이 나왔다.

트와이스는 종알종알 떠드는 내내 녹턴이 어떤 반응을 보이길 기대하면서 힐끔힐끔 그를 훔쳐봤다. 하지만 녹턴은 끝까지 무반응이었다. 그러니 짜증이 날 수밖에.

눈치 없는 남자만큼 속 썩이는 것도 없지. 빙왕은 그렇게 중얼거리면서 너털웃음을 흘렸다.

하지만 그러거나 말거나.

녹턴은 두 사람의 대화가 끝나기를 기다렸다가, 빙왕을 보면서 말했다.

"어르신."

"아직도 답을 찾지 못했나?"

녹턴은 무겁게 고개를 끄덕였다.

"흠. 그것참. 어렵구만."

녹턴은 스승이었던 무왕에게 파문 선언을 듣고 마을을 나온 이후로, 지금까지 늘 마음속에 공허를 안고 지내 왔다.

'자극'이 될 만한 것들을 찾아 나서는 이유도 바로 그 때문이었다.

맛있는 음식을 즐기는 것도, 관광 명소를 찾아다니는 것도. 그리고 강자를 찾아 일부러 격한 싸움을 벌이는 것도.

뭔가 말초 신경을 자극하는 것이 있다면 텅 빈 마음을 잠깐이나마 채워 주지 않을까 하고.

그리고 녹턴은 단 한 번도 어떤 것으로도 충족감을 느껴 본 적이 없었다.

"그러고 보니 자네 고아였다고 했었지?"

"예. 정확하게는 기억이 없는 것이지만요."

녹턴은 열 살 이전의 기억이 없었다. 정신을 차리고 보니 외뿔부족 마을 앞에 있었고, 우연히 자신을 발견한 무왕의 호기심에 거둬져 제자가 되었다.

"그럼 혹 과거를 찾아보는 건 어떻겠나? 자네가 어디서 태어나고, 어떻게 자랐는지를 안다면. 그리고 자네가 누군지를 안다면 뭔가 나아지지 않을까? 결여된 기억이, 자네의 마음을 자꾸만 좀먹어 가는 것인지도 모르잖나."

"그런 생각을 안 해 본 건 아닙니다만……."

"찾을 수 없었나 보군."

"그런 세상이니까요."

"하긴. 그도 그렇지."

빙왕, 자신도 고아 출신이었으니. 탑의 세계에선 그런 과거를 가진 자들이 아주 많았다.

"대신에 어르신의 이야기를 해 주십시오."

"내 이야기? 아, 자네 사제를 이야기해 달라는 거지?"

녹턴은 고개를 끄덕였다.

옛 스승에게 새로운 제자가 생겼다는 말은 들었었다. 그리고 스치듯이 보기도 했었고. 그때 느낀 감정은 '저놈은 사형이나 나와는 다르다' 였다.

사형인 검무신은 욕심이 많아 쫓겨났고, 자신은 갈피를 잡지 못해 버려졌다. 그렇다면 새로운 제자는? 불타고 있었다. 스스로를 불구덩이에 집어넣어, 혼자서 활활 타오르고 있었다.

그건 자멸이었을까. 아니면 빛나고 있는 것이었을까. 그도 아니면 둘 다였을까.

여하튼 녹턴이 새로운 사제에게 받았던 인상은 아주 강했고, 떨어져서도 이따금 그의 소식을 일부러 알아봤다.

여섯 신성이 된 이야기. 트리톤과 전쟁을 치른 이야기 등등.

그리고 때마침 빙왕이 사제와 함께하기도 했으니, 궁금했던 것이다. 어떤 사람인지. 어떤 사고를 하고, 어떤 방식으로 사는지.

자신이 갖고 있지 못한 것을 갖고 있는 사람이었기에. 혹시 도움이 될까 싶었다.

"카인. 참 재미난 친구긴 하지."

빙왕은 연우를 떠올리면서 피식 웃었다. 아주 잠깐 함께했지만, 제 스승만큼이나 강한 인상을 준 사람이었다. 여차하면 계속 같이 다녀 보고 싶다는 마음이 들 정도로.

비록 깨어난 모습은 보지 못하고 나서야만 했지만. 곧 얼마 안 있어 금방 자리를 털고 일어날 것이라 믿고 있었다.

빙왕은 어느새 녹턴처럼 눈을 빛내고 있는 트와이스를 보고 가볍게 웃음을 터뜨리면서.

천천히 이야기보따리를 풀기 시작했다.

*   *   *

[네르갈이 자신을 모시라고 조언합니다. 죽음은 자신만이 제대로 다룰 수 있다며 충고합니다.]
[오시리스가 손을 내밉니다.]
[아레스가 자신의 종이 될 것을 강권합니다.]
[아몬이 당신을 보며 군침을 삼킵니다.]
[비마질다라가 속삭입니다.]

[케르눈노스가 침묵합니다.]

……

[이름을 모르는 타계(他界)의 신이 당신을 탐합니다.]

쉴 새 없이 쏟아지는 메시지의 홍수 속에서.
연우는 도저히 정신을 차릴 수가 없었다.

[아가레스에게서 메시지가 도착했습니다.]
[메시지: 어느 유혹에도 넘어가지 마라. 넌. 너는 나의 것이다.]
[아가레스에게서 메시지가 도착했습니다.]
[메시지: 나, 동부의 대공! 아가레스의 권속이 될 운명이란 말이다! 대답해!]

어떻게 크기를 짐작할 수도 없을 만큼 커다란 것들이 귓가에 작게 속삭이고 있었다.
날 받아들이라고. 나의 종이 되라고. 또 어떤 것은 크게 외치며 윽박지르기도 하고, 강제로 손을 뻗어 그를 끌어오려는 것도 있었다.

너무 많은 목소리가 동시에 울렸기에. 그리고 저마다 하고 싶은 말만 시끄럽게 떠들어 대는 통에 벌 떼 사이에 들어가 있는 것처럼 이명까지 들릴 정도였다.

도저히 알아들을 수 있는 게 없었다.

활짝 열린 채널링을 통해 들어온 신과 악마들의 간섭은 그만큼 감당하기가 힘들었다.

냉혈 특성이 아니었다면, 그나마 남아 있는 정신마저 붕괴되지 않았을까. 하지만 그마저도 태양 앞에 놓인 반딧불처럼 너무 작아서 언제 바스러질지 몰랐다.

연우의 육체를 태우고 있는 신열도 그 때문에 생긴 것이었다. 수많은 신들이 오고 가면서 남긴 상처들이 누적되어 육체를 좀먹어 가는 중이었다. 아니, 정신을 흩어 놓고 있었다.

『고작 이것밖에 안 되면서 헤븐윙의 형이라고 했던 것이냐? 그리고 날 삼켰나? 하! 우습구나. 이따위로 할 것이라면 그냥 죽는 게 낫겠어.』

그때, 이명 사이로 비집고 들어오는 목소리.

익숙한 목소리였다.

그런데 누구의 것인지 쉽게 떠오르지 않았다.

누구지?

설마…… 여름여왕?

『얌마. 어서 일어나. 게을러 빠져서는. 안 일어나? 난 노는 게 좋지만 넌 그럼 안 되지? 약속 지켜야지?』

그다음 이어지는 목소리는 분명 미후왕 허물의 목소리였다.

하지만 이 두 사람이 어떻게?

분명 세상에서 사라지고, 자신이 흡수한 존재들이었다. 절대 말을 걸 수가 없었다.

그냥 단순한 환청인 걸까?

그것도 아니면······.

[이름 없는 누군가가 중구난방으로 떠드는 신들의 목소리를 차단하기 시작합니다.]

[다수의 신들이 항의합니다.]

[이름 모를 누군가가 코웃음을 칩니다.]

[이름 없는 다른 누군가가 자신을 노려보는 악마들에게 중지를 날립니다.]

[다수의 악마들이 협박합니다.]

[이름 모를 다른 누군가가 꼬우면 덤비라고 도발합니다.]

[대다수의 채널링이 강제 종료되었습니다.]

[현재 연결된 채널링 수: 4개]

1. 헤르메스(신, 올림포스)

2. 아테나(신, 올림포스)

3. 아가레스(악마, 르 인페르날)

4. 혼돈(악마, 절교)

[비마질다라가 재연결되었습니다. (악마, 무소속)]

[케르눈노스가 재연결되었습니다. (신, 무소속)]

[현재 연결된 채널링은 총 6개입니다.]

연우는 찢어질 것 같던 두통이 찬물을 끼얹은 것처럼 한순간에 착 가라앉는 것을 느낄 수 있었다.

제멋대로 요동치던 신의 인자들이 얌전해지면서 신열도 천천히 사라졌다.

그리고 점차 정신도 또렷해졌다.

'누구지?'

연우는 누군가가 도와줬다는 것을 알 수 있었다. 메시지의 내용만 봐서는 두 명인 것 같은데. 부산스럽던 채널링을 강제로 끊을 수 있을 만한 사람이 누가 있는 거지?

순간, 어렴풋하게 들었던 목소리의 주인공들이 떠올랐지만. 절대 있을 수 없는 일이기에 궁금증이 더 커질 수밖에 없었다.

'당장 추가로 연결된 건…… 비마질다라와 케르눈노스밖에 없나?'

비마질다라는 절교에서도 세 손가락 안에 꼽히는 마왕이었다. 오로지 인생을 투쟁으로만 점철한다는 종족, 아수라의 왕 중 왕(王中王).

데바에서 가장 유명한 번개의 신, 인드라와도 전쟁을 치렀다는 신화를 품고 있기도 했다.

최근 들어 그에게 부쩍 관심을 드러내기 시작하더니, 채널링이 강제 종료된 상태에서도 다시 재연결을 하면서까지 모습을 비췄다.

다만, 이상한 부분이 있다면. 예전에는 소속이 '절교'라고 명확하게 표시되어 있었으면서, 지금은 무소속으로 분류되었다는 점이었다.

기존 사회에서 격리될 경우, 적들에게 손쉬운 먹잇감으로 전락하고 말 텐데. 갑자기 왜 나온 것일까?

그리고 그건 케르눈노스도 마찬가지였다.

그동안 레베카를 피살린 것에 대해 깊은 인념을 품고

있던 그는 한동안 모습을 비치지 않고 있다가, 다시 모습을 드러냈다. 그것도 직접적인 연결을 하면서까지. 레베카가 최근 들어 말이 부쩍 없어진 것과 어떤 관련이 있는 걸까.

연우는 그런 생각과 함께.

화아악!

천천히 눈을 뜨기 시작했다.

자신의 바로 앞에는 한쪽 무릎을 세운 불량한 자세로 곰방대를 뻐끔뻐끔 피워 대고 있는 아나스타샤가 있었다.

고요하게.

등 뒤로, 아홉 개의 여우불을 잔뜩 피우면서.

"쉿. 모두 자고 있으니 떠들진 말고."

연우는 인사를 하려다가 뒤늦게 해가 진 밤이란 사실을 깨닫고 입을 다물었다.

"그나저나."

아나스타샤가 두 눈을 가늘게 좁혔다.

"너, 대체 정체가 뭐냐?"

연우가 무슨 말이냐고 묻고 싶었지만, 그보다 먼저 아나스타샤의 날카로운 질문이 날아왔다.

"어떻게 그토록 많은 신과 악마들이 함께할 수 있는 거지? 그것도 이 세상에는 절대 접근할 수 없는 타계의 신까지?"

신과 악마는 대체 뭘까.

그들은 왜 모든 것을 '초월'했다고 하면서 98층에 억류되어 있는 걸까.

수많은 사람들이 의문을 가졌고, 해답을 찾고자 했지만. 언제나 정답을 찾을 수 없는 난제였다.

하지만 분명한 건 98층에는 우리가 인식할 수 있거나, 하계로 메시지를 보낼 수 있는 이들보다 훨씬 많은 신과 악마들이 여러 무리를 이루면서 살아간다는 점이고.

탑 속에 있는 존재들 외에도, 우리가 타계 혹은 이계(異界)라고 부르는 다른 세상에 머무는 신들이 이따금 이곳의 문을 두들긴다는 점이었다.

98층에 억류되어 있는 신과 악마에 대한 비밀은 풀린 게 전혀 없었다.

겨우 알아낸 건, 77층에서 천계와 하계를 단절시키고 있는 올포원이 어떤 비밀을 가지고 있다는 것뿐.

상황이 이렇다 보니, 탑에 들어서지 못한 타계의 신에 대한 정보는 더 알려진 바가 없었다.

'아니. 하나가 더 있긴 하지.'

연우는 희미했던 연결 고리가 다시 또렷해지고 있는 부가 떠올랐다.

파우스트.

메피스토펠레스라는 악마를 통해, 타계의 신이 준 정보를 바탕으로 에메랄드 타블렛을 제작하여 현자의 돌을 만들고자 했던 대마도사.

타계의 신과 처음으로 접촉을 한 플레이어란 뜻이었다.

다만, 부는 현재 자신이 누군지 자각은 하고 있었지만, 아직 대부분의 기억이 돌아오지 않은 상태. 그래서 타계의 신과 어떻게 거래를 했는지도 전혀 모르고 있었다. 다만, 기억이 빠른 속도로 복원되는 중이니 머지않아 떠올릴 수 있지 않을까 기대할 뿐.

그런데 타계의 신이 접근을 했다?

'메시지 중에 분명히 그런 내용이 있긴 했었다. 어렴풋하지만 이질적인 것도 느껴졌었고.'

그럼 타계의 신은 부를 통해서 자신에게 접근을 한 것일까? 그렇다면 왜?

아나스타샤는 도저히 알 수 없다는 눈빛으로 연우를 노려보고 있었다. 여우불이 흉흉하게 떠다녔다.

그런 모습을 보면서.

연우는 솔직하게 이야기할 수밖에 없었다.

"모르겠습니다."

*　　　*　　　*

연우가 눈을 떴다는 소식은 금세 일행들에게 전해졌다.

"야! 일어났다며?"

"몸은 괜찮아?"

칸과 빅토리아가 자다 말고 다급하게 문을 열고 나타났
다. 뒤이어 크로이츠가 조용히 따라왔다.

"고맙다. 정말로. 그리고 미안했다."

칸은 연우와 마주한 상황에서 바닥에 무릎을 꿇고 사과
했다. 빅토리아가 놀라서 그를 부축하려 했지만, 칸은 고개
를 저으면서 굽힌 무릎을 펴지 않았다.

"네가 아니었으면 우린 지금쯤……."

"도일은?"

"어? 도일도 방금 전에 일어났어. 의식도 있고, 우리도
알아봐."

"그럼 됐다. 일어나."

"하지만……."

"그럼 계속 그렇게 있든가. 빅토리아, 빙왕 어르신은 가셨습니까?"

연우는 뚱한 말투로 말하고 빅토리아 쪽으로 고개를 돌렸다. 졸지에 연우에게 이런저런 감사와 사과의 인사를 하려던 칸은 꿰다 놓은 보릿자루처럼 엉거주춤하게 있어야만 했다.

빅토리아도 살짝 당황해하다가, 연우의 노림수를 깨닫고 가볍게 웃으면서 대답했다.

"어. 먼저 가셨어. 여기서 이제 당신이 하실 일은 없으시다고. 대신에 일어나면 몸 정양 잘하라고 전해 달라 하셨어."

연우는 가만히 고개를 끄덕였다. 사실 빙왕은 억지로 끌려다닌 경향이 컸으니. 하지만 마지막까지 최선을 다해 자신을 도와준 고마운 사람이었다. 마음 같아서는 곧 꾸릴 자신의 클랜으로 초빙을 하고 싶을 정도였다.

'인연이 된다면 또다시 만나겠지.'

탑의 세계는 아주 넓은 것 같으면서도 동시에 아주 좁으니까 말이다.

그때, 칸은 여전히 화제가 자신에게로 오지 않자, 이리저리 눈치를 살피면서 엉거주춤 자리에서 일어났다.

"험험!"

뻘쭘했던지 괜히 헛기침을 하는 동안 얼굴이 붉어져 있

었다.

"그런데 카인."

"왜?"

"어쩌다 보니 네 사정을 들었는데."

"……?"

"이번에는 내가 돕고 싶어서. 뭐 시킬 거 없냐?"

칸은 깊게 가라앉은 얼굴로 연우를 바라봤다.

연우는 순간 칸의 어깨 위에 올라타 있는 니케를 바라봤다. 니케는 눈에 띄게 움찔거리더니 고개를 슬쩍 옆으로 돌리면서 새삼 어색하게 휘파람을 불었다. 쭈뼛 선 깃털에 식은땀이 송골송골 맺혔다.

딱 봐도 어디서 정보가 샜는지, 무슨 말을 했을지 불에 보듯 뻔하게 그려졌다.

연우는 다시 칸을 보면서 고개를 끄덕였다.

"그렇게 재촉할 필요 없다. 어차피 하기 싫다고 해도 실컷 부려 먹을 생각이었으니까."

"……응?"

칸은 벙찐 표정이 되고 말았다. 보통 이럴 때는 친구 사이에 서로 돕는 건 당연한 게 아니냐면서 어깨를 두들겨 주고, 의기투합하고, 우정을 재확인하면서 서로 술 한잔을 기울이고…… 뭐, 그런 감동석인 레퍼토리로 가야 하는 설도 알고 있었는데.

어째 연우와 이야기를 나눌수록 계속 뭔가 말리는 기분이었다.

그러다 칸은 문득 연우가 일부러 이러는 게 아닐까 히는 생각이 들었다. 괜히 무안해질까 봐 저러는 것이다.

"역시 그런 거였구만."

으흐흐. 칸은 실실 웃으면서 연우에게 다가갔다.

"……오지 마라."

"부끄러워하긴."

"그런 거 아니다."

"천하의 독식자가 이럴 때도 다 있네? 크."

"그런 거 아니래도!"

"이 형한테 사실대로 말해 봐 봐. 너 지금 얼굴 빨갛지? 그 가면 좀 벗어 봐."

"저리 가!"

익살맞게 웃으면서 다가오는 칸과 슬쩍 엉덩이를 뒤로 빼는 연우. 칸이 와락 달려드는 것을 시작으로, 방 안은 둘의 몸싸움으로 금세 소란스러워졌다.

빅토리아는 그 모습을 보면서 고개를 절레절레 저었다.

"하여간 남자들이란……."

나이를 먹어도 애라더니. 딱 그 꼴이었다.

그래도 그녀의 입가엔 잔잔한 미소가 번졌다.

언젠가 보고 싶었던 평화로운 광경이었다.

*   *   *

결국 연우와 칸의 몸싸움(?)은 연우가 이기는 것으로 끝났다.

"……개새끼. 진짜 그렇다고 주먹을 쓰냐?"

칸은 시퍼렇게 멍든 눈덩이를 달걀로 문대면서 중얼거렸다. 제 딴에는 막아 본다고 막은 건데, 이미 하이 랭커 급에 다다른 연우의 주먹질을 당해 낼 재간이 없었다.

연우는 말없이 비뚤어진 가면을 고쳐 썼다. 이 가면은 그의 트레이드 마크였다.

칸은 그런 모습을 보면서 생각했다. 저 가면 안쪽의 얼굴은 대체 어떨까? 가면을 쓰는 건 평소 연우가 둘러대는 변명처럼 얼굴이 추해서 그런 걸까, 아니면 다른 사연이 있는 걸까? 어쩌면 잃어버린 동생을 되찾겠다는 사연과 관련이 있을지도 몰랐다.

사실 연우가 한창 신열을 치료받고 있을 때, 가면을 벗기려 하는 아나스타샤와 빅토리아의 손길을 제지한 사람이 칸이었다.

분명히 가면을 벗지 않는 데는 어떤 이유가 있을 테니, 본인이 허락하지 않는다면 놔두는 게 맞다고 생각했기 때문이었다.

그리고 연우는 그런 사정을 니케로부터 듣고, 칸에게 고마운 마음을 가졌다.

겉으로는 경망스럽게 보여도, 속이 깊은 녀석이었다. 늘 생각했던 것처럼 함께해도 괜찮을 녀석이었다.

'다만, 판트나 에도라에게 자격지심을 갖고 있던 게 조금 걸리는데…… 시간이 그만큼 지났으니 그때의 감정도 사라졌으려나?'

튜토리얼 때 칸과 도일이 가장 경계하던 사람들이 바로 판트와 에도라였으니. 그들을 한자리에 모아 놓는다면 어떤 그림이 그려질지 조금 궁금하기도 했다.

'칸도 그만큼 강해졌고.'

칸이 부리는 72선술은 연우도 따라잡기 힘들 만큼 아주 깊었으니까.

연우도 미후왕의 허물을 삼키면서 선술에 대한 이해도가 깊어졌다지만, 그건 어디까지나 전투에만 특화된 것일 뿐. 선술도 방식이 다양하기 때문에, 칸이 이룬 경지는 그와 궤를 달리하고 있었다.

"칸."

"왜?"

칸은 불퉁한 목소리로 대답했다. 여전히 달걀이 눈두덩이 위를 구르고 있었다.

"내가 어디로 갈 건지는 들었지?"

"어."

"한번 들어가게 되면 언제 돌아올지 모른다. 위험하기도 하고. 신격들이 싸워 대는 전장이니까. 탑과는 달라."

칸은 연우의 목소리가 진지하다는 것을 깨닫고는, 조용히 달걀을 내리고 눈을 가늘게 좁히면서 그를 바라봤다.

"무슨 말을 하고 싶은데?"

"도일의 병간호는 어떻게 하려고? 마군의 선술을 물리치려면 네가 있어야 하지 않나?"

도일이 의식을 되찾았다고 해도, 오랫동안 대주교의 그릇으로 쓰이면서 마기에 깊게 침식된 상태. 물리치기 위해서는 칸의 선술이 필요한 상태였다.

"아, 그건 빅토리아가 도와주기로 했……."

탁!

칸이 뭐라고 대답하려는데 갑자기 문이 벌컥 열렸다.

연우는 그쪽으로 시선을 돌렸다가 눈을 크게 떴다.

도일이 서 있었다. 조금 지친 기색이었지만, 또렷한 눈을 히고서.

"저도 참여할 수 있게 해 주세요, 카인 형."

"이제 정신이 들었나 보군."

"예. 덕분에요. 정말 감사했습니다."

"그 말은 칸에게 해."

"칸 형은 당연한 일을 했을 뿐이고요. 오히려 이렇게 주변 사람들에게 민폐만 끼쳤으니 혼나야 하지 않을까요?"

칸처럼 도일도 여전했다. 연우는 웃을 수밖에 없었다.

"그보다, 아까 전에 말씀드린 것처럼."

"안 돼."

"저도 같이 타르타로스로 데려가 주세요."

"야! 너 지금 그 상태로 뭘 하겠단……."

칸이 크게 놀라면서 도일을 말리기 위해 벌떡 자리에서 일어났지만.

파지직—

칸은 얼마 접근하지도 못하고 주춤 뒤로 물러서야만 했다. 도일을 따라 시커먼 마기가 스파크처럼 튀어 오르고 있었다.

도일은 그걸로도 모자라 오른손을 활짝 펼쳤다. 튀어 오르던 마기가 선풍을 그리면서 손바닥 안쪽으로 빨려 들어가 자그마한 구체를 형성했다. 능숙한 마기 제어였다.

칸은 놀란 눈으로 도일을 바라봤다. 용마안으로 구체를 살핀 연우만 어떻게 된 건지 눈치채고 가볍게 혀를 찼다.

"대주교의 잔재로군."

"맞아요."

도일의 몸 곳곳에는 마기가 남아 있었다. 대주교의 그릇으로 있으면서 쌓였던 마기가, 대주교가 쫓겨나면서 고스란히 남아 버린 것이다.

"거기다 대주교의 지식도 상당히 남았고요."

정확하게는 대주교의 사념일 것이다. 녀석이 했던 사고, 생각, 지식 등등 여러 정보들이 단편적으로 남아 있는 모양이었다.

어떻게 보면 기연이라고 볼 수도, 도일에게는 전화위복이라고 할 수도 있었다.

대주교의 심득이라면 분명 앞으로의 성장에 있어서 큰 도움이 될 테니까. 게다가 대주교가 쌓은 순도 높은 마기도 있지 않은가. 재료는 충분했다.

"사실 이런 게 가능한 건, 페르세포네 님 덕분이기도 해요."

"페르세포네가?"

전혀 생각지 못한 대답.

도일은 고개를 끄덕였다.

"대주교의 영압에 밀려서 저승으로 갈 뻔했던 저를 그동안 이승에 묶어 주셨어요. 곧 깰 수 있을 테니 마음 편하게 머고 있으리고 히시먼시……."

대주교의 감각을 피해 어떻게 그동안 살 수 있었나 싶었더니. 페르세포네가 힘을 썼다면 말이 되었다.

"하지만 신이 그렇게 직접적으로 개입하려면 사도가 아니면 힘들 텐데?"

"저…… 이미 페르세포네 님의 사도가 된 지 좀 되었어요."

칸과 빅토리아가 눈을 크게 떴다. 연우에게도 너무 뜻밖의 말이었다. 이미 페르세포네에게는 사도가 있지 않았던가. 그것도 유명한 랭커였다. 녹음의 보디.

"그쪽까지는 저도 잘 알지 못해요. 다만, 페르세포네 님의 말씀으로는 영령(英靈)이 되었다고만."

연우의 머릿속이 빠르게 돌아갔다. 어떻게 되었든 간에, 페르세포네는 기존에 있던 사도를 치우고, 도일을 새롭게 삼을 정도로 초강수를 두었다. 사도직 임명이 신들에게도 아주 버겁다는 것을 감안한다면, 이건 이번 일에 적극적으로 개입하겠다는 의사 표시이기도 했다.

그만큼 하루라도 빨리 남편을 만나 타르타로스의 분란을 끝내고 싶은 걸까.

그것도 아니면…….

연우는 문득 페르세포네의 편지를 갖고 왔다고 했을 때, 하데스가 짓던 쓴웃음을 떠올렸다. 냉소적이고 피로해 보이던 그가 처음으로 드러내던 감정.

그러다 연우는 머리를 털었다. 섣부른 판단은 금지였다. 속을 알 수 없는 신들의 행보는 그에게도 골칫거리이기만 했으니까.

무엇보다.

머릿속이 너무 복잡했다.

'결국 신과 악마들의 노름에 놀아난 꼴인 건가.'

연우는 눈을 가만히 감았다. 아테나부터 페르세포네까지, 결국 모든 신과 악마들은 이번 사태가 어떻게 돌아갈 것인지를 이미 짐작하고 있었단 뜻이었다.

아테나는 사건이 벌어지는 내내 그를 슬프게 바라봤고, 페르세포네는 더 직접적으로 나서서 도일을 권속으로 삼았다. 대주교의 의식이 성공했다면 위험했을 테지만, 결국 그녀의 도박은 크게 성공했다. 천마의 힘을 다루는 사도. 여태 어느 신과 악마들도 해내지 못한 업적이지 않은가.

연우는 순간 자신이 마치 신과 악마들이 다루는 체스판 위의 장기짝이 된 기분이 들었다.

이전에도 비슷한 기분을 느꼈었건만. 역시 하계는 천계에 있어 장난치기 좋은 무대밖에 되지 않았다.

[아테나가 그런 것이 아니라고 고개를 가로젓습
니다.]

[페르세포네가 침묵합니다.]

"그리고 페르세포네 님이 형에게 전언도 하나 전해 달라
고 하셨어요."

"뭐라고?"

"'최대한 빨리 부탁드리겠습니다.' 그렇게요."

결국 독촉인 셈이었다.

"며칠만 주신다면 몸을 회복해 놓을게요. 심득도 정리하
구요. 무엇보다 페르세포네 님의 힘이 있다면 타르타로스
에서도 도움이 될 테죠. 이 정도면 카인 형이 하려는 일에
보탬이 될 수 있지 않을까요?"

결국 연우는 고개를 끄덕일 수밖에 없었다.

그렇게.

새로운 여정을 위한 파티가 결성되었다.

*   *   *

끼아악—

—너를…… 너를…….

―내보내 줘. 내보내 줘.

―으흑흑. 배가 고파. 배가. 배가.

만병천고의 안쪽에서부터 새어 나오는 귀곡성은 듣는 것
만으로도 소름이 끼칠 정도였다.

"보다시피 못난 제자 놈 때문에 이 모양 이 꼴이 되고 말
았지."

아나스타샤는 만병천고의 입구에서 팔짱을 끼며 인상을
찡그렸다.

아다만틴 노바가 사라진 뒤, 그녀는 여러 결계와 주술을
사용해 요병과 귀물들이 날뛰지 못하게 묶어 두긴 했었다.

하지만 그러는 데도 한계가 있을 수밖에 없었다. 구심점
이 사라지면 그만큼 압박이 약해질 테니. 게다가 그동안 아
나스타샤는 빅토리아의 일로 만병천고에만 집중할 수 있는
여건도 아니었다.

자리에 있던 빅토리아는 차마 할 말이 없던지 슬쩍 고개
를 옆으로 돌렸다. 칸과 도일도 원인이 자신들인 것을 알
고, 심각한 표정으로 만병천고를 바라봤다.

칸은 선술을, 도일은 마기를 다룬다. 감각이 웬만한 랭커
들보다도 더 민감한 그들은 만병천고의 안쪽에서 벌어지는
일이 얼마나 심각한 사안인지를 알 수 있었다.

커다란 뭔가가 만들어지고 있었다.

요병과 귀물에 봉인되어 있던 악의들이 줄줄 새어 나오면서 서로 뒤엉키고, 자아를 깨우쳐 가고 있었던 것이다. 만약 이대로 시간이 흐른다면 웬만해서는 상대하기 힘들 큰 요괴가 만들어질 게 분명했다.

물론, 아나스타샤가 직접 나선다면 쉽게 찢어 버릴 수 있을 것이다. 아무리 큰 요괴가 나타난다고 하더라도, 대요괴급이 되는 게 아닌 이상에야 그녀를 거스를 수 없을 테니.

하지만 빅토리아는 알고 있었다. 아나스타샤가 본체로 현신하는 것 자체가 아주 큰 부담이라는 것을. 스승이 천년이 넘는 세월 동안 세상으로부터 격리된 이유이기도 했다. ▪

귀천(歸天). 그건 언제나 아나스타샤의 발목을 묶는 족쇄였다.

"그런데 이걸 네가 해결하겠다고? 어떻게?"

아나스타샤는 같잖은 소리 하지 말라는 듯, 덤덤한 시선으로 만병천고를 살피고 있던 연우를 노려봤다.

하지만 연우는 여전히 태연한 모습으로 물어볼 뿐이었다.

"그건 제가 알아서 처리할 일입니다. 답만 해 주십시오. 만약 저걸 제가 해결한다면, 아다만틴 노바를 제게 넘겨주시겠습니까? 물론, 제값은 쳐 드리겠습니다."

오늘 아침, 연우는 아나스타샤를 찾은 자리에서 다짜고짜 질문을 던졌다. 아다만틴 노바가 요병과 귀물 같은 골칫거리를 잡아 두는 봉인구라면, 그 골칫거리를 해결했을 때 봉인구를 어떻게 할 것이냐고.

사실 이건 간밤에 빅토리아가 내놓은 의견이었다.

칸과 도일이 연우의 파티에 합류한다는 소식을 듣고, 그녀도 참여하겠다며 의사를 밝힌 것이다. 그리고 타르타로스로 넘어가기 전에 아다만틴 노바를 제작해야 한다는 말에 그런 귀띔을 해 주었다. 골칫거리를 해결할 수 있다면 거래도 해 볼 만할 것이라고.

다행히 빅토리아의 의견은 정확했다. 아나스타샤가 협상을 받아들인 것이다. 물론, 그 속내의 9할은 비웃음이었다.

"오냐. 해 볼 수 있으면 어디 해 보아라. 그렇게만 해 준다면야 못 팔 것도 없지. 아니. 골칫거리를 알아서 처리해 준 것이니, 그 값으로 너를 아예 오라버니라고 불러 주마. 어떠냐?"

가면 아래, 연우의 두 눈이 살짝 곡선을 그렸다.

"그 말씀, 잊으시면 안 됩니다."

"흥!"

연우는 만병천고 안쪽으로 한 발자국을 내디뎠다.

하아아—

어마어마한 요력이 연우의 양어깨를 짓눌렀다. 누구나 주눅 들 수밖에 없는 힘이었지만.

[권능, '투쟁 본능'이 발동되었습니다.]

권능이 발동되면서 연우를 에워싸려던 요력이 단번에 확 하고 흩어졌다.

[투쟁 본능]
등급: 권능
숙련도: 2.5%
설명: '올림포스'의 신, 아레스가 선물한 권능.
아레스는 여러 적들을 마주친 전장에서도 절대 주눅 들지 않고 있던 당신을 평소부터 눈여겨보았다.
하지만 누이인 아테나의 눈치가 보여 관망만 하고 있던 중에, 이번에 홀로 큰 적들을 상대하면서 학살을 저지르고 승리를 쟁취한 당신에게 깊은 인상을 받았다.
그리고 누이보다 먼저 당신을 찾지 못한 것에 큰 후회를 하면서 지금이라도 자신의 사도가 되어 주기를 간절히 바라며 강한 권능을 내렸다.

＊불굴의 기상

적이 내뿜는 압박이 강하면 강할수록 오히려 마음 한편에서 투쟁심이 생겨나 꺾고자 하는 의지가 강해 진다. 이를 바탕으로 체력의 소모가 빨라지지만, 그 대가로 공격력이 대폭 증가한다. 권능이 발동되는 시간이 길어질수록 효과는 더 강해진다.

＊영혼 갈취

절대 쓰러지지 않는 기상을 받은 적은 역으로 더 강한 압박을 받게 된다. 그렇게 죽인 대상으로부터 소량의 체력을 강탈한다.

[아레스와의 채널링이 약해 권능의 효과 중 상당 수가 상쇄됩니다.]

[요력의 효과를 상쇄시킵니다.]

[요력의 일부를 흡수, 공격력을 증폭시킵니다.]

물론, 권능의 힘을 전부 끌어낸 것은 아니었다. 그랬다간 임시방편으로 겨우 끊어 놨던 채널링이 다시 연결되어 900 여 개의 다른 권능들까지 덩달아 작동할 테니.

하지만 그래도 이미 스킬창에 전부 등록된 만큼, 효과의 일부를 사용하는 데는 충분했다.

[아레스가 뭐 하는 짓이냐며 버럭 소리를 지릅니다. 당장 채널링을 오픈하지 못하겠냐며 윽박을 지릅니다.]

[가만히 지켜보고 있던 아테나가 한 소리를 합니다.]

[아레스가 움찔거리면서 한 발자국 물러섭니다. 그런 뜻이 아니었다고 항변을 합니다.]

[아레스가 입맛을 다시면서 아쉬워하는 기색을 보입니다.]

[둘의 상황을 지켜보고 있던 아폴론이 유쾌하게 웃음을 터뜨립니다. 당신에게 흥미를 보입니다.]

[아르테미스가 묘한 눈빛으로 당신을 바라봅니다.]

더불어서 연우는 마장대검으로 왼쪽 손목을 크게 베면서 핏물을 허공에다 뿌렸다.

피는 원래 연우가 깨우쳤던 잔독혈 외에도 다른 독이 섞여 찐득찐득한 검은색이 되어 있었다.

[권능, '호구별성'이 발동되었습니다.]

[호구별성]
등급: 권능
숙련도: 5.2%
설명: '딜문'의 신, 네르갈이 선물한 권능.

네르갈은 독을 잔뜩 품은 괴이들을 이용해서 다수의 적들에게 고통스러운 죽음을 선물하는 당신의 전투 방식에 큰 호감을 느꼈다.

하지만 독의 사용 방식에는 아직 부족한 부분이 많아 그것을 고쳤으면 하는 바람을 담아 이 권능을 하사하였다.

* 역귀신(疫鬼神)

갖가지 역병균을 생성할 수 있는 힘을 선사한다. 숙련도에 따라서 역병균이 퍼질 수 있는 영역과 효과가 증가하며, 감염된 적들이 많으면 많을수록 병세가 강해진다.

* 천참만륙

진정한 죽음은 산 자와 죽은 자를 가리지 않는다. 물리적 타격을 받지 않는 영체를 지닌 자들에게도 똑같은 효과를 미친다.

[네르갈과의 채널링이 약해 권능의 효과 중 상당수가 상쇄됩니다.]

[괴이들에게 권능의 효과가 더해집니다.]

키키킥—

그림자가 백여 개로 갈라지면서 지면 위로 우뚝 섰다. 이전보다도 잔뜩 불어난 괴이들은 호구별성의 효과를 받으면서 만병천고를 빠른 속도로 통과했다.

비록 채널링 약화로 독효는 크게 증가하지 못했더라도, 영체에게도 똑같은 효과를 먹일 수 있다는 옵션은 큰 도움이 되었다.

—이것들은 무엇인가……!

—사라져! 사라져라!

—아아아악!

그리고 악의로 가득 찼던 만병천고가 곧 절규로 가득 찼다.

[괴이 '흙'이 귀물 '타타샤의 칼'을 처치하였습니다. 힘을 강제로 흡수합니다.]

[괴이 '소'가 요병 '잊힌 검사의 투구'를 부쉈습

니다. 힘을 강제로 흡수합니다.]

[괴이 '깡'과 괴이 '이'가 요병 '아참의 책'을 삼
켰습니다. 힘을 강제로 흡수합니다.]

......

"이게 무슨......!"

아나스타샤는 도저히 자신의 상식으로 생각할 수 없는
상황에 눈을 크게 떴다.

그녀가 오랜 세월 동안 수집했던 요병과 귀물들이 너무
손쉽게 부서지고 있었다.

단순한 그림자 괴물들 따위에게!

만병천고 안의 요병과 귀물은 절대 이렇게 부서질 것들
이 아니었다. 그 속에 담긴 요괴와 마물은 분명 괴이와 비
교해도 뒤지지 않거나, 오히려 강한 것들이 대부분이었
다.

그런데도 너무 속수무책으로 당하고 있으니.

단순히 봉인되어 있어서가 아니었다. 마치 뭔가에 단단
히 겁을 먹은 것처럼 보였다.

그러다 아나스타샤는 곧 그런 일을 가능케 한 존재가 무
엇인지를 깨달을 수 있었다.

[부(부두술사의 영혼)가 요괴와 마물을 내려다봅니다.]

[요괴가 잔뜩 경직됩니다.]

[마물이 공포에 질려 빠져나가고자 아등바등합니다.]

"……저건, 대체 뭐지?"

저 안쪽 깊숙한 곳에 인페르노 사이트가 열려 있었다. 그것을 확인한 아나스타샤는 인상을 찡그렸다. 본능적으로 그녀도 거부감이 들게 만드는 존재였다. 자신이 이럴진대 일반 요괴와 마물이라면 불에 보듯 뻔했다.

'대체 이놈의 정체는 뭐지?'

아나스타샤는 연우를 확 하고 돌아봤다. 그는 도저히 연우가 어떤 존재인지를 짐작할 수가 없었다.

─까불지 마라. 레아의 애완동물 따위가. 재롱도 거기까지다.

연우의 눈동자 깊숙한 곳, 심연에서 살고 있던 이상한 존재부터 요괴와 마물들을 짓누르는 리치, 그리고 괴이들은 도저히 그녀로서도 종잡을 수가 없었다.

이 모든 것들을 부리는 연우는 그녀가 천 년을 살면서 보았던 수많은 존재들 중에서도 제일 이질적이었다.

그렇게 요병과 귀물이 빠른 속도로 부서지면서, 괴이들의 '포식'도 빨라지는 가운데.

결국 가장 깊은 곳에서 자아를 갖춰 가던 큰 요괴가 괴이들과 맞닥뜨렸다.

연우는 여기에 샤논과 한령도 같이 풀었다. 여러 전쟁의 신들로부터 권능 효과를 조금씩 받고 있는 그들도 전력이 크게 증강되어 빠른 속도로 큰 요괴를 허물어뜨릴 수 있었다.

—으어어어……!

큰 요괴는 비명을 지르다가 결국 갈가리 찢겨 나가면서 괴이들의 맛난 먹이로 전락하고 말았다. 샤논과 한령도 간만에 즐거운 식도락을 즐길 수 있었다.

음침했던 만병천고가 거짓말처럼 조용해졌다.

칸과 도일, 빅토리아는 속으로 혀를 찼다. 대주교와 부딪칠 때보다도 훨씬 강해진 연우의 성장세가 이제는 믿기지 않을 정도였다.

그리고 연우는 권속들을 다시 그림자 속으로 거둬들이면서 아나스타샤를 돌아봤다.

아나스타샤는 흰숨을 내뉘었다. 그동안 앓던 이처럼 고

생만 시키던 요병과 귀물들이 정리되었단 것이 속 시원하기도 했지만, 뭔가 너무 허망하게 여겨지기도 했다.

그래도 약속은 약속. 그녀는 조금 아쉬운 얼굴로 아다만틴 노바를 보다가, '흥' 하고 콧방귀를 뀌면서 연우에게 던졌다.

"어차피 골치만 아팠던 것. 맘대로 갖고 가거라."

하지만 연우는 아다만틴 노바를 받고도 별다르게 기쁜 기색 없이 고개를 가로저었다. 이게 아니라는 듯이.

아나스타샤가 영문을 몰라 다시 눈살을 찌푸리는데.

"뒷말이 빠졌습니다만."

연우가 무뚝뚝한 목소리로 말했다.

"무엇을……."

"오라버니라고 부르신다면서요?"

"……."

아나스타샤의 낯이 딱딱하게 굳었다. 그제야 자신이 무슨 말을 했었는지 떠오른 것이다.

"그거야 그냥 농담으로 한……!"

"아나스타샤는 약속을 그냥 내팽개치시는 사람인가 봅니다."

"……."

"아나스타샤?"

곰방대를 쥐고 있던 아나스타샤의 손길이 부들부들 떨렸다. 수치심으로 얼굴이 빨개졌다. 그냥 거부할 수도 있었지만. 문제는 그녀가 '탈각'을 앞둔 대요괴란 점이었다.

거짓말은 격의 성장에 안 좋은 영향을 미칠 수 있었다. 게다가 그녀의 성격상, 이렇게 많은 사람들 앞에서 한번 내뱉은 약속은 쉽게 거둘 수가 없었다.

결국.

"……오라, 버니……."

아나스타샤는 그렇게 연우를 부르고 말았다.

"너무 작아서 잘 들리지 않지만. 뭐, 여기까지 하도록 하죠."

빠직—

아나스타샤가 쥐고 있던 곰방대가 두 동강 나고 말았다.

*   *   *

[괴이 '백'의 성장이 한계치에 이르렀습니다. 새로운 존재로 거듭나기 위해 변태를 시작합니다.]

[괴이 '영'의 성장이 한계치에 이르렀습니다. 탈각을 위해 변태를 준비합니다.]

……

[모든 괴이들이 변태를 시작합니다. 변태가 진행되는 중에는 아무런 명령도 수행할 수 없습니다.]

[외부의 충격에 주의하십시오. 변태가 실패할 경우, 괴이의 존재가 사라질 수 있습니다.]

수많은 요병과 괴이를 삼킨 괴이들은 드디어 상위 존재로 거듭나기 위한 준비를 시작했다.

백여 마리에 달하는 괴이들이 모두 동시에 고치에 들어간 모습은 연우를 뿌듯하게 만들었다. 부는 고치가 다치지 않도록 그림자를 보호하는 한편, 변태가 순조롭게 이뤄질 수 있도록 영양분을 꾸준히 주입했다.

그리고.

[마지막 재료인 '아다만틴 노바'를 획득했습니다.]

[서브 퀘스트(흑암의 투구)의 첫 번째 달성 조건을 성공적으로 클리어하였습니다.]

[두 번째 달성 조건, '퀴네에 제작'을 시작하십시오.]

아다만틴 노바의 소유권이 완전히 넘어오자, 이제 제작

을 시작하라는 메시지가 떠올랐다.

"난 네놈이 싫다."

아나스타샤는 다짜고짜 불쑥 그렇게 말했다. 연우는 말 없이 빤히 그녀를 쳐다봤다.

아나스타샤는 왜 연우가 그런 눈빛으로 보는지를 깨닫고 인상을 팍 찡그렸다. 약속은 현재진행형이었다.

칸과 도일, 빅토리아가 저 멀리서 쿡쿡 웃어 대는 꼴이 보였다. 속이 부글부글 끓었다.

무엇보다 마음에 들지 않는 건, 가면 너머의 담담한 눈빛 이었다. 마음 같아서는 본체로 현신해서 녀석의 뻔뻔한 낯 짝을 후려치고 싶었다.

"난…… 오라버니가…… 으으. 씨발. 언제까지 해야 하 는 건지. 하여간! 싫어! 너무!"

연우를 노려보는 아나스타샤의 눈빛엔 수치심도 담겨 있 었지만, 그보다 살의로 가득했다.

"처음에는 못난 제자 놈을 다치게 한 원흉이었고, 두 번 째에는 다짜고짜 물건을 내놓으라면서 강짜를 부렸지. 그 러다 계속 제자를 괴롭히더니…… 지금은 이제야 겨우 발 닦고 집에 들어오나 싶던 녀석을 또 데려가려 하는구나."

연우는 아나스타샤의 마음을 조금은 이해할 수 있었다. 하지만 신불티 그녀의 마음을 풀리려 하시는 않았다. 원망은 그렇게 쉽게 사라지는 게 아니었다.

"어디서든 지켜보고 있을 것이다."

아나스타샤는 그 말만 하고 홱 하고 돌아섰다. 옆에 시립해 있던 어린 시동들이 빠르게 따라붙었다. 그러다 그녀는 빅토리아의 앞에 서서는, 차마 말을 하지 못하고 머뭇거리는 제자의 머리통을 부러진 곰방대로 딱 소리가 나게 후려쳤다. 꺄아악! 비명 소리가 쩌렁쩌렁하게 울렸다.

아나스타샤는 그제야 조금 속이 풀리는지, '흥' 하고 콧방귀를 뀌면서 자신의 집으로 돌아갔다. 빅토리아는 주먹만 한 크기로 올라온 혹을 한참 동안이나 매만져야 했다. 칸은 쓴웃음을 지으면서 선술로 혹을 치료했다.

도일이 고개를 절레절레 저으면서 혀를 차다가, 조용히 연우 옆으로 다가왔다.

"카인 형, 이제 계획이 어떻게 되세요? 곧바로 타르타로스로 넘어갈 건가요?"

"아니. 일단 멤버부터 모을 생각이다."

"멤버요?"

"퀴네에를 제작해야 하니까. 일단 솜씨 좋은 명장들부터 자리에 모아야겠지."

키클롭스 삼 형제가 있다지만, 연우 혼자서 대신물인 퀴네에를 제작하기는 힘에 부칠 수밖에 없었다. 게다가 지금은 시간이 촉박한 상황. 다른 손을 빌려야 했다.

'현자의 돌을 연구했을 때의 인력들이라면 충분하겠지.'

다행히 5대 명장인 빅토리아가 파티에 참여했고, 브라함도 방금 전에 연우의 소식을 듣고 흔쾌히 돕겠다고 의사를 밝혔다. 아난타의 증상이 많이 호전되면서 자리를 잠시 비울 여력이 생긴 것이다.

지금만 해도 멤버는 충분했지만. 연우는 내심 여기에 한 사람을 더하고 싶었다.

'헤노바.'

야금술 분야에 있어서만큼은 플레이어들 중 어느 누구도 그를 따라잡을 수 없었다.

다만, 걱정되는 점은.

'너무 오랫동안 안 찾아뵀었는데.'

찾아가자마자 망치부터 날아오지 않을까, 연우는 벌써부터 걱정이 되기 시작했다.

'이번에는 어떻게 약 올리지?'

물론, 걱정하는 방향은 보통 사람들과는 많이 달랐다.

그리고.

가면을 더듬는 연우의 손길이 조금씩 떨리고 있었다. 긴장감으로.

"……이것으로 5개 마탑과 125개 학파들의 의견을 총합하여, 마법 연합은 독식자 카인을 공적(公敵)으로 선포하며, 이 시각 이후로 그를 척살하기 위한 추격조를 편성할 것이다."

땅, 땅, 땅—

법봉이 두들겨지는 순간, 회의장에 있던 모든 마법사들은 약속이라도 한 듯이 자리에서 일어났다.

그들의 얼굴에는 하나같이 긴장한 기색이 역력했다.

마법 연합의 독식자 공적 선포.

이것이 가지는 의미는 절대 작지 않았다.

원래 마탑과 여러 학파들은 대대로 절대 융화될 수가 없었다. 서로 걷는 길이 다르기 때문이었다.

하지만 발푸르기스 밤의 공방전을 기점으로 연합에 대한 이야기가 나오기 시작했고, 시범적으로 출범했던 것이 네크로폴리스였다.

그리고 네크로폴리스의 궤멸은 새로운 위기감을 가져다주면서 연합의 창설 속도에 기름을 한껏 끼얹었다.

아홉 왕도 되지 못한 애송이 플레이어에게 당했다는 사실이 너무 충격적이었던 것이다.

그리고 이번 일은 그동안 콧대가 높았던 학계의 장로들도 냉정하게 자신들의 위치를 파악할 수 있는 기회가 되었다.

하지만 진행 과정은 결코 순탄치 않았다.

독식자의 배후에 있는 존재 때문이었다.

"검무신처럼 파문되었다면 또 모를까…… 독식자와 외뿔부족의 관계는 아주 좋다고 소문이 나 있었지."

"차기 왕 후보로 거론된다는 청람가의 남매와도 사이가 좋고."

"큰 파란이 일겠구나."

무왕과 외뿔부족.

여름여왕과 레드 드래곤을 쓰러뜨리면서 명실상부한 탑 내의 최강 존재로 거론되는 그들이 나선다면. 과연 마법사들이 당해 낼 수 있을까?

그래서 여러 의논과 갈등이 있었지만. 그래도 법봉은 두들겨졌고, 의제는 가결되었다. 더 이상 그들에게 물러날 곳은 없었다.

어수선한 회의장을 내려다보던 마탑의 다섯 수장들은 천천히 자리에서 일어나, 계단을 따라 출구로 향했다.

그들의 얼굴도 앞으로 드리울 전운으로 딱딱하게 굳어 있었다.

"이 빌어먹을 놈이 여길 어디라고 와!"

대장간을 방문하면 망치가 날아오지 않을까 하던 연우의 예상은 보기 좋게 어긋났다. 망치 대신에 날아온 건 모루였다.

물론, 연우는 고개를 까닥거리는 것으로 아주 가볍게 피했지만.

"저거 비싼 거 아닙니까? 괜히 망가져서 나중에 고치겠답시고 또 고생하실 텐데요. 그럼 모양새만 안 좋……."

"닥치고 좀 꺼져!"

헤노바는 깐족대는 연우의 말에 인상을 팍 찡그리면서 버럭 소리를 질렀다.

역시 예나 지금이나 헤노바의 성격은 똑같구나. 그렇게 생각하니 피식 웃음이 새어 나왔다.

"뭐가 좋다고 쪼개?"

헤노바는 그런 연우의 태도가 탐탁지 않다는 듯이 더 크게 인상을 찡그렸다.

"아무튼 실례하겠습니다."

"누구 마음대로 들……!"

헤노바가 다시 버럭 소리를 질렀지만, 연우는 전혀 아랑곳하지 않고 문을 열고서 대장간에 발을 들였다. 뒤따라 칸과 도일, 빅토리아는 정말 이래도 되나 싶은 얼굴로, '실례하겠습니다' 라고 조심스럽게 말하면서 들어섰다. 크로이츠는 묘한 눈빛으로 주변을 둘러보다가 마지막으로 입장했다.

"이, 이······!"

헤노바는 얼굴이 대추처럼 붉게 달아올랐다. 망치를 들고 있는 주먹이 부들부들 떨리고 있었다. 그것도 마저 던질 태세였다.

"우선 화부터 가라앉히십시오. 나이도 많이 드셨으면서 그러다 정말 고혈압으로 쓰러지십니다."

"네놈 때문에 생기는 것이다만!"

"안타깝군요."

"이 새끼가······!"

헤노바는 이를 바득바득 갈았다. 말 한마디 지지 않고 대꾸를 해 대는 꼴에 정말 망치로 저 머리통을 크게 후려치고 싶은 마음이 굴뚝같았다.

하지만 그러면 또 재주 좋게 피하고서 이죽대겠지. 정말이지 보면 볼수록 더 화를 뻗치게 만드는 녀석이었다.

칸과 도일은 그런 연우와 헤노바를 충격 먹은 얼굴로 번갈아 보았다.

'뭐야, 이거? 카인 녀석이 저런 농담도 할 줄 알았어?'

'우와. 말도 안 돼…….'

여태껏 두 사람이 겪었던 연우는 언제나 차갑고 고고한 존재였다. 전장에 홀로 위태롭게 꽂혀 있는 검처럼, 피를 잔뜩 머금으며 날카롭게 서 있지만 언제든 부러져도 이상하지 않게 보였다.

물론, 차가운 태도와 다르게, 속에 잔정이 많다는 점은 알고 있었다.

그래도 이런 색다른 모습을 보니 기존에 갖고 있던 이미지가 머릿속에서 확 달아나는 느낌이었다. 조금 놀랍기도 하고. 연우와 더 가까워진 듯한 느낌을 받기도 했다.

크로이츠도 마찬가지였다. 데리고 왔던 환영기사단을 도로 본부로 돌려보낸 뒤로, 여태 없는 사람처럼 조용히 뒤만 따르고 있던 그도 연우의 새로운 면모를 볼 수 있어 내심 만족스러웠다.

'연대장과도 저런 관계이려나? 음. 쉽게 그림이 그려지질 않는데.'

크로이츠는 무뚝뚝하기로는 연우에 못지않은 연대장을 떠올리다가, 피식 가볍게 웃음을 흘렸다.

"그런데 뒤에 달고 온 꼬리는 또 뭐냐? 뭘 그렇게 주렁주렁 매달고 왔어?"

헤노바는 그런 세 사람을 도끼눈으로 번갈아 봤다. 이따금 연우와 함께 찾아오던 판트 남매도 소란스러웠던 것을 감안한다면. 그의 눈에는 골칫거리 넷이 더 추가된 것으로 보였다.

그때, 빅토리아가 살짝 웃으면서 앞으로 나섰다.

"헤노바, 오랜만이네요."

"넌 또 뭔…… 응? 빅토리아?"

"예."

"너는 왜 여기에 있어?"

두 사람은 같은 5대 명장으로서, 자주는 아니더라도 이따금 교류를 갖고 있었다.

"아. 저놈이 가져왔던 룬 마법학이 어디서 나왔던 건가 싶었더니. 그게 자네였던 거군."

헤노바는 현자의 돌을 만들 당시에 연우가 가지고 있던 논문을 떠올리고 혀를 가볍게 찼다. 그러고는 눈을 가늘게 좁혔다.

"내가 자네를 위해서 한마디 해 줄까?"

"헤노바가 말씀하시는 거라면 생각해 볼게요."

"저놈, 피해. 대가리 속에 능구렁이가 여러 마리는 들어 있는 놈이야. 지금 탈출 못 하면 코 단단히 꿰일걸?"

빅토리아는 그게 웃음을 터뜨렸다.

헤노바는 고개를 절레절레 저으면서 혀를 찼다.

"이미 단단히 꿰인 모양이구만. 아무튼, 뭐, 그래. 스승님은 잘 계시고?"

"덕분에요."

"그럼 됐고."

둘의 대화를 듣고 있던 연우가 살짝 놀랐다.

"아나스타샤를 알고 계셨습니까?"

헤노바는 망치를 바닥에다 아무렇게나 던지고, 뚱한 표정으로 잠깐 연우를 바라봤다. 저놈의 질문에 대답해야 하나 싶은 갈등이 어린 얼굴. 그러다 그는 옆에 뒀던 곰방대를 들어 입에다 갖다 댔다.

후우—

하얀 연기가 새어 나왔다.

"그분도 이런 곰방대를 쓰지 않던?"

"그렇긴 했습니다만."

"그거 내가 만들어 준 거다. 내가 피우고 있는 걸 보니 자기도 당긴다면서 하나 만들어 달라기에 만들어 줬었지."

순간, 연우는 아나스타샤의 손에 두 동강 나던 곰방대를 떠올렸다. 자신이 이죽거리면서 그렇게 됐었지. 괜히 말했다가는 망치도 날아올 것 같아 일부러 언급하지 않았다. 빅토리아도 슬쩍 연우의 눈치를 봤다.

"만병천고라고, 이상한 무기들을 수집하는 취미도 있어서 그거 보관할 장소를 만들어 주기도 했었고. 손상이 된 게 있으면 대신 수리를 해 주기도 했었지."

"……."

만병천고는 연우의 손에 무너졌었다. 무기들이 죄다 박살 난 건 두말할 것도 없었다. 물론, 이번에도 언급은 하지 않았다.

"머물던 별장 같은 걸 지어 주기도 했었고."

연우는 자신이 날려 버렸던 아나스타샤의 거처를 떠올렸다.

「저런 명장의 작품을 대체 몇 개나 박살 낸 거야? 그거 다 부르는 게 돈이라고. 평소에 그렇게 아버지 같은 분이라고 말하더니. 그런 분의 작품을 이렇게 날리고…… 역시 인성……!」

샤논이 깐죽거렸지만.

'닥쳐.'

연우는 속으로 한 마디 쏘아붙이고, 겉으로는 끝까지 모르쇠로 일관하기로 마음먹었다. 이럴 때는 가면을 쓰고 있는 게 다행이었다. 빅토리아는 어쩔 줄 몰라 발을 동동 굴렀지만.

"뭐, 오랜 거래처라고 생각하면 될 거다. 끌끌. 뭐 하여간 그런 건 됐고. 그래서? 이번엔 뭐 시키러고 왔어?"

헤노바는 미간을 찌푸리면서 연우에게 물었다. 수증기만큼이나 새하얀 연기가 그의 주변을 맴돌았다.

"제가 무슨 부탁할 게 있을 때만 온다는 식으로 말씀하십니다. 섭섭합니다."

"당연히 그랬지, 언제는 안 그랬냐? 하여간 쓸데없는 말 말고! 또 뭔데?"

연우는 쓰게 웃고 말았다. 역시 헤노바는 자신을 너무 잘 알고 있었다.

하지만 이번 일은 따지고 보면 헤노바에게도 아주 중요했다.

두 눈이 깊게 가라앉았다.

"진지하게 드리고 싶은 말씀이 있습니다."

헤노바도 연우의 마음을 읽었던지 가볍게 콧방귀를 뀌면서 곰방대를 뒤집어 바닥에다 쳤다.

탁!

*   *   *

안쪽 방으로 자리를 옮기면서도 헤노바는 뚱한 얼굴이었다.

여태껏 얼굴 한번 내비치지 않던 녀석이 또 뭐 부탁할 게 생긴 뒤에야 나타났으니 심통이 날 수밖에.

그런 와중에도 바깥은 소란스러웠다.

"우와! 이거 뭐야? 손만 갖다 대도 베일 거 같은데. 어떻게 만든 거지?"

"역시 '철혈 명인' ……. 소문에 듣던 대로야."

"하나 달라고 하면 안 되나?"

"혼나지 않을까?"

"아니면 하나 슬쩍……?"

"형, 부탁인데 제발 철 좀 들어라."

칸과 도일은 대장간 내부를 바쁘게 돌아다니면서 진열된 병장기와 무구를 이리저리 살피기에 바빴고,

"대단해. 정말. 그새 기술이 더 발전하셨네? 이건 또 뭘 도입하신 거지?"

빅토리아는 작업장을 살피면서 연신 감탄사를 내뱉었다. 두 눈은 오랜만에 총기로 가득 젖어 반짝이고 있었다. 헤노바가 도입한 신기술이 유독 눈에 들어왔던 것이다.

그리고 크로이츠는.

"……."

한쪽 구석에 숨겨져 있던 술 창고를 발견하고 멀뚱히 서 있었다. 평소 수하들과 기분 좋게 대작하는 것을 즐겨 하던 그였기에 오크통을 보는 것만으로도 벌써 군침이 돌았다.

무엇보다 드워프가 담근 맥주는 부르는 게 값이라 하지 않는가.

졸지에 대장간을 무뢰배(?)들에게 점거당한 신세가 된 헤노바는 참지 못하고, 문을 열어 도로 밖으로 얼굴을 내밀면서 버럭 소리를 질렀다.

"시끄러, 이것들아! 나가서 떠들어!"

쾅!

헤노바는 문을 세게 닫고, 씩씩대면서 다시 자리로 돌아왔다.

"어떻게 네가 데리고 다니는 애들은 하나같이 다 똑같은 컨셉이냐?"

"어쩌다 보니 그렇게 되었습니다."

"저기에 청람가 녀석들도 더해지면…… 끄응."

끼리끼리 모인다더니. 딱 그 꼴이로군. 헤노바는 벌써부터 골치가 아파졌던지, 관자놀이를 검지로 꾹꾹 눌렀다. 왜 자꾸 자신의 대장간이 연우 등의 아지트 신세가 되는 건지 도무지 이해할 수가 없었다.

잠시 조용해지나 싶었던 바깥은 다시 언제 그랬냐는 듯 시끄러워졌다.

어차피 헤노바도 녀석들이 말을 잘 들을 거라고 생각하지 않았기에, 탐탁지 않은 표정으로 곰방대를 다시 입에다

물면서 물었다.

후우우—

"그래. 할 이야기는 뭔데? 뭐, 또, 현자의 돌 같은, 그런 이상한 거 만들어야 하냐?"

"비슷합니다."

"역시 골치 아픈 걸 가져왔구만."

"이번에 만들어야 할 건, 퀴네에입니다."

"퀴네에?"

헤노바는 인상을 찡그리면서 고개를 갸웃거렸다. 어디선가 많이 들어 본 이름인데 무엇인지 잘 기억이 나지 않았다. 그러다 그는 저 기억 깊숙한 곳에 박힌 이름을 떠올릴 수 있었다.

"설마, 하데스의 대신물을 말하는 것이냐? 올림포스의 명왕이 썼다던 투구?"

"예."

"하! 이젠 정말 가지가지 하는구나. 그건 또 왜 만들게 되었어?"

헤노바는 기도 안 찬다는 표정이 되었다. 연우가 할 일을 들고 올 때마다 조용했던 적이 한 번도 없었으니까.

연우는 여기서 잠시 아무 말도 하지 않았다. 수많은 생각들이 머릿속을 스치고 있었다.

사실 여기까지 오면서 그는 몇 번씩이나 고민을 해야만 했다. 필요한 것이 있을 때마다 그는 헤노바의 손길을 빌렸고, 헤노바는 그럴 때마다 아무것도 묻지 않고 묵묵히 도와주었다.

궁금한 점이 아주 많을 텐데도 불구하고. 언제나 그를 믿어 주었다.

이번에도 마찬가지. 이유를 묻고 있어도, '필요해서'라는 답변을 한다면 두 팔을 걷어붙이고 도와줄 것이라는 걸 잘 알고 있었다.

하지만.

'정말 그래도 되는 걸까?'

그동안 너무 헤노바의 배려와 편의에 기댔던 것은 아닐까.

더군다나. 이번 일은 평소처럼 쉽게 이야기할 수 있는 게 아니었다.

그가 하고 있는 일에 헤노바를 깊이 끌어들이는 일이었고, 여태 우려했던 '위험'에 노출시킬 수도 있었다.

그리고. 헤노바가 그토록 그리워하던 동생의 행방으로 이어지는 일이기도 했다.

그런 것을 부탁하면서 전반의 사정을 이야기하지 않는 것은. 헤노바는 괜찮다고 할지언정, 그를 기만하는 꼴밖에는 되지 않았다.

그렇기에 연우는 몇 번씩이나 고심에 고심을 거듭했고. 결국 한 가지 결정을 내렸다. 헤노바의 선택에 맡기자고.

"됐다. 아마 세상에서 제일 만들기 어려운 게, 네놈 입을 열 도구가 아닌가 싶으니. 그래서. 이젠 뭘 도와 달라는 것이냐? 설마 같이 타르타로스, 뭐, 그런 데라도 가자는 건 아니겠……?"

헤노바는 말을 하다 말고 도중에 말꼬리를 흐려야만 했다. 갑자기 연우가 아무런 전조도 없이 가면으로 손을 가져갔던 것이다.

그리고.

찰칵—

연우는 얼굴을 덮고 있던 가면을 벗었다. 오랜만에 벗어서 그런지 조금 낯설기까지 했다. 그러면서도 속은 긴장감으로 크게 울렁거렸다.

자신의 맨얼굴을 보게 되었을 때. 헤노바가 무슨 말을 할지 전혀 짐작도 할 수 없었으니까. 원망은 하지 않을지, 아니면 우울해하지는 않을지. 걱정이 되기도 했다.

헤노바도 갑자기 연우가 가면을 벗을 줄은 몰랐던지, 잠깐 놀란 얼굴이 되었다. 그러다 얼굴이 훤히 드러났을 때. 기켰던 두 눈이 날씩 기늘이지디니.

피식—

바람 빠지는 소리를 냈다. 어이가 없다는 듯이. 그러면서도 입가는 미소를 짓고 있었다.

"참 빨리도 말해 주는구나. 못난 놈."

연우는 잠시 멍한 표정이 되었다. 머릿속에서 수많은 의문과 말들이 맴돌았다. 그러다 잘게 떨리는 목소리로 물었다.

"알고…… 계셨습니까?"

헤노바는 연우를 약 올리기라도 하려는 듯, 대답 대신에 여유롭게 곰방대를 입에다 물었다.

후우—

"네놈 갑옷과 가면을 만들어 준 게 나다. 그러고도 모른다면 그게 등신이지."

"……!"

연우의 눈이 커졌다. 마장과 가면. 과연 두 개 모두 헤노바가 특별히 그를 위해서 만들어 준 물건이었으니까.

그의 말마따나, 갑옷과 가면까지 만들어 줬다는 것은 상대의 체격에 대해서 소상하게 파악했다는 뜻이었다. 이전에 연우가 자신의 정보창을 공유한 적이 있다지만, 그것만으로는 포착할 수 없는 섬세한 부분까지 집어내고 있지 않았다면 불가능한 일이었다.

아니. 그런 것들을 다 떠나서라도.

지금 돌이켜보면, 헤노바는 분명히 그를 잘 알고 있었다. 간간이 자신에게 보여 주던 눈빛이며 태도들엔 따뜻함이 섞여 있었으니.

"처음에는 죽은 아이가 돌아왔다고 생각했었다. 그땐 얼마나 기뻤던지……. 다만, 주변에 보는 눈들이 많고, 정체를 보여서 좋을 게 없으니 숨기는 것으로만 생각했지."

새하얀 연기가 자욱하게 퍼져 나갔다.

"하지만 계속 대화를 나누다 보니 알겠더구나. 그 아이가 아니라는 것을. 그 아이의 얼굴과 몸과 눈빛과 목소리를 갖고 있지만. 전혀 다른 녀석이었어. 말투도, 성격도."

헤노바의 시선은 불씨만 남은 아궁이에 고정되어 있었다. 타닥. 타닥. 땔감이 조금씩 타들어 가는 소리가 났다.

"그래서 어떤 놈이 날 떠보려 장난을 치는 건가 싶기도 했지만. 그것도 아니었지. 그러다 납득이 되더군. 흐흐. 예전에 스쳐 가듯이 했던 말이 있었거든."

―영감님. 영감님.

죽은 녀석의 목소리가 헤노바의 귓가를 왱왱 울리는 것 같았다.

언젠가 미친 듯이 쇠를 두들기고 있을 때, 허락도 없이 작업장으로 들어와서는 부산스럽게 떠들던 모습이 떠올랐다.

　—또 정신 사납게, 왜? 옆에서 거치적거릴 거면 저기 가서 망치나 들어!
　—영감님은 가족 있어요?
　—갑자기 뭔 똥딴지같은 소리야?
　—묻는 것만 대답해 봐요.
　—흥! 나는 한평생 다른 곳으로 절대 한눈팔지 않고, 대장장이 인생 외길을 달려온 것만을 긍지로 삼는 블랙 드워프다! 그딴 거추장스러운 게 있을 리가 없잖으냐. 이 모루가 내 아들이고, 망치가 내 마누…….
　—뭐야, 그게. 재미없게.
　—이놈이? 그럼 넌?
　—재미없는 인생인 영감님보단 제가 나을걸요?

녀석의 웃음은 지금도 그려질 정도였다.

　—전 그래도 싸가지 없는 형은 한 명 있거든요.

헤노바의 시선은 연우의 허리춤에 단단히 고정되어 있었다. 서늘한 기운을 뿌려 대는 마장대검이 보였다.

당시에 두들기던 쇠는…… 녀석이 스쳐 지나가듯이 말하던 '형'의 손에 들려 있었다.

"사실 네가 언제쯤이면 말할까 기다리고 있었다. 내가 캐묻는다고 해서 좋을 건 없으니까. 아직은 마음을 가다듬는 중이라고 생각했었지."

"……."

"그런데 이제야 조금 그럴 마음이 든 거냐? 아니지. 뭔가 시킬 일은 있는데, 그래도 주제에 양심은 있으니 동정심에 기대려는 전략, 뭐 그런 거 아니냐?"

헤노바는 눈을 가늘게 좁히면서 연우를 노려봤다.

연우는 단호하게 고개를 가로저었다.

"절대 아닙니다."

"아니긴 뭐가 아니야? 내가 네놈 머리 꼭대기에 있다. 평소 네 행실을 보면 몰라?"

「우리 영감님이 주인의 인성을 더 잘 아는 거 같은데? 너무 많이 겪어 보셔서 그런가.」

샤논의 웃음소리가 머릿속에서 작게 울렸다.

'샤논.'

「응?」

'제발 좀 닥쳐.'

후우—

헤노바는 곰방대를 더 깊숙하게 흡입했다. 둘 사이에 소리 없는 적막이 흘렀다.

연우는 아주 잠깐 무슨 말을 해야 할지 고민했다. 그동안 숨겨서 미안하다고 해야 할까. 그것도 아니면.

"녀석은 저에 대해서 뭐라고 했습니까?"

연우는 차정우와 똑같은 얼굴을 하며 물었다.

"싸가지 없는 형이라고 했지."

'이 새끼가……'

"낄낄낄. 지금 생각해 보면 딱 맞는 말이지. 안 그러느냐?"

헤노바는 기분 좋게 껄껄 웃음을 터뜨렸다. 여태 짜증이 섞여 있던 모습은 온데간데없이. 너무 기분이 좋아 보였다.

연우도 그런 그를 보면서 따라서 웃다가, 천천히 입을 열었다.

"아까 전에 왜 퀴네에를 제작해야 하냐고 물으셨죠?"

"그랬지."

"정우를 찾기 위해서입니다."

순간, 잔잔한 미소가 흐르던 헤노바의 입술이 딱딱하게 굳었다.

"그게 무슨……!"

헤노바는 전혀 생각지도 못한 말에 눈을 크게 떴다.

연우는 자신이 처한 상황에 대해서 이야기하기 시작했다. 퀴네에를 제작해야만 완성할 수 있는 칠흑왕의 형틀 세트. 키클롭스 삼 형제와의 약속. 그리고 어떤 비밀이 있을 회중시계까지.

"내게 보여 줄 수 있겠느냐?"

연우는 회중시계를 헤노바에게 건넸다. 헤노바는 한참 동안이나 회중시계를 매만지면서 꼼꼼하게 살폈다. 그러다 인상을 찡그리면서 돌려줬다.

"너무 강한 봉인이 걸려 있어. 수리를 하려면 단순히 야금술만으로는 안 돼. 게다가…… 영혼석이라고 했었지?"

"예."

"그딴 게 들어 있다면 더 확실하다. 나로서도 손대기가 어려운 물건이야. 그리고 아마 힘들지도 모른다."

헤노바는 뒷말에 주어를 붙이지 않았다. 하지만 연우는 뭘 말하려고 하는지 알고 있었다. '키클롭스들이라고 해도 봉인을 풀 수 없을지도 모른다'는 뜻.

대놓고 이야기하지 않는 것은 대장장이의 신이라 불리는 키클롭스 삼 형제에 대한 예우인 것이다.

또한, 그만큼 영혼석을 다루는 긴 쉬운 일이 아니었다.

"예. 저도 그럴지도 모른다고 짐작하고 있습니다."

"그럼 어째서?"

"그래도 신이 셋이나 달라붙고, 빅토리아와 브라함이 돕는다면 어떻게든 해결책이 생기지 않을까요? 거기다 헤노바가 있는데 걱정할 필요가 있겠습니까."

"흥. 얼굴에 금칠을 해 준다고 떡이라도 생길 줄 아느냐?"

헤노바는 코웃음을 쳤지만, 그래도 기분은 좋았던지 입가에 살짝 미소가 걸려 있었다.

"그리고 실패한다고 해도, 그 뒤에 하데스를 돕고 퀴네에를 다시 양도받기로 하였으니……."

"그때는 칠흑왕의 힘을 깨우쳐서 새로운 해법을 찾으면 된다, 이 말이로군?"

"예."

연우는 고개를 끄덕였다.

죽음의 힘.

신과 악마들이 경외하고, 포세이돈이 경계를 하는 그 권능을 제대로 손에 쥘 수 있다면. 연우는 저절로 길이 열릴 것이라고 생각했다.

헤노바는 팔짱을 끼면서 무겁게 고개를 끄덕였다.

"결국 이러나저러나, 가장 먼저 퀴네에부터 만들어야 한다는 거군."

"예."

"그리고 타르타로스로 넘어가야 하고?"

연우는 말없이 웃었다.

헤노바는 살짝 미간을 찌푸리면서 곰방대를 입에 물었다.

"말년에 이상한 형제를 만나서 허구한 날 고생만 해 대는구나. 대체 전생에 내가 무슨 죄를 지은 건지."

그렇게 투덜거리면서도.

헤노바의 두 눈은 아들 같았던 녀석을 다시 만날 수 있을지 모른다는 기대감으로, 화로 속의 불길처럼 활활 타오르고 있었다.

✳   ✳   ✳

대주교는 천천히 눈을 뜨면서 상체를 일으켰다. 익숙한 광경이 눈에 보였다.

엄숙한 느낌으로 가득한 실내. 이것만 봐서도 모든 계획이 어그러졌다는 것을 알 수 있었다. 그래도 혹시나 하는 마음에 자신의 손을 내려다 봤지만.

"……."

역시나 주름이 잔뜩 진 손이었다. 앙상하게 말라 핏줄과 뼈마디가 고스란히 보이는 손. 검버섯까지 펴서 힘도 없어 보였다.

실제로 그에게는 남아 있는 힘이 거의 없다시피 했다.

마력 기관은 메말랐고, 근육은 망가져 더 이상 수복도 되지 않는다. 그나마 이렇게 버티는 것도 뛰어난 영력을 바탕으로 육체를 지탱하고 있기에 가능한 것이었다.

하지만 이마저도 육체가 완전히 붕괴하고 난다면 부질없어질 일이었다. 아니, 그보다 먼저 저주가 영혼을 침범한다면 끝장이었다.

그래서 새로운 육체를 바랐던 것이건만.

더 높은 존재로 태어나 모든 역경을 극복할 생각이었건만.

"……결국 이번에도 실패인가."

뜻은 이뤄지지 않았다.

"그래도 이번만큼은 성공에 가까워졌다 생각했는데."

빌어먹을 저주.

빌어먹을 천마.

대주교는 제사장이자 사도로서 절대 입에 담을 수 없는 말을 중얼거렸다.

하지만 신도의 이런 불경 어린 짓을 보고도, 지상에 아무런 관심이 없는 신은 묵묵부답일 뿐이었다.

차라리 속 시원하게 천벌이라도 내려 주면 좋으련만. 그런 것조차 따라오지 않았다.

아니, 벌 같은 것 따위 내릴 필요도 없다는 뜻일까. 그것도 아니면 그냥 귀찮다는 것일까.

그게 어떤 이유가 되었든지 간에. 대주교로서는 정말이지 속이 뒤집힐 일이었다.

이렇게 될 줄 알았더라면.

'차라리 그때 일어나지 말 걸 그랬었나?'

전대 대주교, 검은 새벽은 한때 외뿔부족의 핏빛 현자와 함께 탑의 정점으로 군림했을 정도로 뛰어난 실력을 가지고 있었다. 그리고 그를 따르는 주교들도 역대 최강이라는 말을 들을 정도였다.

하지만 문제는 그들의 패악도 그에 못지않았다는 점이었다.

검은 새벽의 통치 아래에 있는 마군은 그야말로 지옥이었다.

마(魔). 그 단어만이 교단의 진정한 정체성이라는 선언과 함께, 하루가 멀다 하고 신도들이 계속 죽어 나갔다.

이유도 가지각색이었다.

신이 마음에 안 들어 하신다는 말도 안 되는 이유로. 신이 원한다는 이유로. 신이 먹고 싶다는 이유로. 신이, 신이, 신이……!

그들은 패악을 부릴 때마다 '천마께서 바라신다'는 말을 전가의 보도처럼 마구 휘둘러댔고, 신도들은 그게 정말 신의 말씀이라고 생각하면서 기쁘게 죽어 나갔다.

그가 봤을 때는 위아래 할 것 없이 온통 미친놈투성이었다.

원래 마군이 외부로부터는 광신도 집단이라 손가락질을 받는다고는 하나, 그래도 그 속에는 따뜻한 잔정이 흐르는 사회였다.

본디 천마께서 내리신 교리는 평화와 사랑을 이야기하는 '밝음(明)'이었으니까. 마라는 어둠으로 다른 어둠을 물리쳐, 밝음을 좇는다는 것이 교리의 진정한 내용이었던 것이다.

그래서.

그는 온통 어둠으로 탁하게 물드는 교단의 꼴이 보기 싫어서 모든 것을 뒤집어 버렸다.

10년을 주기로 천마에게 제사를 지내는 봉선 의식 때, 모두가 무릎을 꿇고 기도를 하는 동안 혼자서 일어나 제단을 오르고, 무엄하다며 소리를 고래고래 지르던 검은 새벽과 다른 아홉 주교들을 모두 찢어 죽였던 것이다.

그리고 피로 물든 옥관(玉冠)을 스스로 머리에 쓰면서 새롭게 대주교가 되었노라고 선언했다.

신도들은 모두 기함을 터뜨렸지만, 검은 새벽 등을 죽인 그를 감히 거부할 수가 없었다.

결국 봉선 의식은 그렇게 끝이 났고, 저주도 대주교의 영혼에 단단히 아로새겨졌다.

언제나 교단의 성세를 이끌어 주던 천마의 권능이 모두 닫힌 것도 바로 그때부터였다.

이번 사건에서 여러 주교나 교구장 급의 높은 인사들이 속수무책으로 줄줄이 죽어 나간 것도 그런 이유 때문이었다.

천마의 권능이 허락되질 않으니, 사제들이 가질 수 있는 힘에도 한계가 있을 수밖에 없는바.

선대에 비해 전력이 무참할 정도로 깎인 것이다.

그나마 여태 세간에 크게 알려지지 않았던 건, 대주교가 가진 힘이 워낙에 뛰어난 데다가, 이주교인 킨드레드의 고생이 있었기 때문이었다.

하지만 이제는 그마저도 위태로워지려 하고 있었으니.

저주가 발작을 시작하며 육체를 좀먹어 갔던 것이다.

결국 이때부터는 대주교도 독한 마음을 품을 수밖에 없었디.

그는 그동안 저주에 씌고서도, 단 한 번도 천마를 원망해 본 적이 없었다.

오히려 검은 새벽이 망가뜨린 교리를 바로 세우고자 밤 낮으로 노력했다. 덕분에 비록 전력은 약화되었을지언정, 신도들의 생활은 한결 나아져 교단의 성세는 나날이 부쩍 커졌다.

또한, 수십 년이 되도록 한결같이 새벽 안수 기도를 올리 면서, 천마께서 마음을 돌리길 간절히 바랐다. 그러나 그때 에도 지금에도, 대답은 없었다.

'죽는 것은 두렵지 않다. 어차피 오랜 시간 살아온 인생 이 아닌가. 하지만…… 내가 사라지고 난다면, 이후의 교 단은 어찌 될 것이란 말이냐?'

곳곳에 이리 떼들이 가득한 탑에서. 대주교가 사라진 뒤, 교단의 실상이 외부에 알려진다면? 그때는 겨우 쌓아 올린 평화도 무너지고 만다. 평화란 결국 단단한 힘이라는 기반 위에만 쌓을 수 있는 누각이었으니까.

그래서 대주교는 천마가 끝까지 응답하지 않는다면 강제 로 응답하게 만들어야겠다고 생각했다.

자신이 천마의 얼굴이 된다면.

그런다면 위태롭게 언제 스러질지 모르는 교단도 다시 일굴 수 있지 않겠는가?

그래서 계획을 진행했었지만. 이제는 모든 게 어그러지고 말았다.

물론, 탑 어딘가에 미후왕의 허물 말고도 천마의 얼굴이나 다른 흔적들은 있을지 몰랐다. 마군도 위치를 전부 파악할 수 없을 정도로 많이 고루 뿌려진 게 여의봉의 조각이었으니.

하지만 그렇다 해도, 문제는 당장 대주교에게 시간이 얼마 남지 않았다는 점이었다.

그리고 그나마 겨우 쌓은 주교며 교구장들도 대거 쓸려나간 이때. 대주교에게 남은 방법은 거의 없다시피 했다.

'결국 이 방법밖엔 없나.'

대주교는 결국 하고 싶지 않았던 마지막 패를 꺼낼 때가 되었다고 생각했다.

'우리의 신을…… 버린다.'

신이 거부한다면 다른 신을 찾는 수밖에.

아니면.

'삼키던가.'

대주교의 눈동자가 스산하게 빛을 발하는 가운데.

끼익―

문이 열리면서 킨드레드가 나타났다. 면목이 없다는 듯 고개를 숙이는 그를 보면서 물었나.

"킨드레드, 당장 이동할 차비를 갖춰라."

"하지만……."

킨드레드는 위태로운 대주교를 보면서 눈을 크게 떴지만, 곧 다시 고개를 숙였다.

"어디로 모시나이까?"

"동주칠마왕의 사당."

*   *   *

"아이고. 이렇게까지 도와주지 않아도 되는데."

"아닙니다. 제가 하고 싶어서 그런걸요."

노인은 자신의 짐을 대신 들어 준 청년을 보면서 포근한 미소를 지었다.

"누구네 집 아들인지는 몰라도. 참 부모님이 알면 든든하겠어?"

"말씀 감사합니다."

청년은 뒷머리를 긁적이면서 노인과 함께 비탈길을 오르기 시작했다. 아주 잠깐 얼굴에 슬픈 기색이 어렸지만, 그는 곧 다시 방실방실 웃고 있었다.

그리고.

먼 곳에서 그 모습을 지켜보고 있던 그림자는 묘한 감상에 젖었다.

'그래도 잘 지내고 있는 것 같으니 다행이구나.'

한령은 점차 멀어지는 아들을 보면서 안도에 찬 한숨을 내쉬었다.

연우의 권속이 된 이래, 하루라도 빨리 전생의 힘을 되찾겠다는 일념과 연우가 겪는 바쁜 나날들로 정신이 없던 나머지 미처 아들에 대해 신경을 쓸 겨를이 없었다.

물론, 그래도 연우가 이따금 약속한 대로 아들의 생활을 챙겨 주고 있는 것을 보았기에 신경을 덜 썼던 것도 있었다.

그런데 간만에 이렇게 직접 두 눈으로 보고 나니 마음이 한결 놓였다.

약을 끊고, 지금은 탑 외 지역에 있는 어느 잡화점에 취직을 해서 소소하게나마 생활비를 벌고 있다더니.

하루 종일 뒤를 조용히 밟아 보니 정말 성실한 생활을 하고 있었다.

손님들에게 살갑게 대하면서 물건을 열심히 파는가 하면, 길을 지나다가 도움이 필요한 사람이 있으면 나서서 도와주기도 하는 등, 여태 한령이 알고 있던 아들과 전혀 다른 모습이었다.

그래서 이주 잠깐 동안 한령은 자신이 이들과 얼굴만 비숫한 다른 사람을 찾아온 게 아닌가 하고 착각까지 했을 정도였다.

혹시나 주변 평판 때문에 낮에만 저런 모습이고, 밤에는 다른 꿍꿍이를 벌이는 게 아닐까 싶기도 했지만. 전혀 그런 기미도 보이지 않았다.

정말 갱생을 한 것이다.

비록 플레이어로서 역량을 가진 것은 아니었지만, 그래도 한 사람의 몫은 다 하고 있었다.

대체 연우가 아들에게 무엇을 한 걸까?

한령은 문득 그런 생각이 들었다.

하지만 곧 고개를 털었다.

'어쩌면 그동안 내가 했던 방식들이 잘못되었던 것인지도.'

한령은 어렸을 때부터 아팠던 한빈을 위해서 모든 걸 다 해 주고자 했다. 그러면서도 막상 한빈이 필요로 할 때는 옆에 있어 주지 못했다. 어쩌면 그런 것들이 한빈을 과거에 그렇게 만든 것인지도 몰랐다.

물론, 그렇다고 해서 한빈이 저질렀던 것들이 정당화되는 것은 아니었다.

녀석에게 다친 사람들은 숱하게 많았고, 16층은 아예 망가지다시피 해 버렸으니.

그래도 이렇게 달라진 아들을 보고 나니, 복잡했던 머릿속이 어느 정도 맑아지는 기분이 들었다.

'페이스리스…….'

한령은 미후왕의 궁전에서 페이스리스와 부딪쳤을 때가 떠올랐다.

─아하하! 여기서, 너를 만나게 될 줄은 생각도 못 했어! 나의 절친한 벗이여!

그건 페이스리스가 아니었다.

비록 여러 얼굴을 번갈아 쓰고 있지만, 그때 등장했던 것은 분명히 오래전에 죽거나, 살았어도 이제 재기가 불가능할 것이라고 여겼던 녀석이었다.

'검무신.'

한령의 주먹이 꽉 쥐어졌다.

'대체 그동안 어디로 숨었나 했더니…….'

페이스리스가 최근에 여섯 신성으로 부각되었다지만, 그는 사실 꽤 오랫동안 탑을 누볐던 플레이어였다.

갖가지 기행을 일삼아서 제법 유명세는 타고 있었지만, 그렇게 실력은 뛰어나지 못해 밋밋한 명성만 갖고 있던 자.

그러다가 레드 드래곤이 붕괴되고, 탑이 격변을 맞이하면서 갑자기 급부상을 하게 된 케이스였다.

그런데 검무신이 바로 그런 페이스리스가 되어 있었다.

아니, 정확하게는 페이스리스로 변장해 있었다.

'집어삼킨 것이겠지. 진짜 페이스리스를.'

검무신은 무공에만 광적으로 집착하던 무인이었다. 하지만 그렇다고 해서 다른 잡기들을 등한시한 것은 아니었다. 갖가지 법술이나 요술도 익히고 있었던 그가 궁지로 내몰리자 그중에 하나를 썼다면 말이 되었다.

탑의 곳곳에 뿌려진 여러 감시들을 피해서 활동하려면, 차라리 그렇게 신분을 위장하는 게 나을 테니.

다만, 문제가 있다면.

'검무신, 한 명만이 아니었다는 점이야.'

영적인 존재인 데스 노블이 되었기에 알 수 있었다.

페이스리스 속에 담긴 영혼은 검무신 말고도 아주 많았다. 문제는 그것들 대부분이 한령이 아는 존재들이라는 점이었다.

'뮤별, 케이딕, 희백설, 세이, 타일러…… 거기다 플랑까지.'

오로지 검무신을 위해서 칼을 들고, 목숨까지 던질 수 있는 그의 수족들. 한때, 8대 클랜에 꼽혔던 청화도를 있게 만든 '검'들이었다.

그들이 전부 검무신과 함께하고 있었다.

그리고 그중 한 명은 전혀 생각지도 못했던 인물이었고.

창무신.

플랑. 무왕의 친동생이자, 검무신과 함께 손을 잡고 청화도를 일으켜 세웠던 녀석까지 있었던 것이다!

물론, 그 외에도 곳곳에서 수집한 듯한 다른 영혼들도 섞여 있었지만.

대부분이 검무신을 위시한 청화도의 것들이었다.

결국 페이스리스는 홀로 움직이는 청화도, 그 자체인 셈이었다.

다만, 하나의 몸뚱이에 너무 많은 영혼을 욱여넣은 나머지, 육체가 제 기능을 내지 못하고 있었다. 조금만 움직여도 삐거덕대니, 주 인격도 그때그때 계속 바뀌는 형식인 것 같았다.

하지만 한령은 페이스리스가 언젠가 그런 제약을 벗어던지고, 온전한 제 실력을 되찾을 수 있을 것이라고 여겼다.

아니, 어쩌면 소싯적의 검무신보다 더 높은 곳에 다다를지도 몰랐다.

수많은 영혼들을 담고 있는 만큼 집단 사고도 가능해지고, 여러 기억이 뒤섞이면서 무론도 그만큼 발전할 테니.

무엇보다.

한령이 알고 있던 검무신은 어떤 역경에도 굴복하지 않고, 스스로 이겨 내면서 악착같이 원하는 것을 쟁취하던 자였다.

그러니 말 못 하는 벙어리 신세에서, 아홉 왕이라는 위대한 자리까지 앉을 수 있지 않았던가.

―다음에 기회가 되면 보자고.

동굴이 무너지기 직전, 페이스리스는 한령에게 다음을 기약하며 물러났다.

그리고 지금에 이르기까지. 한령은 가슴이 짓눌린 것 같은 답답함을 안고 지내야만 했다.

당시로 돌아간다고 한들 선택은 번복되지 않을 것이다.

하지만 그렇다고 해도.

결국 그 모든 것들은 자신이 낳은 결과나 다름없으니.

이미 연우에게도 페이스리스와 관련된 사안은 모두 이야기를 해 둔 상태였다.

연우는 걱정할 필요가 없다고 딱 선을 긋긴 했지만. 그래도 찝찝한 마음이 사라지는 건 아니었다.

자신이 연우와 함께하고 있는 걸 본 이상, 페이스리스도 바보가 아니고서야 청화도의 멸망이 누구의 손에 짜여진 각본인지 눈치를 챘을 테니.

『한령, 어디지?』

그때, 연결 고리를 통해 연우의 목소리가 전해졌다.

아무래도 돌아갈 때가 된 모양이었다.

한령은 곧 돌아가겠다고 답변한 뒤, 저 멀리 사라지는 아들의 뒷모습을 잠시 바라보다가 그림자 속으로 스며들어 사라졌다.

"……응?"

한빈은 길을 걷다 말고, 잠시 걸음을 멈춰서는 뒤를 돌아보며 두리번거렸다. 분명히 뭔가가 느껴졌던 것 같았다. 익숙한 뭔가가.

"왜 그러나?"

"아, 아닙니다. 계속 가요."

한빈은 고개를 저으면서 노인과 함께 다시 길을 걷기 시작했다.

*　　　*　　　*

"삼촌! 또 일하러 가는 거야? 나빠!"

연우는 칭얼내는 세사를 높이 들이 인이 주었디.

"이번에는 금방 다녀올게."

"칫. 전에도 그렇게 말했었는데. 게다가 이번엔 브라함도 같이 가고."

연우는 이게 세샤의 가벼운 투정이라는 것을 알기 때문에 가볍게 웃었다. 자신만 아니라 평소에 같이 놀아 주는 브라함도 가 버리니 섭섭해서 그런 것이다.

"그럼 올 때 ○로나!"

"뭐?"

"저번에 삼촌이 만들어 준 거 맛있었어! 그거 또 만들어 줘!"

연우는 자기도 모르게 크게 웃음을 터뜨렸다. 그리고 알겠다면서 등을 두들겨 주었다. 또한, 속으로 간절히 바랐다. 부디 이번 여로에서 돌아오는 길에 세샤가 밝게 웃을 수 있는 소식을 가져올 수 있기를.

"세샤는 걱정 말게. 내가 돌봐 주고 있을 테니. 아니, 사실 그럴 필요도 없이 이미 마을에서 세샤를 안 돌봐 줄 사람이 없겠지만."

대장로는 안경을 고쳐 쓰면서 세샤를 건네받았다. 이미 세샤를 둘러싼 마을 남자아이들의 신경전은 하루가 다르게 커지는 중이었다.

연우는 세샤에게 가볍게 손을 흔들어 주고, 일행들이 있는 곳으로 돌아왔다.

헤노바는 못에 박힌 듯 우두커니 서서 세샤를 바라보고 있었다.

"저 아이가……."

"예. 정우의 딸입니다."

"그렇…… 군."

헤노바는 무겁게 고개를 끄덕였다. 현자의 돌을 만들 때도 오고 가면서 봤었다지만, 그때는 전혀 눈치를 채지 못했었다. 연우를 삼촌이라고 부르면서 따라다녔어도, 그냥 호칭만 그런 줄로 알았다. 그런데 그게 아니었다.

"안아 보시겠습니까?"

헤노바는 잠시 머뭇거리다가 짧은 걸음으로 다가가 조심스럽게 세샤를 안았다. 마치 잘못 안으면 부서질 것처럼. 다만, 영문을 모르는 세샤만이 눈을 멀뚱멀뚱하게 떴다.

"삼촌! 이 꼬마 할아버지 이상해!"

꼬마 할아버지. 연우는 자기도 모르게 웃음이 삐져나오려는 것을 꾹 참아야 했다. 다른 일행들도 하나같이 붉어진 얼굴로 슬쩍 고개를 돌리고 있었다.

헤노바는 짧은 팔로 세샤를 이리저리 어루만지다가, 가볍게 한숨을 내쉬면서 돌아왔다. 그러고는 도끼눈으로 연우를 쌔려봤나.

"너희 형제들의 말본새는 아무래도 집안 내력인가 보구나."

"그런가 봅니다."

연우는 일행들을 돌아봤다. 칸, 도일, 빅토리아, 크로이츠. 여기에 브라함과 갈리어드, 헤노바까지 총 8명.

어쩌다 보니 인원이 엄청 불어난 파티였다.

처음 탑에 들어설 때까지만 하더라도 솔로 플레잉만을 추구하겠다고 다짐했던 것을 떠올려 본다면. 달라져도 참 많이 달라진 셈이었다.

"그럼 길을 열겠네."

브라함은 손에 들고 있던 스크롤을 찢었다. 그러자 그들의 발아래로 붉은색 포탈이 활짝 열렸다. 타르타로스를 한 번 다녀왔던 연우의 기록을 바탕으로, 좌표를 추적해서 제작한 포탈 스크롤이었다.

포탈 너머로 잿빛으로 물든 타르타로스의 하늘이 보였다.

그렇게 건너가려는데.

"제자님? 여기 좀 와 보시죠?"

갑자기 브라함의 오두막 지붕에서, 무왕이 가만히 앉아 이쪽으로 손짓을 하고 있었다.

연우는 스승이 왜 나타났는지 몰라 눈을 크게 뜨다가, 일

행들에게 잠시만 기다려 달라는 말을 하고 훌쩍 무왕에게
로 다가갔다.

"왜 그러십니까?"

"네가 싼 똥은 네가 치워야지?"

"……?"

연우가 무슨 말이냐는 눈빛으로 쳐다보자, 무왕은 대답
하기도 귀찮다는 듯 손에 쥐고 있던 종이에다 내공을 담아
가볍게 던졌다.

연우는 종이를 가볍게 낚아채고 내용을 쭉 읽었다. 곧 두
눈이 깊게 가라앉았다.

"이건……."

"마군이 너에 대해 선전포고를 던졌다."

> ……이에 신의 이름으로. 감히 신의 행사를 방해한
> 적(敵) 독식자에게 성전(聖戰)을 선언한다.
> 또한, 앞으로 독식자를 따르는 무뢰배들, 돕는 이
> 교도들, 관련된 배덕자들 또한 함께 신벌을 내릴 것
> 이다.

"보다시피 널 돕는 놈들도 죄다 모가지를 뽑아 버리겠다
는데. 이거 나한테노 개시달하는 서 밎지?"

무왕은 짜증이 단단히 난 얼굴로 말을 이었다.

"거기다 식탐 새끼는 방구석에서 조용히 까나 처먹을 것이지, 가만히 있다가 갑자기 까만 도룡뇽들과 같이 너랑 동맹 맺고 하얀 도마뱀 놈들을 두들겨 팰 거라고 하지를 않나."

까만 도룡뇽은 블랙 드래곤, 하얀 도마뱀은 화이트 드래곤을 이야기하는 것 같았다.

"마탑 놈들은 대가리에 총을 맞았는지, 연합이니 뭐니 하면서 이상한 거 세워서 총구를 겨눈다고 하지."

연우는 부의 손짓에 줄줄이 녹아내리던 닥터 둠과 네크로폴리스를 떠올렸다.

"엘로힘, 이 개 같은 놈들도 여태 좀 잠잠하게 있는가 싶더니 다시 나대려 하더라고? 게다가 철사자단인지 하는 것들은 용병들도 대거 끌어모으는 중이고."

8대 클랜 중 4곳이 움직인다. 마법 연합은 여태 파벌이 갈라져 있어서 힘을 내지 못했을 뿐, 모두 합친다면 절대 그에 못지않은 전력이었다. 철사자단도 직접 나서서 용병계를 규합한다면 그만한 세력을 충분히 일굴 수 있었다.

자칫 대전(Great war)이 벌어질 수도 있었다.

"그런데 이 모든 게 널 중심에 두고 돌아가고 있더란 말이지. 대체 무슨 난장판을 치고 다니는 거냐?"

무왕은 눈을 가늘게 좁혔다. 입가는 웃고 있었지만, 그를 감도는 공기만큼은 살벌했다.

"우리 제자님 덕분에 우리 마을도 같이 귀찮은 데 말리게 생겼는데, 어쩌죠?"

하지만.

"아직 그것밖엔 안 되나 봅니다."

연우는 시큰둥했다.

무왕의 미간이 찌푸려졌다.

"뭐?"

"더 무르익어야 합니다. 제가 바라는 건 그 정도가 아닙니다."

"너…… 설마 '대전(Great war)'이라도 벌어지길 바라고 있는 거냐?"

"가능하다면요."

"하! 이 미친 새끼……."

무왕은 기도 안 찬다는 표정으로 이마를 치고 말았다.

대전.

그레이트 워.

탑은 수천 년의 역사만큼이나 숱하게 전쟁이 벌어졌었다. 하지만 그중에서도 규모가 너무 방대해서 탑 내 인구가 절반 가까이 날아갔던 전쟁도 몇 차례 있었나.

대표적인 전쟁이 지금은 전설처럼 전해지는 2차 용살대
전이었다.

98층으로 가는 길을 열어 다시 초월격을 획득하고자 하
는 용종들과 77층에 머물며 이들을 막아선 올포원 간에 벌
어진 대전.

그리고 결과는 당시 탑을 지배했다던 용종의 궤멸로 이
어지고 말았다. 만약 어렸던 여름여왕이 남아 있지 않았더
라면 완전히 멸종해 버렸을 사건이었다.

그 뒤로도 대전은 몇 차례 발생했고, 그때마다 탑은 세력
판도가 완전히 뒤바뀌는 결과를 맞았다.

그런데 연우는 그것을 언급하고 있었다.

무왕으로서는 기가 찰 수밖에 없는 일이었다. 하지만 연
우의 눈빛은 어느 때보다 진지했다.

"그냥 내버려 두십시오. 어차피 전쟁은 그렇게 쉽게 이
뤄지지 않습니다. 자신들의 예상보다 덩치가 훨씬 비대해
져서 섣불리 덤비기는커녕, 서로 눈치 보기 바쁠 테니까요.
도화선에 불이 붙지 않는 이상, 당분간은 냉전 체제 아래에
서 합종연횡만 바쁘게 오고 갈 겁니다."

"그럼 그 도화선에 불을 당기는 건 너고?"

연우는 아무 말도 하지 않았다.

무왕의 두 눈이 깊게 가라앉았다. 한쪽 입술 끝이 말려

올라갔다. 비웃음처럼 보이기도, 개구진 미소처럼 보이기도 하는 이상한 웃음.

"이게 여태 네가 바라던 그림이었냐?"

"예."

"우리 제자님, 그림 솜씨 한번 오지네."

무왕은 가볍게 혀를 찼다.

"내 방침, 알지?"

"예. 알고 있습니다."

무왕은 언제나 외뿔부족을 운영하는 데 있어 세 가지 원칙을 앞세웠다.

무간섭. 무개입. 무관용.

간섭을 받지 않는다. 개입을 하지도 않는다. 하지만 이 두 가지 중 하나라도 불발될 시, 절대 관용을 보이지 않는다.

그래서 외뿔부족은 8대 클랜들 간에 벌어지는 아귀다툼 속에서도 홀로 고고하게 서 있을 수 있었고, 지금까지 계속 성세를 더해 나갈 수도 있었다.

그런데 연우가 탑에 커다란 파란을 일으키고 있는 지금.

자칫 연우의 배경이나 다름없는 외뿔부족까지 휘말릴 수도 있게 된 것이다.

특히 마군과 마법 연합은 아예 노골적으로 외뿔부족을 겨냥하는 듯한 발언도 서슴지 않고 있었다. 용병 연맹도 여차하면 싸우겠다는 의지를 불사르고 있었다.

만약 독식자와의 싸움에 개입을 하려 한다면, 아무리 외뿔부족과 무왕이라고 하더라도 결사 항쟁을 불사하겠노라고.

거기다 혈국과 블랙 드래곤의 연맹은 아예 무왕이 나서주었으면 하는 의사를 내비치기도 했다.

아니, 애당초 아직 이렇다 할 세력도 없는 연우와 손을 잡겠다고 나선 것부터가, 무왕을 끌어들이기 위한 장치라는 것은 바보가 아닌 이상에야 쉽게 알 수 있는 일이었다.

하지만 무왕은 그런 곳에 발을 들이고 싶은 생각이 전혀 없었다.

레드 드래곤과의 싸움에 나타났던 것도, 단순히 '무관용'의 원칙에 따라 일족을 해한 범인을 추격하던 중에 전투에 휘말리면서 그런 것일 뿐.

그는 서로 자기가 잘났다고 으스대는 꼬락서니를 언제나 비웃음으로 지켜보는 입장이었다.

그가 바라보는 곳은 그런 진흙탕 같은 곳이 아니었다.

더 높은 곳.

올포원.

자신의 머리 위에 올라서서 오만하게 이쪽을 내려다보고 있는 그놈을 끄집어 내리는 것이 그의 유일한 관심사였다.

무왕은 바로 그 사실을 다시 일러 주러 온 것이다.

앞선 두 제자를 내보내고, 이제야 겨우 찾아낸 제자였다. 그리고 어느 정도 가능성도 엿보였다. 허구한 날 사고를 치는 것이 마음에 들지는 않지만, 자신도 어린 시절에 그랬으니 못 본 척 넘기기도 했다.

하지만 도가 지나쳐서 자신에게도 흙탕물을 튀기려고 한다면. 가만히 있을 수가 없는 노릇이었다.

그리고.

그건 연우도 익히 잘 알고 있기에 고개를 끄덕였다. 무왕은 스승이기에 앞서, 일족을 위해서 친동생도 가차 없이 내쳤던 왕이다. 그의 입장을 모를 리 없었다.

아니, 그런 점을 떠나서라도.

"이 일은 제 일입니다."

복수는 자신의 손으로 해내야만 했다.

"전에도 이렇게 똑같이 말한 것 같다만. 뭐, 됐다. 잘 다녀와라. 고생 많겠지만."

무왕은 그 말을 하고 다시 표홀히 자취를 감췄다.

연우는 그래도 어디선가 자신을 지켜보고 있을 스승에게 고개를 숙이고, 포탈이 있는 곳으로 놀아갔나.

팟—

곧 빛무리가 세상을 가득 물들이면서 시야를 반전시켰다.

*　　　*　　　*

[히든 스테이지, '타르타로스'에 입장했습니다.]

"공기가 너무 퀴퀴한데."

"영압도 이지러지고 있어. 신격들이 생활하는 곳이라 그런가?"

"여기가 타르타로스……."

일행들은 타르타로스에 입장하자마자 하나같이 인상을 찡그렸다.

텁텁한 공기. 오싹한 기분. 어깨를 짓누르는 중압감까지.

산 자는 환영받지 못할 장소이며, 격을 터득하지 못한 필멸자에게는 금기의 땅이나 다름없는 곳.

정신을 똑바로 차리지 않으면 곧바로 육체와 영혼이 분해될 것 같은 기분마저 들었다.

칸과 도일은 재빨리 선술을 발동시켜 압박에서 벗어나는 한편, 빅토리아는 아나스타샤가 특별히 챙겨 줬던 아티팩트를 발동시켜 일행들이 있는 곳에다 둥근 보호막을 설치

했다. 여기다 크로이츠까지 성검 줄피카르를 바닥에다 꽂으면서 축문을 외워 다른 보호막을 덧대었다.

처음 타르타로스에 도착했을 때, 얼굴이 파랗게 굳던 헤노바도 그제야 한결 숨을 돌릴 수 있었다. 그러다 주변을 둘러보더니 연우에게 물었다.

"그런데 곧바로 명왕의 신전으로 간다더니. 어디야?"

연우가 보기에도 주변은 아무것도 찾아볼 수 없는 허허벌판이었다. 곳곳에 남은 얼마 안 되는 흔적들만이 아주 오래전에 격전이 있었다는 것을 말해 주고 있었다.

연우는 스크롤을 제작한 브라함을 돌아봤다. 하지만 브라함도 사정을 모르긴 마찬가지였다.

"난 자네가 일러 준 좌표대로 찍었다네."

연우는 자신이 잡았던 좌표가 혹시 틀렸나 다시 복기를 해 보았다. 하지만 틀린 곳은 없었다.

[비마질다라가 익숙한 전장의 광경에 흡족한 미소를 띱니다.]

[케르눈노스가 가만히 당신을 주시합니다.]

[페르세포네가 어서 남편을 찾을 것을 종용합니다.]

채널링이 연결된 신들의 메시지에 살짝 미간이 찌푸려질 무렵.

"하데스의 마지막 남은 영역이 신전이었다고 했지?"

브라함은 하늘의 운행을 가만히 살피다가 물었다.

"예."

"그렇다면 성역이란 뜻이군. 그렇다면 이런 경우는 보통 두 가지야."

"무엇입니까?"

"첫째는 자네가 재료를 구하러 다니는 동안, 하데스가 결국 망했을 경우."

[페르세포네가 불같이 화를 냅니다!]

"윽!"

그때, 여태 이야기를 듣고 있던 도일이 갑자기 머리를 쥐어 싸매더니 바닥에다 무릎을 꿇었다.

"왜 그래?"

칸이 놀라 그를 부축하려는데, 순간 도일이 세게 칸의 손길을 뿌리치면서 고개를 번쩍 들었다.

순간, 도일이 내뿜는 기백에 일행들은 한 발자국 물러섰다. 그들을 둘러싸고 있던 보호막이 크게 흔들렸다.

도일의 눈동자가 짙은 녹색으로 형형하게 빛나고 있었다.

"감히 내 남편의 죽음을 논해? 영락한 반편이 따위가?"

쩌렁쩌렁하게 울리는 앙칼진 목소리. 신력이 한가득 담겨 있었다. 페르세포네가 직접 도일의 몸에 강신해서 진언(眞言)을 내뱉고 있었다.

"페르세포네로군."

브라함은 눈을 가늘게 뜨며 머리카락이 빳빳하게 일어선 도일을 바라봤다. 자신을 비하하는 말을 들었는데도 불구하고, 그의 눈동자는 깊게 가라앉아 있었다.

"브라흐마, 입조심하지 않으면 다……!"

"입조심하지 않으면 뭐, 어쩔 건가? 나에게 천벌이라도 내리려고? 어떻게 말인가? 거기 감옥 같은 98층에 갇혀서?"

페르세포네가 살벌한 기세를 뿜어내는데도 브라함은 뭐 어쩔 거냐는 듯이 비웃음을 던졌다.

그동안 세샤를 돌보느라 자상한 면모만 보여 줘서 그렇지, 사실 그는 '추방자'라는 별칭을 따로 갖고 있을 정도로 시니컬한 삶을 살았던 존재였다. 특히 98층에 얽매인 초월자들에 대한 냉소는 예전보다 오히려 심해진 상태였다.

"남편이 걱정되거든 자네야말로 가만히 빌 퉤고 치앉이

서 이쪽 보고 있기나 해."

브라함은 더 이상 페르세포네를 상대하기 싫다는 듯, 도일의 머리에다 손을 얹었다.

그러자 빳빳하게 일어났던 머리카락이 거짓말처럼 가라앉으면서, 눈동자에 맺혔던 녹색 안광도 금세 사라졌다.

도일은 잠시간 어떻게 된 일인지 몰라 눈을 동그랗게 뜨다가, 곧 쓴웃음을 지으면서 브라함에게 말했다.

"말씀이 심하셨어요, 브라함."

"왜? 자네한테 염병하나 보지?"

도일은 아무 말도 하지 못했다. 비록 모신 지 얼마 되지 않았다고 해도, 그는 페르세포네의 사도였으니까.

하지만 상대 역시 한때 신격이었던 존재. 이미 연우로부터 브라함의 사연에 대해서 대충이나마 들었던 그로서는 브라함에게 함부로 대할 수가 없었다.

"무시해."

브라함은 도일에게 그렇게 못을 박고, 가볍게 혀를 차면서 연우를 돌아봤다.

"하여간 평소에는 정숙하기로 유명하면서, 제 남편 이야기만 나오면 도끼눈이 되어서는. 쭛."

연우는 오늘따라 브라함이 색다르게 보였다.

"말씀 못 하신 두 번째는 무엇입니까?"

"아, 그거? 간단하네. 하데스가 임의로 성역의 좌표를 뒤틀어 버린 거지."

연우의 눈이 살짝 커졌다.

"그렇단 말씀은?"

"어디선가 한창 전투가 벌어지고 있단 뜻이겠지? 아마 성역의 크기가 있으니 좌표를 크게 틀진 못했을 거야."

연우는 다급하게 니케를 소환해서 하늘 위로 띄웠다.

니케는 크게 날갯짓을 하면서 상공으로 비상했다. 크게 원을 그리면서 주변을 살피던 니케는 곧 저 멀리서 어렴풋하게 어둠이 크게 일렁이는 게 보였다.

『주인! 저기 뭐가 있어!』

연우는 곧바로 니케의 시야를 공유했다.

타르타로스의 하늘은 언제나 어둑하고 잿빛으로 가득해서 거리를 가늠하기 힘든 게 흠이었다.

[용마안]

그래도 결을 살펴보니 마치 공간이 통째로 출렁이는 듯한 착각과 함께 무언가가 언뜻 비치고 있었다.

'거신.'

처음 타르타로스에 입상했을 때 봤던 것과 비슷한 디딘

여러 명이 무언가와 크게 격전을 벌이고 있었다.

어둠이 갈라지면서 벼락이 내리꽂히고, 땅이 갈라지면서 불기둥이 치솟고 있었다. 그리고 공간이 갈라지면서 쏟아지는 건, 어떻게 표현하기 힘든 괴상망측하게 생긴 괴물들이었다.

도저히 인세에서 벌어지는 것이라고는 생각하기 힘든 광경. 상전벽해의 전투였다.

문제는 승세가 어디로 기울고 있는지를 전혀 알 수 없다는 점이었다.

차라리 하데스 쪽이라면 좋을 테지만. 연우는 왠지 모르게 불안한 마음이 들었다. 승산이 이쪽에 있다면 왜 굳이 좌표를 뒤튼단 말인가.

『그런데 너무 멀어!』

니케는 대략적으로 거리를 가늠하고 살짝 눈살을 찌푸렸다. 신수인 자신이니 겨우 감지할 수 있었던 것이지, 일반 플레이어들의 걸음으로는 며칠이 지나도 도저히 다다를 수 없을 만큼 너무 먼 거리였다.

'불의 날개와 블링크, 바람길이라면…… 어떻게든 좁힐 수 있어.'

연우는 있는 힘껏 마력회로를 돌렸다.

[천익기공]
[마력회로— 총출력(總出力)]

"브라함, 천천히 와 주십시오."

[바람길— 질풍]

콰아앙—

연우는 브라함의 대답도 듣지 않고, 바람길 중에서 가장 빠른 루트를 밟아 몸을 날렸다.

뒤에서 칸과 도일이 뭐라고 외치는 소리가 들렸지만, 폭음에 묻혀 들리지 않았다. 그렇다고 해도 크게 걱정하지는 않았다. 브라함도 연결 고리를 통해 저쪽의 사정을 알았을 테니, 파티원들에게 잘 설명을 해 줄 터였다.

무엇보다. 칸과 도일, 빅토리아 등은 모두 선술이나 마법 같은 술법 계통에 능통한 사람들이었다. 연우를 뒤쫓아 올 수 있는 사람은 금세 쫓아올 터였다.

쐐애애액—

연우는 그렇게 바람길을 타고 달리면서 잇달아 블링크를 전개했다. 그림자 속에 있던 부가 버프를 한가득 실었다.

＊　　　＊　　　＊

그렇게 얼마나 달렸을까.

쿠쿠쿵—

연우는 저 멀리, 어둑어둑한 하늘을 가르면서 지상으로
갖가지 괴물들을 쏟아 내는 티탄들을 발견할 수 있었다.

'하나, 둘…… 못해도 열아홉.'

장장 수 킬로미터나 되는 거신이 날뛰는 것만 해도 충격
적인데, 그런 것들이 한데 뒤엉켜서 이리저리 움직이는 모
습은 말을 잃게 만들었다.

공포에 질린다는 느낌도 없었다.

너무 압도적인 차이가 나서 그럴 실감조차 나지 않았던
것이다.

그리고.

콰르르릉—

티탄들 사이로 바쁘게 움직이면서 검을 휘둘러 대는 하
데스의 모습은 너무나 위태로워 보였다.

칼을 휘두를 때마다 어둠이 핏물처럼 튀고, 산맥만 한 큰
팔다리가 떨어져 나가는 등, 티탄을 압도하는 존재감과 신
위를 선보이고 있었지만.

그래도 왠지 모르게, 연우의 눈에는 하데스가 격랑 위에

표류한 난파선처럼 비쳤다.

아주 기나긴 세월 동안, 다른 도움 없이 홀로 티탄을 막아서면서 쌓인 피로가 여기까지 느껴질 정도였다.

연우는 주변도 재빠르게 살폈다.

하데스가 전투를 벌이는 하늘 아래, 거대한 성벽을 따라 한창 공성전이 벌어지는 중이었다.

디스 플루토의 여러 하급 신격들은 티탄들이 몰고 온 여러 괴물들을 상대로 분투를 벌이고 있었다.

성벽을 넘으려는 녀석들을 어떻게든 밀어내고, 목을 쳤다. 그들의 얼굴에는 어떻게든 마지막 남은 성역을 지켜 내고 말겠다는 결사 어린 의지가 역력했다.

하지만 그런 그들의 바람과 다르게 전황은 좋지 못했다.

이미 성벽 주변은 온통 헤아릴 수도 없을 만큼 많은 괴물들의 사체들로 산등성이를 이루고 있었다. 그런데도 하늘과 지상에서는 공간이 열리는 족족 괴물들이 대거 쏟아지고 있었으니.

그것들은 동료들의 사체가 망가지는 것을 아랑곳하지 않고 어떻게든 꾸역꾸역 성벽을 넘어서고자 했다. 때로는 사체를 방패막으로 쓰거나, 마력을 가득 실어 투석기처럼 성역 안쪽으로 던져 넣기도 했다.

반면에 디스 플루토는 이미 오랜 싸움으로 고된 기색이 역력했다. 몇몇은 결국 버티지 못하고 괴물들과 함께 성벽 밖으로 떨어지기도 했다.

다만, 특이한 점은 디스 플루토 쪽에 신격을 갖추지 않은 자들도 더러 섞여 있다는 점이었다. 척 보기에도, 연우와 같은 플레이어로 보이는 자들.

어떻게 여기에 다른 플레이어들이 있는지 알 수는 없었지만.

연우는 일단 사소한 의문은 뒤로하고, 빠르게 머리를 굴리기 시작했다.

[시차 괴리]

'저대로는 위험해. 임시로라도 괴물들을 막을 만한 방법이 없나?'

연우는 인지 영역을 넓게 퍼뜨렸다. 다행히 이곳에 가득한 신격들은 그들에 비해 미약하기만 한 연우에게 일절 신경도 쓰지 않고 있었다. 그것이 연우에게는 아주 좋은 기회였다.

그때.

'저놈이다.'

연우의 초감각에 유독 한 녀석이 사로잡혔다. 티탄들 사이에 둘러싸여 있는 데다 너무 작아서 잘 보이지 않지만, 그래도 갖춘 격만큼은 티탄에 못지않은 존재.

녹색 머리칼을 길게 늘어뜨린 여인이었다. 따분하다는 표정으로, 성역을 둘러싼 결계만을 집요하게 노려보고 있었다. 여인이 든 수정구를 따라 검은 광채가 감돌았다. 괴물들과 똑같은 기운. 아무래도 저 수정구가 소환 신물인 것 같았다.

'될까?'

연우는 느릿해진 시간의 흐름 속에서 수많은 가정과 연산을 거듭했다. 하지만 그때마다 돌아오는 대답은 실패.

무왕 급이라도, 아니, 최소한 아홉 왕 급이라도 되면 모를까. 지금 자신이 가진 힘으로 신격을 상대할 수는 없었다. 아니, 오히려 긁어 부스럼만 만들 공산이 컸다.

신살(神殺)의 권능이라도 주어지면 또 모를까. 하지만 연우가 획득한 900여 개의 권능 중에도 신살은 없었다.

애당초 신과 악마들은 자신들을 해할 수 있는 것을 절대 하계에 내려 주는 법이 없었다.

결국 연우는 연산의 방향을 바꿔야만 했다.

'수정구만 노린다면?'

그래도 성공 확률은 5%.

애당초 상대와 격의 차이가 너무 컸다.

그것을 메울 필요가 있었다.

'미친 척하고 권능을 모두 깨운다면?'

자칫 겨우 가라앉힌 신열이 다시 발작할 위험이 컸지만, 지금은 당장 그런 것을 신경 쓸 겨를이 없었다.

결과는 금방 나왔다.

15%.

'많이 높아졌지만, 그래도 안 돼. 드래곤 킬러 때의 방식을 쓴다면?'

재생 스킬을 사용해서 몸이 망가질 것을 두려워하지 않는다면…… 20%.

이만하면 확률을 많이 올린 셈이었지만, 그래도 턱없이 부족했다.

그때, 연우는 한 가지 생각에 미쳤다. 자신에게는 신과 악마들이 두려워한다는 무기가 있잖은가. 초월자들을 강제로 봉인시킨다는 신물, 신진철.

'여의봉의 조각이라면……?'

손을 활짝 펼쳤다. 마군을 쓰러뜨리고 획득한 조각들이 황금색 빛을 내며 손바닥 위를 뱅글뱅글 맴돌았다.

이윽고 연우의 입가에 미소가 맺혔다.

'30%.'

탁!

연우는 달리던 그대로 걸음을 멈췄다. 그리고 동시에 느려졌던 외부 시간이 다시 되돌아오면서.

[3차 용체 각성]
[권능 전면 개방]

콰드득, 콰득—

육체가 내외로 갑자기 부쩍 늘어난 힘을 버텨 내지 못하고 이리저리 뒤틀리기 시작했다. 재생 스킬이 발동하면서 육체를 바로잡아 내고, 여태 단절되었던 900여 개의 채널링을 강제로 타르타로스로 끌어왔다.

그리고 연우는 팽창한 힘을 전부 여의봉의 조각 쪽으로 쏟아부었다.

화아악—

[화안금정]

여의봉의 조각들이 환한 빛무리를 토해 내면서 웅웅 울어 댔다. 공명하듯이, 연우의 두 눈도 황금색 빛을 띠었다. 화안금정. 미후왕의 눈이 용마안 위에 자리 잡았다.

그리고 여의봉의 조각들이 허공에서 춤을 추더니 차례대로 조립되기 시작했다.

찰칵, 찰칵—

곧 연우의 손아귀에 새로운 황금색 무기가 잡혔다. 대략 2미터 남짓해 보이는 기다란 길이를 가진 창대.

연우는 비그리드를 뽑아 주저 없이 창대의 끝에 고정시켰다. 비그리드의 손잡이와 창대의 홈은 거짓말처럼 딱 맞았다. 그리고 연우는 그것을 역수로 쥐면서 투창 자세를 갖췄다.

그사이에도 몸은 이리저리 뒤틀리고 있었다. 현자의 돌이 과열되고 있었다.

[드래곤 킬러]
[성화]
[제천류— 화염륜]

화르륵—

비그리드의 끝에서부터 불길이 치솟았다. 제천대성이 천계를 불사를 때 사용했다는 마화(魔火)가 크게 피어나면서 성화와 뒤섞여 검붉은 신화(神火)를 만들어 냈다.

그리고.

팟—

연우는 있는 힘껏 손에 들고 있던 장창을 내던졌다. 비그리드의 옵션이 작동하면서 이미 표적을 정확하게 포착하고 있었다.

"커져라, 여의!"

연우가 미후왕의 허물을 삼키면서 터득한 제천류의 가장 큰 특징은 오행을 다룰 수 있다는 점이었다.

오행이란 자연 본연의 힘.

더 이상 선술이라는 매개체를 사용하지 않고도, 자연의 힘을 끌어올 수 있다는 것이었다.

이는 곧 투여한 마력량이 크면 클수록 자연이 가진 힘도 덩달아 커진다는 뜻이 되었다.

자연재해를 인위적으로 일으킬 수 있는 것이다.

그리고 이것을 기존에 갖고 있던 여러 스킬과 권능에 접목시킬 수 있다면.

그때는 어떤 결과가 나타날까?

*   *   *

검붉은 궤적이 길쭉하게 늘어나 허공을 가로실렀나.

너무 순식간에 벌어진 일이라, 녹색 머리칼의 여인인 아스트라이오스는 어떻게 미처 대응할 겨를이 없었다.

아니, 정확하게는 미처 읽지도 못했다. 어디서 무언가가 번쩍인다는 느낌은 받았지만, 디스 플루토 소속의 플레이어들과 마찬가지로 있으나 마나 한 필멸자라고만 여겼을 뿐이었다.

하지만 그 속에 담긴 거력(巨力)을 읽은 순간, 뒤늦게 무시할 게 못 된다는 것을 깨닫고 말았다.

타르타로스에서는 절대 느낄 수 없어야 할 천계의 여러 신들의 신력이 한가득 담겨 있었다.

하지만.

무엇보다, 격을 터득한 초월자들이라면 누구나 증오할 만한 힘이 느껴졌다.

제천대성!

그 미친 작자의 힘이 왜 난데없이 여기서 나타난단 말인가!

하지만 아스트라이오스가 어떻게 대응해 보려 했을 때는 이미 늦은 뒤였고.

파각―

검붉은 궤적은 정확하게 그의 신물, '데네브'를 꿰뚫고 지나갔다. 본래대로라면 웬만한 공격쯤은 가볍게 튕겨 낼 만한 결계가 둘러쳐져 있었지만, 신화를 둘러싸고 있던 여의봉은 그마저도 모조리 박살 내면서 저 높은 하늘에까지 다다랐다.

퍼어엉!

데네브가 폭발하면서 부서진 조각들이 곳곳으로 흩어졌다. 그 순간, 데네브의 소환 의식에 따라 강제로 어둠을 열고 태어났던 여러 마물들은 혼란에 잠겼다. 여태껏 녀석들을 끌어당기던 채널링이 단절된 것이다.

크와앙!

크어? 크어어—

그리고 공격은 거기서 그치지 않았다.

[불의 파도— 지글거리는 불씨]
[제천류— 뇌벽세]

불의 파도는 한 번 폭발한다고 해서 거기서 그치지 않는다. 사방으로 흩어진 불씨들은 마력을 품고 있다가 2차, 3차 연쇄 폭발을 일으키면서 주변 일대를 초토화시키는 특징을 지니고 있었다.

그런데 만약에 여기에 제천류의 강렬한 뇌기를 담을 수 있다면?

그때는 재앙이 될 수밖에 없었다.

콰르르릉—

우르르, 콰콰쾅!

수십 수백 개의 벼락을 잔뜩 응축시킨 강렬한 불벼락이, 연달아 쏟아지면서 성역 주변에 작렬했다.

분명 짙은 어둠과 잿빛 대기로 가득했던 타르타로스였지만. 지금 이 순간만큼은 불벼락이 내는 발광으로 환하게 빛나고 있었다. 그리고 뒤따라 이어지는 폭음과 어마어마한 열풍은 마물들을 깡그리 밀어냈다.

[검의 승화]

[악역— 구축(驅逐)]

불벼락에는 비그리드의 옵션도 같이 섞여 있었다.

불벼락들은 절대 허튼 곳에 떨어지지 않았다. 이미 연우가 시차 괴리를 사용하는 동안에 적수로 지정된 표적들에 정확하게 떨어졌다.

더불어 파사현정과 축귀구마에 뛰어난 성질답게, 마물들은 불벼락에 줄줄이 녹아내렸다.

데네브로 아스트라이오스의 가호를 여전히 받고 있으면 모를까, 그렇지 못한다면 '밥'이 될 수밖에 없는 신세였다.

콰르르—

[축복 전도]

거기다 표적이 죽고 나면 저주가 주변으로 다시 퍼져 나갔으니. 아스트라이오스의 명령에 따라 한데 뭉쳐 있던 마물들은 표적이 되지 않았어도 저주가 씌면서 대규모 디버프를 겪어야만 했다.

그 외에도 호구별성이나 투쟁 본능 같은 여러 권능들이 같이 적용되다 보니, 서로 연쇄 작용을 벌이면서 피해를 계속 확산시켜 나갔다.

마치 비탈길을 구르는 눈덩이처럼, 죽어 나가는 괴물들이 점점 불어났다.

[아가레스가 광소를 터뜨립니다.]
……
[비마질다라가 당신이 벌인 광경에 찬사를 보냅니다.]
[비마질다라가 당신에 대한 호감을 크게 드러내며, 이미 내렸던 권능을 회수하고 더 큰 권능을 하사합니다.]

[권능, '검은 구비타라'가 생성되었습니다.]

[검은 구비타라]
등급: 권능
숙련도: 0.3%
설명: '무소속'의 악마, 비마질다라가 선물한 권능.

비마질다라는 젊은 시절 오로지 투쟁만을 목적으로 살았던 아수라로서, 왕 중의 왕이 된 이후로는 그마저도 뛰어넘어 '황(皇)'이 되겠다는 일념으로 검을 손에서 놓지 않았다.

그러다 언제부턴가 의욕이 조금씩 떨어져 휴식을 취하던 그는 우연히 하계를 내려다보던 중, 당신을 발견하고 깊은 감명을 받게 되었다.

때문에 그는 절교라는 소속을 버리고, 왕 중 왕이라는 작위도 벗으면서 다시 야인(野人)의 삶으로 돌아갔다.

때문에 모든 신과 악마들은 그를 상대하기는커녕, 공포의 대상이 다시 돌아다닌다는 사실에 두려움에 잠기고 말았다.

더불어 비마질다라는 초심을 되찾게 해 준 당신에

게 감사의 선물로, 역대 사도들에게도 주지 않았던 주요 권능을 내리게 되었다.

＊혈화(血花)가 핀 자리

광역으로 적을 공격할 시, 35%의 확률로 피의 꽃을 심는다. 혈화는 대상의 영혼과 육체를 갉아먹으면서 초당 30씩의 피해를 입힌다. 이때 입은 피해는 어떤 방법으로도 회복이 불가능하며, 혈화 하나당 시전자의 마력을 1%씩 회복한다.

＊아수라의 왕

표적으로 설정된 대상에게 인위적으로 우위를 점하게 된다. 대상은 공포에 젖어 기력이 깎이며, 적에게 공격을 가할 때마다 공격력이 계속 증가한다. 누적 15회에 걸쳐서 최대 열 배 이상의 파괴력을 선물한다.

＊현인(賢人)의 눈

권능이 발현되는 동안, 비마질다라의 눈을 가져온다. 억겁의 세월 동안 싸움을 계속 벌여 온 악마의 지식을 엿보아 전장에 적용시킬 수 있는 혜안을 터득한다.

비마질다라가 새롭게 선불안 섬은 구비바타는 사실싱 내

용 면에서 비그리드의 옵션에 호응하는 효과를 지니고 있었다.

적으로 지정된 대상에게 대규모 디버프를 걸고, 그만큼 비례해서 시전자에게 버프를 준다는 내용. 여기에 대상이 많아지면 많아질수록 마력의 회복 속도도 빨라지니 다른 연계도 가능했다.

더구나 연우는 '영혼을 갉아먹는다'는 문구가 너무 마음에 들었다.

사용하기에 따라서는 신적인 존재와 어느 정도 겨룰 수 있는 힘을 인위적으로 만들어 주는 것이기도 했으니.

이는 앞으로 신적인 존재들과 싸움을 벌여야 할지도 모르는 연우에게 아주 좋은 무기를 쥐여 준 격이었다.

더군다나 세 번째 옵션인 〈현인의 눈〉은 여러 공격 투로를 필요로 하는 연우에게 큰 지표가 될 수 있었다.

비마질다라가 일부러 연우를 위해서 이런 권능을 만들어 줬다고 봐도 무방할 정도였다.

크어어ー

꾸우우웅!

결국 불벼락과 열풍이 휘몰아친 자리에 있던 괴물들은 하나하나가 붉은 혈화로 뒤덮여 고통 속에 허우적대고 있었다.

'드래곤 킬러→화염륜→불의 파도→뇌벽세→축복 전도
→검은 구비타라'로 이어지는 연쇄 공격.

　연우는 한순간 체력과 마력이 대거 빠져나가는 것을 느
꼈지만, 곧 죽은 대상들에게서 끌어온 여러 힘들이 다시 체
내를 가득 채워 주면서 가까스로 균형을 되찾을 수 있었다.

　더구나 공격은 거기서만 그치는 것이 아니었다.

　「죽은. 적에게. 축복을.」

　허공 한가운데에서 인페르노 사이트가 열리면서, 부가
나타나 커다란 법전을 열고 있었다.

　[혼돈이 축복을 내립니다.]
　[권능, '무면목 법서'가 발동합니다. 에메랄드 타
블렛의 힘이 더해집니다.]
　[첫 장, '망석중이 다루기'가 열렸습니다.]

　일전에 네크로폴리스 소속의 마법사 영혼들을 대거 흡수
하면서 또다시 지식을 회복한 그는 이제 에메랄드 타블렛
을 조금씩 되찾아 가고 있는 중이었다.

　아직 혼돈이 내린 무면목 법서가 중심이긴 했지만, 이것
만 하더라도 엄청난 장족의 발전이었다.

　촤라락—

법전이 빠르게 돌아가면서 첫 장이 활짝 열렸다.

그리고.

츠츠츳—

지면을 따라 잿빛 안개가 자욱하게 깔렸다. 그 속에는 칠
흑왕의 절망 속에 담겨 있던 망령들이 수도 없이 많았다.

망령들은 도처에 널려 있던 마물들의 사체에 들어갔다.
곧 사체가 조금씩 들썩이기 시작했다.

「일어. 나라.」

부의 명령에 따라, 사체들이 하나둘씩 꼭두각시 인형처
럼 일어났다.

눈빛이 흐리멍덩하고, 사지가 기괴한 방향으로 뒤틀려
있는 녀석들은 저마다 다른 곳으로 고개를 돌리더니 가장
큰처에 있는 놈들에게로 와락 달려들었다.

크아앙—

가뜩이나 혈화로 뒤덮여 발목에 쇠사슬을 감고 있는 것
처럼 괴로워하던 마물들은 계속 달라붙는 망석중으로 인해
결국 쓰러져야만 했다.

쿵, 쿠웅!

그렇게 성역을 금방이라도 침범할 것처럼 굴던 마물들이
줄줄이 쓰러졌다. 죽은 영혼은 다시 칠흑왕의 절망으로 귀
속되며 부에게 힘을 한껏 더해 주었으니.

하늘에는 어느새 본 드래곤까지 나타나 포이즌 브레스를 뿌려 대기까지 했다.

[케르눈노스의 가호가 내려집니다.]
[신령(神靈)이 깨어납니다.]

푸른 정령, 레베카는 서광을 한껏 드러내면서 삭풍이 되어 허공을 가로질렀고.

샤논과 한령은 저마다 시그니처 스킬을 터뜨리면서 여러 전쟁의 신들의 가호를 가져와 빠른 속도로 마물들을 쓰러뜨려 나갔다.

비록 괴이들은 고치 속에 잠겨 있어 전력에 추가할 수 없었지만, 이미 이것만으로도 성역 주변은 어느새 연우의 힘으로 가득 덮여 있었다.

아니, 칠흑왕의 권능으로 뒤덮여 있었다.

모든 전쟁과 죽음이 그곳에 있었다.

[아레스가 당신이 벌인 성과에 크게 무릎을 칩니다.]
[네르갈이 수많은 죽음에 흡족한 미소를 띱니다.]
……

[전쟁의 신들이 크게 웃습니다.]

[전쟁의 악마들이 당신에 대한 평가를 내리기 시작합니다.]

[당신에 대한 평가가 진행 중입니다. 결과에 따라서 다양한 혜택과 가호를 받을 수 있습니다.]

[죽음의 신들이 찬사를 터뜨립니다.]

[죽음의 악마들이 더 강한 권능이 없을까 고민합니다.]

[당신에 대한 논의가 진행 중입니다. 결과에 따라서 격(格)의 수여 여부가 결정됩니다.]

연우는 자신이 빚어낸 말도 안 되는 광경을 보면서, 아주 잠깐 언젠가 무왕과 나눴던 대화가 떠올랐다.

— '왕'들과 일반 플레이어들 사이의 차이점이 무엇이냐고?

—예.

당시 연우는 무왕의 말도 안 되는 힘을 어떻게 따라잡아야 할지 도무지 감이 잡히질 않아, 그렇게 물었었다.

물론, 거창한 대답을 바란 건 아니었다.

언제나 무왕은 이런 질문을 던질 때면 '잘.' 혹은 '알아서.'라고 대답을 하곤 했으니까. 그는 재능이 부족했던 연우가 따라잡기에 너무 먼 존재였다.

하지만 그날만큼은 무슨 생각이었는지, 무왕은 진지한 고민에 잠기더니 이렇게 대답했다.

　　―재앙이 되면 된다.

재앙.

태풍이나 지진, 화산같이 인위적으로 절대 거스를 수 없는 압도적인 힘이 된다는 뜻이었다.

그리고.

'이것도…… 어떻게 보면 재앙이군.'

연우는 자신이 지금 막 펼쳐 낸 광경이 무왕이 말한 '재앙'이라고 해도 절대 부족하지 않다고 생각했다.

비록 주먹을 가볍게 내지르는 것으로 도시의 절반을 날려 버리던 무왕에 비하면 아직 턱없이 부족하지만.

이것만으로도 연우는 자신이 반쯤 재앙이 되었다는 것을 알 수 있었다.

아홉 왕이나 다다랐다는 자리에, 드디어 한 발을 설치게 된 것이다.

휘리릭, 착—

연우는 하늘 한가운데에 방점을 찍었다가 다시 되돌아온 여의봉을 한 손에 꽉 쥐었다.

우웅, 우우웅—

비그리드는 검은색으로, 여의봉은 황금색으로 젖어 잔뜩 울어 대고 있었다. 서로 상반된 두 색이 뒤섞이면서 공명하는 모습은 찬란하게 보이기까지 했다.

그 순간, 연우는 저 머나먼 상공에서 이쪽을 내려다보던 하데스와 눈이 마주쳤다.

언제나 시니컬한 모습만 보이던 하데스는 연우를 보면서 살짝 고개를 끄덕이더니, 다시 티탄 쪽으로 시선을 돌리면서 검을 휘둘렀다.

콰르르르—

공간이 울렁이는 듯한 착각과 함께 티탄 중 다섯이 단번에 튕겨 나 저만치 먼 곳에 있던 산자락에 틀어박혔다.

그리고.

"노오옴!"

신물인 데네브와 소환수들까지 몽땅 잃어버리게 생긴 아스트라이오스는 분노에 젖어 노호성을 터뜨렸다.

쐐애액—

녀석이 서릿발 같은 기세를 흘리면서 이쪽으로 쇄도했다.

다른 티탄들은 죽은 크로노스의 시정을 삼키면서 거신으로 화했다. 반면에 아스트라이오스는 그 짓이 머리와 몸이 아둔해지는 멍청한 짓이라고 여겨, 그동안 시정을 데네브 속에 담아 두고 있었다. 소환수들은 모두 크로노스의 시정에서 빚어낸 것들이었다.

그런데 그게 부서졌단 것은 모든 힘을 잃었다는 뜻. 다른 형제들에게 어떤 멸시를 받을지 모르기에, 화가 잔뜩 날 수밖에 없었다.

그녀는 어떻게든 연우의 모가지를 틀어쥘 심산이었다.

연우는 다시 마력을 끌어 올리면서 장창 형태로 결합된 비그리드와 여의봉을 움켜쥐었다. 신격이 이곳으로 날아오고 있었다.

상대할 수 있을 리 만무했지만…… 도망칠 곳이 없는 이상, 정면에서 부딪칠 수밖에 없었다.

문제는.

'질 것 같지가 않아.'

이상하게 자신감이 너무 컸다.

자신이 벌인 저 재앙들 때문에 부쩍 고양된 걸까.

하지만.

꼭 그런 것만 같지는 않았다.

　　[아가레스에게서 메시지가 도착했습니다.]
　　[메시지: 흥! 지저 세계에나 박혀 버린 머저리들이 잘도 내 것에 손을 대려 하는구나.]
　　[아가레스에게서 메시지가 도착했습니다.]
　　[메시지: 나를 받아들여라! 나를 깨워라! 그런다면 저 머저리의 낯짝을 후려칠 수 있게 도와주마. 어때? 너에게도 나쁘지 않을 텐데?]

　　그러고 보니 처음 타르타로스에 도착했을 때, 만났던 레이라는 하급 신격은 분명 자신이 디스 플루토의 부관이라고 했다.
　　하지만 그를 봤을 때 느꼈던 감상은 '의외로 약하다' 였다.
　　신격은 무왕이나 여름여왕도 다다르지 못한 경지. 그러니 연우에게는 너무나 까마득하고 높게만 여겨질 수밖에 없었다. 신이라는 존재는 헤르메스나 아테나, 아가레스처럼 너무 지고하다고만 여기고 있었다. 아니, 처음 타르타로스에 떨어졌을 때 만났던 페르세스라는 티탄도 그만큼 강했다.

그러나 레이는 분명히 무왕에 비하면 절대 우위에 있다고 말할 수 없었다.

분명 아홉 왕과 비슷한 아우라를 풍기는 것은 맞으나, 무왕이나 여름여왕에 비하면 턱없이 뒤처지고 있었다.

이것을 두고 어떻게 표현하면 좋을지.

신격이라고 다 같은 신격이 아니란 건 알고 있었지만, 그래도 어떻게 필멸자보다 약할 수 있을까 하고 생각했었다.

그런데 아스트라이오스가 딱 그 정도로 보였다.

신물이 없어진 녀석은 레이와 비슷하거나 그보다 조금 더 강해 보였고.

지금의 연우에게는 채널링으로 연결된 900여 명의 신과 악마가 함께하고 있었다.

[흥신악살]

수많은 권능 중 아가레스의 것을 선택했다. 그러자 전의 (戰意)가 단번에 끓어오르면서, 굶주린 야수 같은 본성이 돌출되었다.

[검은 구비타라— 현인의 눈]

여기에 비마질다라의 혜안을 끌어왔다. 용마안과 화안금정이 그려 내던 세상은 온통 흑백의 명암으로 가득한 신세계로 변했다.

화아악—

연우는 그런 신세계로 한 발자국을 내디디면서.

콰르르릉!

손에 들고 있던 여의봉을 앞으로 거세게 내질렀다. 끝에 달린 비그리드가 검은 오러를 터뜨리면서 파편화된 검은 불길이 사방팔방으로 뻗쳐 나갔다.

"큽!"

아스트라이오스는 자신을 거세게 밀어내는 힘에 헛바람을 들이켜면서 크게 튕겨 나고 말았다.

순간, 그녀의 눈에는 불신이 단단하게 자리 잡았다.

오른손을 바라보았다. 새카맣게 타고 반쯤 날아가다시피 한 오른손이 자동으로 수복되고 있었다. 그리고 반사적으로 주변을 둘러보았다.

지면이 뒤집히고, 대기가 뜨겁게 과열되고 있었다. 만약 오른손을 대가로 결계를 치지 않았다면? 몸의 일부가 날아갔을지도 모르는 일이었다.

어떻게 이런 일이 가능한 거지……?

기껏해야 필멸자에 불과한 플레이어. 아무리 날고 기어

봤자 백 년도 겨우 사는 벌레 따위가, 수만 년의 세월을 살아온 자신에게 이런 피해를 입혔다는 사실이 도무지 믿기지 않았다.

디스 플루토 소속의 강하다는 플레이어도 티탄인 자신에게 이런 피해를 입힌 적은 없었으니까.

아니, 딱 한 명이 있긴 했다.

귀창(鬼槍) 람.

그 녀석만큼은 예외이긴 했다.

하지만 하데스의 사도로서, 적극적인 지원을 받으면서 신격으로의 탈각을 준비 중인 녀석과 일개 하계의 플레이어를 비교하는 건 도무지 말도 안 되는 짓이었다.

아니, 그런 걸 떠나서, 필멸자가 초월자에게 상처를 입힌다는 것 자체가 말이 안 되는 일이었다.

신살의 권능을 손에 쥐었단 뜻이니.

여의봉을 지녔다고 한들, 증오스러운 제천대성의 힘을 제대로 다룰 수 있는 게 아니면 절대 불가능했다.

그래서 아스트라이오스는 자신이 실수를 저질렀다고 생각했다.

데네브가 깨지면서 신력 운용에 이상이 생겨 발생한 해프닝일 뿐이라고.

이런 건 얼마든지 해설할 수 있으리라 여겼다.

그래서 다시 한번 더 신력을 가득 머금은 손길을 앞으로 내뻗었다.

〈별빛의 저주〉. 대상에게 강제로 자신의 신력을 입혀서, 절대 해소할 수 없는 독으로 남기는 그녀의 권능이었다.

이것이라면 저 귀찮기만 한 불길을 찢어 버리고, 여의봉과 이상한 검을 부숴서 녀석의 거슬리는 가면까지도 산산조각 내 버릴 수 있으리라 여겼다.

하지만.

콰르르릉—

연우는 다시 한번 더 여의봉을 거세게 앞으로 내질렀다.

창대를 크게 비틀면서 생긴 원심력으로 불길을 안쪽으로 단단히 압축시키고, 그것을 단번에 터뜨리면서 폭발력을 몇십 배로 증가시키는 스킬.

[볼텍스(Vortex)]

패왕 벤티케가 한때 연우를 궁지로 몰아넣었던 시그니처 스킬이 전개되었다.

[이름을 가린 신이 〈올림포스〉의 신, '헤스티아'의 도움으로 당신을 지켜보고 있습니다.]

[이름을 가린 신이 당신이 펼친 스킬에 경악하며 자리에서 일어납니다.]

[이름을 가린 신이 자신의 이름을 드러냅니다.]

[포세이돈에게서 메시지가 도착했습니다.]

[메시지: 어떻게! 어떻게 네놈이 그 스킬을 쓸 수 있는 거지?]

[포세이돈에게서 메시지가 도착했습니다.]

[메시지: 당장 그만두지 못하겠느냐! 그것은 내가 사도에게 하사한 힘! 네놈 따위가 손을 댈 수 있는 것이 아니란 말……!]

[타르타로스의 특성이 적용되어 임시로 연결되었 던 포세이돈과의 채널링이 차단되었습니다.]

연우는 권능을 전면 개방하면서 900여 개보다 더 많은 시선들이 따라붙었다는 것을 알고 있었다.

아마 권능을 내어 준 신과 악마들에게 일정의 대가를 제공하고, 채널링을 임의로 공유받은 것이겠지.

그래도 별반 신경 쓰지 않았던 건, 자신에게 관심을 보이는 신과 악마가 많을수록 추가할 수 있는 권능노 낳았기 때문이었다.

그런데 아무래도 그중에 포세이돈도 섞여 있었던 모양이었다. 친누이인 헤스티아의 도움을 빌려서.

화로와 수호의 여신, 헤스티아는 연우에게 〈불씨의 처(處)〉라는 권능을 주었던 신이기도 했다.

하지만 다행히 포세이돈이 화를 내던 도중 채널링이 끊어져 버렸다. 천계의 채널링을 철저하게 단절시키는 타르타로스의 환경이 적용된 덕분이었다.

'이왕이면 아예 다시 보지 않았으면 좋겠는데.'

[채널링으로 연결된 신과 악마들이 당신의 안건에 대해 논의를 나누기 시작합니다.]

[투표가 진행됩니다.]

……

[만장일치로 포세이돈이 당신에게 접근할 수 없도록 하는 안건이 통과되었습니다.]

[포세이돈의 채널링이 영구적으로 블록 처리되었습니다.]

단지 생각만 했는데도 불구하고, 채널링으로 연결된 신과 악마들은 수호자 역할을 자처하면서 곧바로 포세이돈의 접근을 막아 버렸다.

아무래도 그들도 툭하면 훼방을 놓는 포세이돈에게 단단히 짜증이 났던 모양이었다. 아가레스도 이따금 그들을 귀찮게 하긴 했다지만, 그래도 연우에게는 호의적으로 대했기 때문에 그동안 아무런 제지를 하지 않았을 뿐이었다.

연우는 내심 속으로 회심에 찬 미소를 흘리면서 여의봉을 잇달아 찔러 넣었다.

쿠르르, 콰쾅!

콰콰콰—

볼텍스가 작렬할 때마다, 아스트라이오스는 자꾸만 뒤로 밀려 나야만 했다.

찍어 누르겠다고 다짐했던 두 번째 충돌에서 다시 오른손이 박살 난 것도 모자라, 세 번 네 번 연속적으로 이어지는 공격에 위기감을 느낀 것이다.

하지만 연우는 한번 잡은 기회를 놓치지 않겠다는 듯, 끈질기게 창을 찔러 넣었다.

[검은 구비타라— 현인의 눈]
[용마안]
[초감각]

화안금정을 바탕으로 더 또렷해진 용마안은 초감각의 세밀한 감각까지 끌어들이면서, 비마질다라의 권능이 그려 내는 투로를 그대로 질주했다.

그러다 보니 아스트라이오스는 계속 궁지에 내몰릴 수밖에 없었다.

비그리드가 작렬하는 장소가 곧 신격을 위협하는 결이었으니.

여기에 더해,

전쟁의 악마들 중 최고위라 할 수 있는 비마질다라의 눈.

제천대성의 여의봉과 제천류.

명인 급에 다다른 검술 실력.

그리고 치밀하게 수많은 연산을 그려 내는 시차 괴리까지 추가되니.

아스트라이오스가 피할 수 있는 장소는 어디에도 없었다.

촤아악—

결국 뱀처럼 집요하게 아스트라이오스를 뒤쫓던 비그리드가, 단번에 사선 방향으로 튀어 올랐다.

아스트라이오스는 본능적으로 머리를 뒤로 뺐지만, 이미 비그리드는 녀석의 왼쪽 눈을 크게 가로지르고 지나간 뒤였다.

"꺄아아악!"

비명 소리가 크게 울렸다.

[<티탄>의 신, '아스트라이오스'에게 피의 꽃을 심는 데 성공했습니다!]

[신에게 치명적인 상처를 입혔습니다.]

[신에게 치명적인 상처를 입혔습니다.]

......

[누구도 쉽게 이루지 못할 업적을 이뤄 냈습니다. 추가 공적치가 제공됩니다.]

[공적치를 20,000만큼 획득했습니다.]

[추가 공적치를 30,000만큼 획득했습니다.]

[칭호 '신을 다치게 한'이 추가되었습니다.]

......

[아티팩트 '비그리드―???'의 숨겨진 조건을 일부 달성하였습니다. 새로운 정보가 제공됩니다.]

"감히! 감히이이!"

아스트라이오스는 비명을 질렀다. 신력이 움직이면서 망가진 왼쪽 안구를 복구하려 했지만, 이상하게 자꾸만 불발되었다.

아니, 오히려 그럴 때마다 더 끔찍한 고통이 뒤따랐다.

그러다 아스트라이오스는 뒤늦게 깨닫고 말았다. 자신의 왼눈에서부터 이상한 뭔가가 피어나 신격에까지 다다랐다는 것을.

그것은 끔찍하기 이를 데 없는 악마의 씨앗이었다.

피의 꽃.

검은 구비타라가 영혼에 새겨진 것이다.

아주 오래전. 탑이 지금의 질서를 잡기도 훨씬 이전이었던 신화시대에, 모든 신과 악마들을 공포로 몰아넣었던 존재.

아수라왕 비마질다라의 권능이 왜 여기서 발현된단 말인가!

그녀가 알기로 비마질다라는 절대 하계에 관심을 두지 않는 고고한 존재였다.

아니, 정확하게는 약자에 대해서 철저한 무시와 경멸로만 일관하는 자였다.

그만큼 눈도 너무 높아 여태 오랜 세월 동안 사도를 들이지 않았던 것으로도 유명한데.

한낱 플레이어에게, 그것도 사도도 아닌 가계약자에게 최고의 권능을 선물했다고?

그 뜻은 하나였다.

신과 악마들 사이에 암묵적으로 약조된 금기(禁忌)를 필멸자에게 내렸단 뜻.

신살이라는 너무 위험한 무기가, 녀석에게 쥐어져 있었다.

'안 돼……! 이대로는 위험하다!'

아스트라이오스는 난생처음으로 위기감을 느꼈다. 이전에도 비슷하게 방심을 하다가 하데스의 사도, 람에게 위협을 당한 적이 있었다지만. 지금은 그때보다 더 위험했다. 타르타로스에 갇히고서도 느끼지 못한 '목숨'의 위협이었다.

하지만 몸은 그녀의 바람과 달리 쉽게 움직여지지 않았다.

어느새 신격을 침범한 구비타라가 탐욕스럽게 그녀의 영혼을 갉아먹고 있었다.

체내에 천천히 스며들어 아주 조용히 목숨을 앗아 가는 독처럼. 어느새 몸이 너무 무거워졌다.

그리고 구비타라가 삼킨 신력만큼. 연우는 더 강한 버프를 안으면서 아스트라이오스의 오른팔마저 잘라 버렸다.

푸화악!

오른팔이 어깨에서 분리되면서 피분수가 뿌려졌다. 흩날리는 핏방울이 너무 반짝여서 오히려 비현실적으로 느껴지는 광경. 반면에 아스트라이오스는 이제 절규를 내뱉고 있었다.

우웅, 웅—

'할 수 있다.'

연우는 아스트라이오스를 죽일 수 있을지도 모른다는 자신감을 강하게 얻었다.

이번 공격으로 확신을 얻었으니.

아스트라이오스는, 과거 올림포스의 신들과 주도권을 두고 다퉜다던 티탄의 일족은 아홉 왕보다 약했다.

여태 플레이어들을 굽어다 볼 수 있었던 것은 현저히 격이 높아서였을 뿐.

하지만 그 격의 차이를 허물 수 있는 무기가 주어지는 순간. 녀석들은 단번에 몰락할 수밖에 없었다.

어째서 그런지는 알 수 없었다.

신격만 믿고 자기 단련을 게을리해서 그만큼 실력이 퇴보한 것일 수도 있고, 애당초 그들에게는 플레이어들이 모르는 다른 비밀이 있는 건지도 몰랐다.

하지만 연우는 아무래도 상관없다고 생각했다.

신을 잡을 수 있다면 잡는다.

그것만 바라보고 있었다.

그래서 다시 여의봉을 강하게 움켜쥐면서, 있는 힘껏 볼텍스를 전개했다. 마력이 소진되는 것은 걱정할 필요 없었다. 녀석에게 빼앗은 신력만 해도 엄청났으니까.

빼앗은 마력으로 원주인을 사냥한다?

이 얼마나 달콤한 말인가.

그렇게 비그리드는 다시 검은 오러를 토해 내면서 녀석을 계속 궁지로 내몰았다.

오른팔 뒤에는 왼팔이, 그다음에는 왼쪽 다리가, 오른쪽 다리가 순서대로 잘려 나가면서 비루한 몸뚱이만 바닥을 나뒹굴었다.

"아, 아아……!"

타르타로스를 호령하던 티탄이라고 하기에는 너무나 비참해진 몰골이었다.

이런 수모를 겪은 게 언제였더라? 아스트라이오스의 기억으로는 올림포스에서 내쫓겨 타르타로스에 갇힐 때뿐이었다. 그 뒤로도 하데스에게 계속 감시를 당했었다지만, 그마저도 천 년 전부터는 전세가 역전되어 티탄이 언제나 우위였다.

하지만 연우가 개입하면서 모든 게 이지러지고 말았다.

성역을 침범하려던 괴물들은 모조리 쓸려 나가고, 자신마저 이런 꼴이 되고 말았다.

게다가 하데스마저 갑자기 다른 티탄들을 몰아붙이기 시작했으니.

승세는 단번에 명왕의 신선 쪽으로 기울고 밀었다.

다 이겼다고 생각했던 전쟁이. 이제 타르타로스를 차지했다고 여겼던 전투가 엉망이 되어 버린 것이다.

그리고.

쐐애액—

비그리드와 여의봉은 다시 볼텍스를 일으키면서 아스트라이오스의 목젖으로 치달았다. 신살이라는 업적을 마무리하기 위해서.

결국.

아스트라이오스는 끝내 내뱉고 싶지 않았던 이름을 내뱉을 수밖에 없었다.

"티, 티폰! 너의 거래 제안을 응낙하겠어! 그러니! 날! 날 구해 줘!"

아스트라이오스는 하늘을 보면서 비명을 질렀다.

하지만 아무런 일도 벌어지지 않았다.

"제발! 티폰!"

비그리드의 칼끝이 아스트라이오스의 목젖을 꿰뚫으려는 순간, 갑자기 하늘에서부터 한 줄기 빛의 기둥이 내려와 그녀를 감싸 안았다.

쿠르릉—

검은 오러는 단단한 무언가에 가로막혀 옆으로 비껴 나고 말았다.

연우는 인상을 딱딱하게 굳히면서 고개를 위로 들었다. 심상치 않은 것이 나타나려 하고 있었다.

여태껏 연우가 만났던 대신격들도 아래로 볼 만한 어마어마한 중압감. 헤르메스와 아테나를 넘어, 하데스에게도 위협을 느끼게 할 만한 존재감이었다.

그리고.

전장이 거짓말처럼 침묵에 잠겼다.

끝까지 적들을 밀어붙이던 디스 플루토도. 이리저리 날뛰던 마물들이며 부도 처음으로 잔뜩 경직되어야만 했다.

시간이 정지한 것처럼 아주 고요한 적막 속에서.

『참으로…… 개판이로군…….』

갈라진 검은 구름 너머로. 거대한 눈이 이쪽을 내려다보고 있었다.

마치 크기를 헤아릴 수도 없을 만큼 거대한 존재가 천공에다 작게 구멍을 내고, 눈을 가져다 댄 것처럼 너무나 두려운 광경이었다.

그것은 눈동자를 아래로 데구루루 굴리면서 어질러진 전장을 빠르게 훑었다.

언데드로 변해 버린 괴물들. 사지가 아무렇게나 살려 나간 거신들. 필멸자에게 죽기 일보 직전인 한심한 아스트라이오스까지.

『자기들끼리…… 알아서 해 보겠다고 그 난리를 치더니…… 겨우 이딴 꼴을 보이려 그런 것이었나……?』

하데스는 검을 아래로 내리면서 인상을 찡그렸다.

"……티폰."

여태껏 타르타로스를 어지럽혔던 신족은 둘. 티탄과 기가스였다.

하지만 티탄의 왕이었던 크로노스는 이미 죽어 산등성이로만 남았고, 기가스의 왕만이 여전히 살아 그들을 모두 통치하고 있었으니.

그 왕은 반인반수의 괴물로, 인간의 상반신과 뱀의 하반신을 갖고 있으며, 머리에는 번개를 내뿜는 백 마리의 뱀을 두르고 있고, 크기가 너무 커 어깨는 하늘에 닿고 날개를 펼치면 태양 빛을 모두 가려 세상을 어둠으로 잠식시킨다는 전승을 지니고 있었다.

한때, 제우스마저도 봉인시켜 힘줄을 끊어 버렸다는 괴물.

티폰.

기가스의 왕이 처음으로 모습을 드러낸 것이다.

[헤르메스가 침음을 삼킵니다.]
[아테나가 침묵합니다.]
[아레스가 이를 악뭅니다.]
[헤스티아가 고개를 옆으로 돌립니다.]
……

그렇게 오만했던 올림포스의 신들도 지금만큼은 침묵을 지키고 있었다.

『**익숙한 얼굴들도…… 더러 보이는군…….**』

티폰은 아스트라이오스에게서 연우에게로 시선을 돌렸다가, 눈을 가늘게 좁혔다.

『**열 개의 관문에서 봤던…… 그 플레이어인가…….**』

티폰의 눈동자에 어린 감정은 '흥미' 였다.
그제야 연우는 깨달을 수 있었다. 열 개의 관문에서 계속 쫓아와 만났던 티딘과 기기스의 것이라고만 여겼던 시선이 주인이 바로 티폰이었다는 사실을.

하지만 티폰은 더 이상 할 말이 없다는 듯, 다시 눈동자를 하데스에게로 돌리면서 말했다.

『**이만하면······ 끝내도 괜찮은 듯싶은데······ 어떤가······? 이 머저리들을 데려가게 해 주는 것이······. 그대도······ 체면치레를 할 정도는······ 되지 않나······?**』

모든 이들의 시선이 하데스에게로 향했다.

하데스는 살짝 낯을 일그러뜨렸다. 역전을 꾀할 수 있는 상황에서 난데없이 개입을 당한 것이니.

하지만 그는 고개를 끄덕일 수밖에 없었다.

이미 전장에 있는 디스 플루토는 오랜 격전으로 지친 기색이 역력했다. 이 이상 싸운다면 티탄에게 큰 피해를 입힐 수 있을지는 모르나, 곧 이어질 기가스의 참전까지는 막기 힘들 것 같았다.

철컥—

결국 하데스는 검집에 칼을 밀어 넣었다. 마음대로 하라는 의미였다.

휴전 협정이었다.

『고맙군……. 그대에게는…… 비겁한 제우스와 다르게…… 언제나 신의를 갖고 있다…….』

그 말을 끝으로, 티폰은 도로 눈을 감았다. 검은 구름이 빈자리를 다시 메우고, 아스트라이오스들에게 내려졌던 빛의 기둥도 희미해지기 시작했다.

위협적이던 거신들의 존재가 흐려지고 있었다. 역소환이 이뤄지는 것이다. 그 속에는 아스트라이오스도 섞여 있었다.

그 순간, 아스트라이오스는 안도에 찬 한숨을 내쉬고 있었다.

겨우 목숨을 구제할 수 있었으니까. 비록 이로 인해 티탄은 이제 완전히 기가스에게 굴복해야만 하는 신세로 전락하고 말았지만. 그래도 당장 살아남아야 차후를 기약할 수도 있었다.

'두고 보자, 인간……!'

아스트라이오스는 다음에 돌아왔을 때, 자신을 이런 비참한 꼴로 만든 인간을 반드시 찢어 죽이고 말겠다고 다짐했다.

그런데.

'무슨   ?'

성역으로 되돌아가기 직전, 마지막으로 가증스러운 연우의 얼굴을 눈에 담고자 아래를 내려다봤는데.

연우가 이쪽으로 뭔가를 거세게 날리고 있었다. 데네브를 부쉈을 때처럼. 투창 자세를 갖추면서 여의봉을 던진 것이다.

하지만 불과 몇 분 전에 티폰과 하데스가 휴전을 맺는 것을 봤을 텐데?

그것을 이렇게 쉽게 깨 버린다고? 한낱 필멸자가?

그 생각이, 아스트라이오스가 이 세상에서 마지막으로 남긴 생각이었다.

퍽—

[축하합니다! 신살(神殺)의 업적을 성취하였습니다.]

[누구도 쉽게 이루지 못할 위대한 업적을 이뤄 냈습니다. 추가 공적치가 제공됩니다.]

[공적치를 100,000만큼 획득했습니다.]

[추가 공적치를 200,000만큼 획득했습니다.]

[새로운 보상이 주어집니다. 보상을 산정하는 데 오랜 시간을 필요로 합니다.]

……

[칭호 '신살자(神殺者)'를 획득했습니다.]

......

[상황을 지켜보던 모든 신들이 오게 경악합니다.]

[상황을 지켜보던 모든 악마들이 입가에 미소를 띱니다.]

[소수의 신들이 당신에게 부정적인 시선을 보냅니다.]

[소수의 악마들이 당신에게 내어 줄 격에 대해서 새로운 의견을 제시합니다.]

[티폰과 하데스 간에 이뤄진 휴전 협정이 깨졌습니다.]

⟨다음 권에 계속⟩

환생왕

ORIENTAL FANTASY STORY & ADVENTURE

요도/김남재 신무협 장편소설

정체를 알 수 없는 세력들에 의해
비참한 최후를 맞이한
천룡성(天龍城)의 후계자 천무진.
그런 그에게 찾아온 또 한 번의 삶.
그리고 그를 돕기 위해 나타난 여인 백아린.

"이번엔…… 당하지 않는다."

이젠 되돌려 줄 차례다.
새로운 용이 강호를 뒤흔든다!

dream
books
드림북스

『제왕록』, 『무림에 가다』 시리즈의 작가 박정수
그가 거침없는 현대 판타지로 돌아왔다!

『신화의 전장』

주먹을 믿지 마라.
우리가 살아가는 이 땅에 인간을 벗어난 자들이 존재한다.

dream
books
드림북스

E이탄TAN

ORIGINAL FANTASY STORY & ADVENTURE

쥬논 판타지 장편소설

〈흡혈왕 바하문트〉, 〈샤피로〉, 〈하라간〉을 잇는
쥬논의 사대신수 시리즈, 그 마지막 이야기!

혹독한 훈련을 받고 가문을 위한 희생양으로서
다른 차원으로 보내진 이탄.
듀라한으로 다시 태어난 그는 신관이 되어
본래 세계로 돌아갈 방법을 찾기 시작한다.

★
dream
books
드림북스